しずく石町の法律家は狼と眠る

菅野 彰

角川文庫
22916

目次

Characters

イラスト／円陣闇丸

田《た》村《むら》麻《ま》呂《ろ》
元、征夷大将軍。今では敏腕弁護士として稼いでいる。空良と風火を長く見守ってきた。

奥《おう》州《しゅう》空《そ》良《ら》
検察出身。企業内での不正を調査する公認不正検査士をしており、法律事務所を構える。

風《ふう》火《か》
空良の弟。日頃は白い狼の姿だが、空良と二人きりの時は人間に戻れる。料理が上手。

法律家は
下宿人と拗《こじ》れる

一つの答えしか持っていないし、一つのことだけを信じていた。

それでも近頃、体の中から骨の軋《きし》む音が聴こえる日が、ある。


今この時も骨の軋む音が聴こえた気がして、奥州空良《おうしゅうそら》は会議室で斜め向かいに座っているダークグレーのスーツの体格のしっかりした男を、見た。

「横領額の法外さについては私の問うところではないです」

目白《めじろ》駅前にある大東京銀行目白支店四階会議室からは、隣接の古い大学の緑溢《あふ》れる敷地が窓からわずかに見える。

九月の二週目の金曜日、空は青く晴れ渡り、残暑の緑が匂い立つようだ。

「この先は行為自体の悪質性、故意性と反復性を御行がどのように捉《とら》えていくのかを明確に示すべきでしょう」

公認不正検査士という、企業に第三者として調査を依頼され不正が行われていれば事故者を確定し証拠を揃えるという特殊な仕事をしている空良は、濃紺のスーツに身を包んだ次長である支店長の仲手川《なかてがわ》に左隣から言った。

「べき、ですか」

会議用テーブルは二列に並び、向かい合うテーブルには事故者、つまり横領と着服の被疑者である法人営業担当主任江藤《えとう》が苦い顔で座っていて、今低い声でけれど軽い口調で発言したのは江藤の代理人弁護士であるダークグレーのスーツを着た男だ。

この広い会議室には、公認不正検査士の空良、大東京銀行目白支店支店長であり次長の仲手川、事故者の法人営業担当主任江藤、そしてその江藤の代理人弁護士の四人が向き合っていた。

「江藤主任には反省の色も見えません。そもそも、全額弁済して懲戒処分にするだけで終わらせていい事件ではありませんよ」

「金融庁への申告だけでなく、検察に上げるということですか？　それは私の一存では決められません」

空良の言葉に、次長の仲手川が焦りと不安を見せる。

「この金額になると、全額弁済できることに事件性があると考えるのが妥当です。億を超えていますから。何故江藤主任が全額弁済できるのか、理由が明かされていません」

冷徹なまなざしで、目の前の江藤を空良は見た。

江藤が空良を強く睨《にら》みつける。

「プールしてあったんです。ですからそのまま返せるんです。何度も言いましたよ」

事故者はとっくに限界を超えて苛立《いらだ》っていた。

三十一歳にしては「若造」と言いたくなるのだろう空良の顔立ちは怜悧《れいり》に整い過ぎて、中音域の声には抑揚が少なく、表情も激しくは動かない。

「こちらも繰り返しになりますが、ただ全額プールするためにこの危険を冒すのは甚だ不自然です。架空会社を現在判明しているだけで三つ立ち上げ、法人融資を行い架空会社は次々と自己破産。まだ銀行側の損失額と一致していない部分にも、架空融資がある可能性を鑑《かんが》み調査を進めています」

公認不正検査士は可能なら事件を未然に防ぎ、または大事になる前に内々に処理するために外部から企業に入る。本来その仕事を統べる内部監査室が役割を果たさないために呼ばれるので、どの依頼先でも激しく疎まれることに空良は慣れていた。

業務を遂行する中でむしろ他者の自分への感情は気にならない。

「江藤主任。この質問も繰り返しで申し訳ありませんが、本当に全てお一人で実行なさったのでしょうか？　反社会組織との癒着は、絶対に、ないと断言できますか？」

静かに淡々と、何度も訊《き》いてきたことを空良が尋ねる。

「絶対に」

ない、と言おうとした江藤の気持ちが、何かしら折れたのはそこにいた者たちにはわかった。

「仲手川支店長。御行の顧客から預かっているとも言える億単位の資産を、法人営業担当主任が計画的に反社会組織に流していたとしたら」

だが反省も告白もない江藤を一瞥《いちべつ》して、隣の次長に空良が問う。

「それを隠蔽《いんぺい》し発覚した時の信頼の失墜は、御行にとって取り返しがつかないものとなるでしょう」

「それは、そうですが」

「しかしそうすると江藤主任は懲役刑は免れませんね。業務上横領罪だ」

低い声の男が、何故なのか全く重い空気を見せず依頼人である江藤を見て、そして空良に言った。

「懲役刑は妥当でしょう。反社会組織に億単位の資産を不正に流入させるということは、犯罪の財源になるということです。組織的な高齢者への詐欺。覚醒剤《かくせいざい》の売買。暴力。加担したこと自体が厳罰に値するという重さを、真摯《しんし》に受け止めていただきたいです」

「そんなことにまで加担したつもりはない！」

顔を真っ赤にして、椅子を蹴《け》り倒しながら江藤が立ち上がる。

怒りに震えて完全に理性を失っている江藤を、空良はただまっすぐ見ていた。江藤に対する調査は半月に及び、口座の出納や不審な私的財産と遊興費の記録と、横領と着服の証拠は出揃っている。残っていた問題は一点、反社会組織との癒着の有無だけだった。

テーブルの上に置いたノートパソコンに、今聞いた言葉を空良はそのまま打ち込んだ。

「今の発言、私の方ではきちんと記録しました。次長」

観念したように大きなため息を吐いたのは、江藤ではなく仲手川だ。

「私も……確かに聞きました」

「今日のヒアリングは、録音を前提としていないと自分は最初に確認しています。聞き取りですよね？」

決着がついたかに見えたところに、また代理人弁護士が軽やかに言う。

「これ以上、どうなさるおつもりですか。江藤主任は重大な犯罪を犯されたのです」

反社会組織に関わっていることを事実上認めたなら、銀行側も一刻も早く検察に上げたいのは代理人弁護士もわかっているはずだと、空良は厳しい声で問うた。

「みんなやってることだ！」

自暴自棄になって、江藤が立ったまま声を荒らげる。

あくまで静かに、空良は江藤と向き合った。

「みんなとは、具体的にどなたのことですか？　教えていただけますか」

「……っ……」

「億単位の計画的な横領と反社会組織への横流しは、みんなは、やっていませんよ」

拳《こぶし》を握りしめた江藤に、空良が現実を突きつける。

「想像したこともありませんか。あなたの私欲が故に誰かが死に至ることを」

残酷に響く言葉は、声の抑揚のなさが手伝って薄い刃のように静かに振り下ろされた。

「持ち帰らせてください」

書類が入った黒い鞄《かばん》を、帰り支度だと言わんばかりに代理人弁護士は持ち上げた。

「行きましょう、江藤さん。今のところ強制力はないですから」

代理人弁護士に背中を叩《たた》かれて、ようやく江藤が詰めていたのだろう息を吐き出す。

「強制力はありませんが、決定権もお持ちではないです」

「自分も弁護士ですから、逃亡に加担したりはしませんよ。月曜日に報告書を出してください。事実関係を確認の上、ご本人の反省の意の項目についてはよく話し合います」

逃亡を危惧《きぐ》した空良に、すぐに代理人弁護士は笑って手を振った。

「これ以上、この場では何も発展しませんよ」

何がとは言わずに、出口に向かって代理人弁護士が江藤の背中を押す。

一度振り返り強く空良を、江藤はまた睨んだ。

睨まれたくらいでは、空良の感情も表情も全く揺らがない。

「自分だけが正しいと信じて疑わないんだな。あんた」

揺らがない空良に、気が済まないのか江藤は荒れた言葉を漏らした。

「何もかもわかってるような顔しやがって……っ」

「今現在私にわかっていることがあるとすれば、今回の件の悪質さです」

思うところをそのまま、すぐに空良が返す。

ただ、投げられたその言葉に心が波立ちはした。

「さ、江藤さん」

あくまで穏やかに、代理人弁護士が江藤を促す。

仕方なさそうに代理人弁護士が笑うのにはただ苛立って、二人が部屋を出て行くのを空良は見ていた。

「正直、奥州先生にお願いした時にはここまでの案件だとは」

ドアが閉まるのと同時に、途方に暮れて仲手川が頭を抱える。

目白支店の収支が大きく合わないことが発覚し、内部監査室に渡しても曖昧《あいまい》に済まされるということで空良は今回の調査を依頼された。

大金を動かせる主たる行員に一人一人三か月に亘《わた》ってヒアリングを重ね、江藤の裁決した融資先が不自然に破綻《はたん》していることや、その融資先が存在しないことを突き止めた。江藤本人に確認のヒアリングをして報告書をまとめようとしたところに、代理人弁護士が現れて、無駄に精査が長引いている。

「まずあの代理人を雇えるという時点で、見えないところにもっと私財があると私は考えますが」

何度も対峙《たいじ》している弁護人があまりに強く、高くつくことを空良はよく知っていた。

「奥州先生も、もう少しご自身を高く見積もられてもいいと思いますよ。調査の正確さや速さもさることながら、ヒアリングの強度は隣で聞いているだけで私も罪人になった気がして生きた心地がしません。有能です」

言葉通り心臓を押さえて、仲手川が苦笑する。

「私は、既定の料金しかいただきません」

公認不正検査士は需要のある仕事ではないが、そもそもの規定単価が安くはない。

「奥州先生らしいお言葉です」

隣からそう言われても、ありがたい気持ちにはなれなかった。

「第三者にこうして社内監査を依頼するのは、高くはないですか?」

安いようなことを言われたのが不可解で、仲手川に尋ねる。

「当行の信用を考えたら安いですよ。内々に処理できたらそれに越したことはありませんから」

銀行の信用を思うなら最初から、せめて目星がついた段階で何故刑事告発しないのか空良には理解できなかった。

横領、癒着、着服、献金、談合、こうして調べれば暴かれる不正をする者の気持ちも、隠蔽しようとする者の気持ちもまるでわからない。

「無益で無駄な犯罪です」

独り言《ご》ちた声を、隣で仲手川は黙って聞いている。

ここまで露呈した悪質な横領に関わる人々の心を、想像するのは空良には不可能だった。

——自分だけが正しいと信じて疑わないんだな。あんた。

ぶつけられた言葉が耳に障って、何より代理人弁護士のまなざしが目の前に蘇《よみがえ》る。

想像は不可能だと断じるのが空良の性《さが》だったが、波立ちが胸に戻ってわずかに顔を顰《しか》めた。

夏の終わりを教える蜩《ひぐらし》の声が聴こえる。

「やっぱりニホンオオカミみたいだねえ」

東京都練馬《ねりま》区にある東西に長く広い石神井《しゃくじい》公園を歩いていたところ、空良は三宝寺《さんぽうじ》池端ベンチからよく知った老人に声を掛けられた。

「いつもそうおっしゃいますね」

長引いていた大東京銀行の件がやっと報告書を出すまでに辿《たど》り着いたので、足元を革靴からスニーカーに履き替えスーツのジャケットだけ脱いで、濃紺のスラックスに白いシャツという姿で公園の中だ。

黒くてまっすぐな髪が少し伸びすぎた。それでも何故だか空良はいつも、「涼し気だ」と言われる。「冷たい」、そう言われることも多い。

ベンチに座っている七十代の老夫婦は、空良も住むしずく石町内《いしちょうない》にある書道教室の柏木《かしわぎ》夫妻だった。

「昨日もニホンオオカミの絵を見たんだけど、本当にそっくりよ。テレビで絶滅した生きものの特集をしていてね。風火《ふうか》ちゃんみたいに真っ白じゃなかったけど」

ベンチにいながら妻の多津子《たつこ》は背を屈《かが》めて、「ねえ風火ちゃん」と空良の腰の辺りを愛《いと》し気に見つめる。

「わん」

そこには、老夫婦の言う通り絵に描いたニホンオオカミのような白い大型犬がおとなしく立ち止まり、鎮座していた。

ここのところ大東京銀行のヒアリングが続いて満足に散歩させてやれなかったので、空良は帰るなり半分仕事服のまま風火と公園に飛び出したのだ。

「撫《な》でていい？」

「風火は、多津子先生に撫でられるのが大好きなようです」

丁寧に静かに、中音域の声で空良はいつもゆっくり話す。多津子先生、六郎《ろくろう》先生というのは、町の人みんなの呼び方だ。

「な、風火」

そのやさしい中音域の声は仕事中には隣にいる支店長が心臓を痛めるほど冷徹だと、きっと柏木夫妻も、なんなら風火も想像しないだろう。

「くうん、くうん」

大きな体で風火は、嬉《うれ》しそうに多津子に懐いた。

決まりなのでつないでいる赤いリードは風火の体に合わせて長く、風火が苦しいことがないように空良はいつも離れないようとても気を付けている。

「何犬なんだい？」

しずく石町内の子どもたちに伸び伸びとした習字を教えながら、自らも書家である六郎が何度目か空良に尋ねた。

「雑種です。貰《もら》った時はとても小さな仔犬《こいぬ》で。まさかこんなに大きくなるとは思いませんでした。急に大きくなって。なので僕は、風火のために働いているようなものです」

食事代がと苦笑する空良に、言葉がわかるかのように風火がしゅんとする。「ごめん」と空良は小さく風火の耳元に謝った。

「一度調べてもらったらどうだい。いつ見てもニホンオオカミみたいだ」

「ニホンオオカミは明治時代に確認されたのが最後なので、もう百年以上経っています。シーボルトの資料もほとんど消えてしまいましたし。風火は少し大きい雑種ですよ」

「見てきたみたいに言うねえ。先生」

明治や、その少し前のシーボルトの話をした空良に、感心と揶揄《からか》いで六郎が笑う。

「……歴史が好きなもので、つい」

「弁護士先生は勉強家ね。あたしたちの離婚も、ちゃんちゃんとお願いね。平等に全部、それぞれに分けてちょうだいよ。もちろんちゃんとお代は値切らずお支払いします」

そして多津子は、いつもの台詞《せりふ》をにこやかに言って空良を困らせた。

「それもいつも申し上げていますが、僕は弁護士ではないんですよ。前職は検察でした」

「だって家に看板が出てるじゃない。『奥州法律事務所』って」

しずく石町に空良は、二年前に事務所つきの一軒家を買った。若手の法律家にはとても高い買い物で、長く貯めていた貯金を元手にしてなんとか買えたものの、維持費も馬鹿にならない高級住宅地の広い家だ。

「弁護士は向いていません。堅苦しい法律の仕事をするための事務所です。公認不正検査士といって、皆様のお役に立てる仕事ではないんです。企業に潜り込んだりします」

いつでも静かで生真面目な表情の空良にしては精一杯いたずらっぽく、夫婦に笑いかけた。目白で調査する姿は町の人たちには見せたくないが、空良自身しずく石町に帰ると仕事のことは忘れられる。

空良にとってはとても穏やかな時間が、この町には流れていた。

「だが私たちの離婚は先生にやってもらうと決めてるんだ。ちゃんちゃんとね」

六郎も「ちゃんちゃんと」と多津子と同じ言い方をして、離婚を空良に頼むと言った。

「では六郎先生と多津子先生は、いつまでも離婚ができませんね。僕にはそんな難しいことは絶対に引き受けられません」

老夫婦の冗談のようでいて、六郎と多津子は互いに書家であり子どもがなく、大きな一つの理由を巡って何度も別れを考えていることは町中の人々が知っている。

「責任の重い案件を任せる者に心当たりがないので、弁護士のご紹介もできませんよ」

柏木夫妻でなくとも空良は絶対に、冗談でもそんな責任の重いことを無暗《むやみ》に引き受けない。六郎と多津子なら、なおさらだ。

「先生は本当に、真面目だなあ」

「融通が利かないんです。すみません」

仕事以外でも顔を出すこういう自分の頑《かたく》なさは生来のものだと空良もよく知っていて、申し訳なく六郎に頭を下げた。

「何言ってんだ、長所だろう。真面目で、責任感が強い」

「そうよ。責任を知ってるわ」

気負いなく軽やかに、夫婦は空良には負債とさえ思える己の性《しょう》を、陽のものに変えてくれる。

「……だと、いいんですが」

自分では陽に変えられず、空良は俯《うつむ》いた。

今日も、空良はきちんと仕事をしたと疑ってはいない。けれど何か、胸に暗いものが残ったままだ。六郎と多津子の言葉が、その胸に沁《し》みる。渇いた喉《のど》を潤す冷たい水のようだと、彼らと話すといつも思う。

「そうそう。これ貰ってちょうだい。さっき消費期限が近いのを安く売ってて、つい欲張ってたくさん買い過ぎちゃったのよ」

明るい声を上げて多津子は、ベンチにあった大きな袋から島原素麵《しまばらそうめん》を三袋出した。

「そんな、いつもいただいてばかりで」

手を振って遠慮しようとした空良の目の前には、もう素麵がある。

「いいのいいの。若い人が一人でいるのは気になるものなのよ、年寄りは」

「おせっかいさせてくれよ」

二人に言われてありがたく空良は頭を下げて素麺を受け取り、ポケットにいつも入れているエコバッグにしまった。

「本当にありがとうございます」

欲張ってと言ったけれど、最初からきっと届けてくれるつもりだったのだろう。

柏木夫妻はいつからか空良が独りなのを気に掛けて、こうしていつも食べているのかと気にしてくれた。空良は三十一歳ということになっているが、年齢に見合った体つきにも容姿にも見えないのが心細いのかもしれない。家も不安になるほど広い。

「でも、離婚の手続きはお手伝いしませんよ」

空良にできる精一杯のお礼は、一見澄まして見える涼しいというより冷たいのかもしれない顔で、笑うことだけだった。

「お兄ちゃんたらつれないわねえ、風火ちゃん」

おどけて、多津子が風火を撫でる。

「くうん。くうん」

「狼と犬は、もともとは同じ生きものだとも言うわね」

撫で続けてくれる多津子に、風火はすり寄って甘えた。

「人と共生するか、人を嚙《か》み殺すか。それだけの違いで、それは人の都合で呼び分けているのではないかしらねえ」

「なるほど。ですが……」

人間側の都合の話だという多津子の言い分はもっともに思えて、空良は屈んで風火を見つめた。

白い大きな肢体をした風火の漆黒の瞳《ひとみ》が、時々光の加減で赤く見える。焔《ほむら》が灯《とも》るかのように。

「なんだい？」

多津子の代わりに、六郎が尋ね返した。

「世界の律令《りつりょう》は人間が作っていますから、人と共生するか嚙み殺すかは大きな違いです」

「律令とはまた、古風な物言いだ。本当に歴史が好きだね、先生」

「はい」

検察に入って二年で辞めて、しずく石町に移り住んで二年。看板を「奥州法律事務所」とかけたせいで町の人に「先生」と呼ばれることに、空良は無抵抗になってしまった。

「だが、そういうことは普段からきちきち考えてると疲れちゃうよ」

六郎の声は空良を知っていて案じ、多津子はまた風火を撫でて「そうよ」と言う。

けれど空良は、どうしても考えてしまう。

考えるのをやめなさいとたった今老いた二人に戒《いまし》められたこと、善悪の別とその行方を。仕事でも、そして日常の中でも。

「ニホンオオカミだとしても、風火は可愛いです」

屈《かが》んだまま、今は赤く見えない風火の瞳を覗《のぞ》いて頬を擦《す》り寄せた。

風火はとても可愛いけれど、可愛いだけではない。風火の鼓動を、耳を押し当てて空良は聴いた。

「そろそろ行こう、風火。夕飯の時間だ」

適当に濁すということも空良は不得手で、同じ目の高さのまま風火を撫《な》でる。

「きゅうん」

従順に、大きな体に見合わず愛らしく、風火が頷《うなず》いた。

風火は人の話が聞こえていて意味がわかっても、気になどしない。

「またね、風火ちゃん」

柏木夫妻に手を振られて、「また」と会釈すると空良は、風火と駅とは反対方向に公園を抜けるために歩き出した。

三宝寺池を完全に通り過ぎて、公園を西側に出てバスが走る大通りからは外れた浮いたような場所に、しずく石町はある。

「人の都合、か」

それなら噛み殺されてもいい、または殺されてもいいと人が思えば、ニホンオオカミには何も問題はなくなると空良はぼんやりと呟《つぶや》いた。

けれど人は、空良は、そうは思わない。思えない。人を殺すことはただ罪だ。

「くうん？」

沈み込む空良がわからないと、風火が無邪気に振り返る。

「いや、なんでもないよ。今日の夕飯はこの素麺か？　どうやって食べる、風火」

笑って空良は、もっと早く歩きたいのだろう風火のために足を早めた。

仕事終わりに一先《ひとま》ず出た散歩が、夕暮れの心地よさで思いがけず長くなってしまった。

どうやって食べるか考えるようにエコバッグを見つめている風火が、ニホンオオカミにしか見えないことはかなり以前から空良も知っていた。

「きっと、あの方は犬を正確にはご存知なかったんだろうな……あ」

独り言《ご》ちた空良の目の前に、大粒の雫《しずく》が落ちてくる。

「夕立だ！」

「わん！」

珍しく予報になかった急な雨に、慌てて空良と風火は連れだって走った。

決まりなので風火の首につないでいる赤いリードに、空良が慣れることはない。

石神井公園の周囲はバスの町だ。

しずく石町バス停近くに、誰が見ても法律家の青年が一人で住むには大きすぎる店舗付きの家があった。

「あっという間にずぶ濡《ぬ》れになったな」

二階建ての古い日本家屋の歩道側にはきれいな薄い緑の笹に守られた店舗があり、その横の小さな門を潜って、空良と風火は庭木が茂る小道を走ると玄関から家に駆け上がった。

「びっしょびしょ！　兄上、そうめん無事⁉」

明るく、大きく、朗らかで曇りのない青年の声がその日本家屋の玄関に響く。

「無事だよ。ビニールに入ってるんだから」

「島原なのに？」

笑って、空良より体躯《たいく》の大きな、きれいな白銀の髪が肩まで伸びた青年が、兄上と呼び掛けた空良の腹に子どものように抱き着いた。

「おまえ、本当にすっかり大きくなったね。昔は僕より少しなりとも小さかったのに」

浅草《あさくさ》辺りを歩いていれば日本に惚《ほ》れ込んだ外国人にも見えるだろう青年は、大陸から交易でもたらされた白い絹の、着物とは違う腹の辺りで帯を締める礼装の下に着る単衣《ひとえ》にその大きな体を包んでいる。

「そうだった？　オレは子どもの頃から兄上とそんなに背は違わなかったよ」

「僕の記憶では僕より小さい頃もあった。弟なんだから当たり前だろう。お風呂《ふろ》に入っておいで」

やさしい声で言って、空良はいつまでも腹にしがみついている大きな青年の銀の髪を撫でた。

「一緒に入ろうよ、兄上」

「人から見たら大人のなりの兄弟だ。広くない風呂に一緒に入ったらおかしいだろう」

「どうせ、オレたちが一緒にいるところ誰も見ないのに」

不貞腐《ふてくさ》れて風火は、それでも空良に懐いて笑っている。

「早く入って、僕にかわっておくれ」

玄関先と、その奥にある居間の周りには小さな庭があって、そこには竹林と花木が豊かに濡れていた。

「なら兄上が先に入ってよ」

「夕立に打たれたら、先に風呂を使うのは小さい者だよ」

二十代半ばには見えるだろう風火の髪を、ゆっくりと空良が掬《すく》う。

「兄上はいつでもやさしいな。オレが早く入らないと、兄上が風邪をひいちゃうね」

物わかりよく、長く力強い脚で風火は立ち上がった。

「いてっ！」

赤いリードが風火の首に掛かっていて、駆け出そうとすると後ろにひっくり返って空良の膝《ひざ》に帰ってくる。

「ごめん風火！　すぐ忘れてしまうな。……本当はこんなものつけたくないんだが」

慌てて空良は、膝に戻った風火の首から赤い紐《ひも》を取った。

「すぐ忘れちゃうのはオレ。しょうがないよ、オレ外に出たらニホンオオカミだもん」

無邪気に風火は、空良を見上げて笑う。

「ニホンオオカミじゃなくて、白い犬だ」

膝の上にいる体の大きな弟の胸に、無意識に空良は顔を埋《うず》めた。右耳を風火の胸に当て、自分の息も止めるほど静かにして鼓動を確かめるように聴く。

「時々それするね、兄上。なんで？」

胸で鼓動を聴いている兄に、風火は尋ねた。

「安心するんだ」

赤みがかって見える風火のまなざしとまなざしを合わせて、空良はこの大切な弟のようには無邪気に笑えない。

「タオルと着替えを出しておくから。髪もちゃんと乾かすんだよ」

はあい、と幼い声を聴かせて、立派な大人の男の体で風火は店舗の方にあるバスルームに向かった。

少し古い木造の廊下が否応《いやおう》なく濡れるので、後で拭《ふ》かなくてはと空良が風火を見送る。

「ずっと白い犬のままでは僕が風呂に入れないといけないけど、こういう時は本当に人間に戻ってくれて助かる」

バスルームのドアが開け閉めされる音を聞いて、兄のまなざしで空良は微笑んだ。

小さな店舗には、「奥州法律事務所」と控え目な表札に近い看板が掛かっている。そのせいでこのしずく石町内の人々は、二年前にここを買った空良を弁護士だと未《いま》だに思い込んでいた。

「柏木さんたちにもらった素麵《そうめん》、今日食べる？　兄上」

家は独り暮らしには広く、一階奥には六畳ほどの台所がある。風呂から上がって髪を拭《ぬぐ》いながら居間に入った空良に、台所から風火が尋ねた。

「ああ、そうだね。せっかくだからいただこうか」

台所の手前に居間にしている八畳の和室と、バスルームの手前に寝室にしている八畳の和室。特に必要なかったのだが、その上二階に二部屋ある家だ。

空良がここを買ったのは、人としても犬としても以前は子どもであったはずの弟がいつの間にか何故かとても大きな大人になりとても大きな成犬になったので、集合住宅や貸家ではもうどうにもならなくなったからだった。

「島原か」

Tシャツにスウェットを穿《は》いて、空良が居間に胡坐《あぐら》をかく。

「なんか悲しいこと思い出してない？　盛岡冷麵《もりおかれいめん》にしようか？　茹《ゆ》で卵あるし」

空良の声のトーンが沈んだことに気づいて、台所で何か下ごしらえを始めた風火が居間にきた。さっき犬から人間に戻った直後の白い絹の装束とは違い、空良が脱衣所に置いておいたデニムと黒いTシャツの風火が後ろから兄に抱き着く。

「あれってどこから入ってきたんだろうな。韓国料理屋で売ってる冷麺と全然違う」

法律事務所の名前であり、空良が今名字にしている「奥州」は、岩手県奥州市だけでなく元は北の土地の全体を指した。

「兄上が調べたらすぐわかるんじゃないの？」

しずく石町には犬の風火と散歩できる石神井公園が近くにあって、電車ですぐ都心に出られる利便性の他に北に縁《ゆかり》のある地名なのが心に掛かって空良はこの高い家を求めた。

「今の北の風土のことはあまり調べたことがない。どうせ、帰れないから」

「冷麺はやだ？　やっぱり素麺がいいね」

「いや。あの、風火」

しかしいかんせん駅からどんなに遠くて古い家でも、店舗付き一軒家は高過ぎた。

「人が来る」

言い出せずにいたことを、短く空良が風火に告げる。

「今？　誰？　人が来たらオレ、また犬になっちゃうよ。素麺食べてからじゃダメ？」

白い犬の姿ではせっかくの島原素麺が食べられないと、風火は悲しそうな顔をした。

「素麺は……そうだね、犬だと食べられないな。だが人が来る。来るのは下宿人だ」

「え？　どういうこと？」

目を瞠《みは》って、風火が空良の顔を覗《のぞ》き込む。

「二階の、使っていない部屋を間貸しするだけだよ」

「やだよー！」

当然風火が嫌がるのがわかっていて、空良は今の今までそれを言い出せずにいた。

「大丈夫だ。信販会社に条件をしっかり渡して、事務的に頼んだ。上に住むだけで、きっちり昼間は仕事に行ってくれる勤め人だよ。休日も外出する人物とも頼んである」

アウトドアなどが趣味の方と、下宿人との間を取り持ってくれて家賃も徴収してくれる信販会社には、呆《あき》れられるほど細かに条件を出している。

「なんで？　どうしてだよ！」

「ここでの生活に、思ったよりお金がかかった。二年なんとかやってきたけど、維持費がかかるのと、新しい仕事が正直軌道に乗らない」

思うところあって空良はたった二年で検察を辞めて、今仕事としている公認不正検査士として事務所を開いた。刑事訴追を行う検察より向いていると思い、資格を得た。

「今受けてる仕事がほぼ終わったところなんだが、次の依頼がないんだよ。困った」

「前の仕事好きじゃなかったの？」

そもそも何故転職したのかも、風火はまるで知らない。

「いや」

言葉に詰まって、空良は黙った。

検察では刑事事件全般を扱う。差別、暴力、殺人が絡む事件を訴追する時空良の意思は法の範囲と嚙《か》み合わず、能力でそれを超えようとする己に気づいた。

「好きか嫌いかで言ったら、好きだったのかもしれない。ただ、向いてなかったんだ」

死刑判決のない事件と向き合おうと決めて空良は今の仕事を見定めたが、検察にいた時と変わらず今日もヒアリングをした。

業務上横領は死刑にはならない。それが今の空良にとっては、とても大きなことだった。

「僕には今の仕事の方がいいけど、仕事が少ない」

アメリカ発祥の公認不正検査士を、日本の企業があまり求めないと気づくのは遅かった。第三者が内部に入ることを、日本の企業は全く好まない。

「じゃあ引っ越そうよ。ここ高いんでしょう？　今までだって何回住むところ変わったかわかんないのに、知らない同居人入れてまでこの家に住まなくてもいいじゃない」

唇を嚙んで、青年の顔なのに幼い表情で風火は首を振った。

「そうなんだが……」

風火の言う通り、一年前この町に住み始めるまで、兄弟は様々な町を数知れぬほど転々として暮らしていた。白い犬の風火が夜に人間に変化《へんげ》すると小さな子どもが騒ぎ出して、慌てて一週間で離れた町もある。

他人の前では風火は決して人間にならないはずだが、子どもは大人には見えざる時間を見るようだ。

「風火は、下宿人が来るぐらいなら引っ越したいか？」

居間の少し大きめの飯台の上には、さっき三宝寺池で柏木夫妻からもらった島原素麺が並んでいた。柏木夫妻から何か食べるものを渡されるのは初めてではない。一人でここに住み始めた青年と大きな白い犬を、老夫婦は随分とお節介に気に掛けてくれる。

「……わかんない」

空良が島原素麺を見ていることに気づいて、風火は畳に大の字になった。

「兄上は、引っ越したくないんだ？　そんなことあったっけ？　今まで」

引っ越しを何度も何度も繰り返してきたので、この家は広いけれど物がほとんどない。衣食足る最低限のものと、事務所となっている店舗に空良の仕事道具と本しかなかった。

「家を、買ってしまったし」

三十前にしか見えない空良には過ぎた買い物で不動産会社にも不審がられたが、この家は即金で購入した。必要最低限の暮らしで転居が多い中空良は少しずつ貯えをしていて、相場に全てかけて資金に替えられたのだ。長く兜町《かぶとちょう》でバイトをしたのが役立った。

「この家は、落ち着くから好きだけど。オレも」

築五十年の日本家屋で、広い建物だがほぼ土地代で買えたというのもあった。だが水回りをリフォームしたりと予想外の出費もあって、生活は容易ではない。

「お父さんとお母さん覚えてるか。風火」

ふと、空良は思い切って風火に尋ねた。

「ぜんぜん」

思い切った割には、風火からはあっさりした声が返る。

「僕もだ」

苦笑して、何故だか安堵《あんど》とともに空良は少しの寂しさにも襲われた。

柏木夫妻はしずく石町の中でもブロック二つ東と近くに住んでいて、空良のお腹が空《す》いていないかいつも気にしてくれる。「この家が過ぎた買い物で」と謙虚さのつもりで暮らし向きが容易ではないと空良が言葉にしたのを覚えてか、いつでも腹の中を案じてくれる。

親とは、もしかしたらそういうものなのではないだろうか。

「柏木さんたち、オレも好きだ」

滅多に思わない親というものについて思っている兄に気づいてか、風火は笑った。

「だけど知らない人とは暮らせないよ」

それでも風火がそういうのはもっともだ。「寝に帰るだけのしっかりした社会人」を空良は信販会社に委託したが、下宿人の生活を契約で縛るのには限界がある。その他人と風火だけになる時間も生じるだろう。

風火には、今までなかった時間だ。

「風火にはいつも、僕しかいない」

心の内で空良には、今まで風火になかった時間を望む気持ちがあった。

「兄上の他になんにもいらない」

あっけらかんと、風火は言う。

それでかまわないという気持ちと、その真逆の気持ちが空良にはあった。

また空良が無意識に、風火の胸に顔を埋めて鼓動を聴く。無意識というよりは、衝動に近かった。

「安心する？　なんかやなことあった？」

稚《いとけな》い声で問われて、鼓動を確かめる自分の不安に気づく。

「自分だけが正しいと思ってるのかって、言われたよ。今日仕事中に」

風火に尋ねられたことの答えを探して、いやなことはあったと空良は思い出した。

「兄上だけがいつでも正しいよ？」

あっけらかんと風火に言われて、空良が長い息を吐く。

「兄上はそう思ってないよ。風火」

子どもに言い聞かせるように、風火の前髪を撫でた。

こうして風火だけがいてくれればそれでいいと思うと、胸が締め付けられるような不安に空良は襲われる。

「もう来てしまう」

きっと、ここに誰か人が、他人がいてくれた方がいい。

もしかしたらそうすれば風火はもっと大人になって、人になるかもしれない。そうすれば間違いなく風火はいてくれるのだと、空良は何も案じなくて済む。

「とりあえず数日いてもらって、無理なら……家を売ろう」

けれど風火に相談しなかったのはいけなかったと、今後を決めてため息を吐いた。

信販会社の方ではもう契約を結んでしまっていて、未開封の、信販会社からの書類封筒を空良は手に取った。届いた書類に目を通さないようなことは普段ならあり得ないが、大東京銀行の事故者にあの代理人弁護士がついたせいで報告書に辿《たど》り着くまで思いのほか難航してしまい、日常が疎《おろそ》かになっていた。

「伝えるのが今日になってすまなかったよ、風火。大金を横領していた事故者についた弁護士がたちが悪くて」

「なんのことだかわかんないよ。全然」

口を尖《とが》らせて風火は、畳にごろごろと転がった。

風火は一人で外を歩けない。こうして人間に戻れるのは、兄である空良と二人きりの時だけだ。空良が仕事でいなければ、散歩にも行けないし一人で家で過ごすことになる。

それで空良は、風火のためにせめて広い家が欲しかった。

「何処か田舎にすればよかったんだが、僕のただでさえ少ない今の仕事の依頼のほとんどが都心の企業なんだ」

「兄上は、どうして法律家になったの？　兄上のことならオレはなんでも応援するけど」

なんの仕事なのか理解はできないが、いつの間にか兄が法律を学んで国家試験を受けてそれを仕事にした理由を、不意に風火がキョトンとして尋ねる。

「どうしてだろうね」

答えずに笑って、空良は封筒を開けた。

書類を手に取ってしっかり目を通そうとした瞬間、インターフォンが鳴る。

「時間に正確な人物のようだ。いいことだよ」

午後六時頃訪れると信販会社から電話で聞いていて、名字も聞いていた。

「挨拶《あいさつ》して、下宿であって同居じゃないときっちり線を引こう。ほら、風火」

立ち上がって一緒にと、空良が風火を促す。

「挨拶って。兄上といても、他人がいたらオレ犬になるのに」

「それでも僕は、おまえを家族だと紹介する」

手を引いた空良に、風火は幸《さいわ》いそうに笑った。

「はい、奥州です。今玄関を開けますから、事務所横の門からお入りください」

インターフォンが下宿人だと疑わずに空良が声を返す。

立ち上がった風火は幼子のように兄に抱き着いて、二人は手をつないだまま玄関に向かった。

今は大の大人である兄弟が手を繋《つな》いでいる姿でも、どうせ他人に接した途端風火は言葉通り白くて大きな犬に変化《へんげ》する。

沓脱《くつぬぎ》に降りて少し外を歩くための下駄《げた》をつっかけて、空良は玄関を開けた。

「どうも。こんばんはというには、少し早いかな」

そこには確かに他人の男が立っていた。

だが、指の先を繋いだままの弟は人間から犬に変化しない。

「信販会社からご紹介を受けた、身元のはっきりした下宿人の田村《たむら》です」

飄々《ひょうひょう》と言って、仕立てのいいダークグレーのスーツのジャケットを腕にかけた骨格のしっかりした体軀《たいく》、その体に見合った顔立ちの男が、低く落ち着いたしかし何故なのか軽い声を玄関に響かせた。

「田村……って」

呆然《ぼうぜん》と空良が、黒いキャリーケース一つ持った男を凝視する。

「ああっ！　田村麻呂《まろ》ーっ!!」

人間の姿のまま風火が絶叫するのに、空良の目の前の男は悠々と微笑んだ。


「何故ポン酢とラー油を素麵《そうめん》にぶっかけて、夏野菜を素揚げして豚肉をしゃぶしゃぶしたんだ。大根までおろして。こんなもの」

つるりと茹《ゆ》でた島原素麵には今田村麻呂が言ったものを風火がきれいに載せて、午後七時過ぎの居間の飯台で空良は二人と食卓を囲んでいた。

「無限に食べてしまうだろう！」

風火が一人で作った夏野菜しゃぶしゃぶ大根おろし素麺を、田村麻呂はいたく気に入ったようだった。

玄関側に座ってアイスバッグで持ち込んだ缶ビールとともに素麺を啜《すす》る田村麻呂を、台所側に座《ざ》して風火は不満と不審とそして不安で睨《にら》んでいる。

「茄子《なす》がきれいな紫色だ。きれいだしポン酢が染みて旨《うま》いよ、風火。いつもありがとう」

事務所を背にした座布団で同じく素麺をもらいながら、空良が言った。

「茄子に切れ目が入ってるから味が染みてるのか……おまえすごいな、風火。大根おろしとニンニクのきいたラー油がまたたまらん。いつの間にこんな立派な料理が作れるようになった」

信販会社の書類には空良と年回りが変わらないと確かに書いてある田村麻呂が、まるで親戚《しんせき》の叔父《おじ》であるかのように、感心する。

三十一歳にしては空良が若いのかもしれないが、同い年のはずの田村麻呂は落ち着いた大人の男という風情だ。

「だって他になんにもやることないもん。兄上のためにおいしいごはん作るの覚えた」

「ラー油まで手作りするよ、風火は」

「すっかり大人になって。……このラー油、ビールに合う。ビールの前に風呂《ふろ》に入りたかったなあ」

「食べたら帰れ！　てゆうか何当然みたいに一緒に素麺食ってんだよ!!」

いつ見ても腹が立つくらいの男振りでシャツの前を開ける田村麻呂に、空良が何か口を開く前に風火が吼《ほ》える。

「なりは大人でも口は悪いな、風火。不思議なもんだな、同じ親から生まれたというのに兄弟何もかも正反対。髪の色も白と黒」

勢いよくビールを呑《の》みながら田村麻呂は、しみじみと空良と風火を見て「碁石《ごいし》のようだ」と肩を竦《すく》めた。

「兄上が立派だからオレはちゃんとしてなくていいんだ！」

「風火、その理屈はないよ」

「兄上は立派だもん！　ぜったい、おまえと同居なんかしない!!　どの面下げてオレたちのとこにきた！　もう永遠に会わなくていい!!　とっくの昔にバイバイしただろ！」

白銀の髪を後ろでくくって、エプロン姿の風火が大きな体を飯台に乗り出す。

「風火、昼間好きなテレビを観るのはいいけれど」

きっとまた何か乱暴なドラマを観て口の悪さに拍車がかかったと、空良はため息をついた。

「おもしろいんだよ。ドラマ」

「できれば教育番組も見なさい」

「おまえ教育番組に風火の行儀を躾《しつ》けてもらえると思ってんのか。兄というより最早《もはや》母だな。空良は少なくとも学校で学んだだろう？　テレビに弟の教育を頼むなよ」

呆《あき》れたように田村麻呂が、兄弟の会話に口を挟む。

腹立たしいその言いように空良は何か言い返したかったが言葉は出ず、その前に風火に告げなければならないことがあると気構えた。そのことは田村麻呂が玄関口に立つ前から、もっと昔から告げようとして告げられていないことだ。

「話がある、風火」

こうして田村麻呂と並ぶとほとんど体格の変わらない弟は、いつの間にこんなに大きくなったのだろうと改めて戸惑いながら、静かに空良が箸《はし》を置く。

そしてやはりいつの間にか風火は自分とは全く違うことを叫ぶようになっていると、久しぶりに田村麻呂が兄弟と同席したことで驚きとともに思い知った。

「またあ？　なにー？」

いい話ではないはずだと、子どものように風火が左隣の空良を見る。

「実は僕は、今日の昼間も田村麻呂に会った」

弟にとっては「とっくの昔にバイバイしたもう永遠に会わなくていい」田村麻呂と、昼間も会ったばかりだと、思い切って兄は打ち明けた。

今日、大東京銀行目白支店四階の会議室で、余裕のある態度で空良を苛立《いらだ》たせたダークグレーのスーツを纏《まと》った代理人弁護士は、まさしくこの男だった。

「え？」

「検察時代も、何度か法廷で会ってるし」

ここから先に遡《さかのぼ》るのは、さすがに空良には躊躇《ためら》われる。

「……大学も同期だ」

箸を置いたのは正座した足に両手を載せるためで、「本当にすまない」と空良は風火に頭を下げた。

「ええっ⁉　あの毎日毎日何年も通ってた学校で、そっからずっと田村麻呂と兄上は一緒にいたのか⁉　今日も？　今日もってなに⁉」

怒るというより心の底から風火が驚く。

風火にとっては永遠に会わなくていい田村麻呂と別れてから長い年月が経っているのに、空良は十三年前大学で田村麻呂と再会して以来時折顔を合わせていたのだ。

「一緒にはいない。ただ顔は突き合わせていた。会い過ぎていて、信販会社の言う『田村さん』が田村麻呂のことだと気づけないくらい会っていた。ただただ謝る。すまない」

「なんで黙ってたんだよ！」

「おまえは怒るだろうと思って」

その予感は大《おお》いに当たっていた。

更には言いそびれていた結果十三年が経ち、風火は髪を逆立てて手がつけられないくらい怒っている。

「兄上は平気だったのか⁉　田村麻呂とずっと一緒にいて！」

「一緒にはいないし、平気でもない」

空良にしてみれば、諸々《もろもろ》手続きをして勉強して試験に合格した挙句、入学金も学費も工面して入った大学に何故なのか「久しぶりだな」とのうのうと田村麻呂がいたのだ。

「だが、どうしても法律をやってみたかったんだ」

「法律はやったらいいよ！　だけど一緒に暮らすことないよ!!」

「それは別の話だ。審査を通った田村さんが田村麻呂だと僕が知ったのは、さっき玄関を開けた時だ。僕も田村さんと一緒に暮らす気はない」

左隣にいる田村麻呂を空良が見ると、田村麻呂は兄弟のやり取りを呑気《のんき》にも愉快そうに聞いているだけだった。素麵はとっくに食べ終えている。

「なんで名前全部確認しなかったんだよ、兄上!!」

「書類は来ていたんだが。丁度今日の夕方まで酷《ひど》く忙しくて……。言っただろう。横領した事故者の代理人弁護士が、たちが悪くて」

さっき開けかけた書類に今空良はきっちり目を通したが、時既に遅く手数料を空良が払って直接下宿人から家賃を徴収してくれる信販会社は、田村麻呂としっかり契約を結んでいた。

「たちが悪い弁護士ってのは俺のことか、空良。相変わらず可愛げがないなあ」

「よくもあんな大金を横領して反省も見えない人間の弁護ができるものだよ。おまえは」

「弁護はしていない。代理人をやっているだけだ。法律も書類もわからないもんだから、あんな横領をするんだ。大金が無くなれば怪しまれ、調べられればすぐに罪が白日のもとに晒《さら》されることがわからない。ものを知らないから代理人が必要なんだよ」

本気なのか冗談のつもりなのかさっぱりわからないいつもの飄々《ひょうひょう》とした口調で、田村麻呂は言ってのける。

「悪人は、きちんと裁け」

今日まで田村麻呂と幾たび繰り返してきたかわからないやり取りの末、考える間もなく空良の口から言葉が出た。

「法の下では人はとりあえずきちんと裁かれている。そもそも悪人であることと罪人であることは別だし、善人も罪人にはなる。皆同じく人だ。同じく人だが等しくはない」

「ややこしいことを……っ」

煙に巻かれたような思いがしながら、けれど空良は田村麻呂の言葉を聴いてしまう。

「いや……僕には難しいことだ。難しいことを言うな」

「空良、おまえ」

落ち着いた色の目を見開いて、田村麻呂はじっと空良を見た。

「難しいとは思うんだな」

「おまえの言うことが難しいだけだ。僕は罪人は裁かれるべきだと思って律令《りつりょう》に触《さわ》った！　それが僕の罪人との最善の向き合い方だと信じたのに……っ」

勢い声が高ぶって、今日二度目の「律令」を空良が声にする。

高ぶることは、空良には固く自分に禁じていることだった。長く深く息を吐き出して、憤りかけた気持ちを全力で逃がす。

　不正の調査をしている時も、決して高ぶったりしないのに。

「仕事上でも、先方の代理人になりかねない弁護士とは住めない。というか今まさにその状況じゃないか。利益相反だ」

　自分を見ている田村麻呂から目を逸《そ》らして、書類の再確認をして法律家としてこの契約を無効にさせなくてはと、頭からまた目を通した。

「利益相反も月曜日までのことだ。そのくらい考えてるしうまくやるさ、俺は」

「うまくやるな。面接もしないで審査を任せた方が、間借り人として距離が置けると思ったのに。……だいたいどうやって間貸しに気づいた！」

　そんな偶然があるわけがないと、遅まきながらそのことに空良が気づく。

　また声が大きくなった。空良の感情が高ぶるのは、こうして近くに田村麻呂がいるからだ。いつになく気持ちが乱れて、風火以上に今すぐ出て行ってほしくなる。

「気づいたんじゃない。おまえのことを俺は、きっちり見張ってる。大学だってわざわざ同じ大学の同じ学部を受験したんだぞ？　そうして俺は弁護士となり、信販会社の情報や審査なんかちょちょいのちょいだ」

　もう我が家のように畳に横たわって肘《ひじ》をつき、「見張ってる」と田村麻呂は気負いもなくさらりと言った。

「契約解除する」

まっすぐに空良が、挑むように田村麻呂を見る。

「なら俺はめんどくさいがおまえを訴えよう。知ってるだろう、若手だが凄腕《すごうで》の弁護士だぞ？ 裁判は同居しながら何十年も続くかもな。家で会い、法廷で会い。どっちでもいいぞ、俺は。風火、この素麺《そうめん》また作ってくれ」

「兄上ー！ なんとかしてよー!! オレ田村麻呂のためにラー油作ってない！」

白いごま油に揚げたニンニクと鷹《たか》の爪が漬けこまれたラー油に、風火は空良のためだけに手間を掛けていた。

「ものは考えようだろ？ 俺がおまえ達と暮らすのは、何もこれが初めてじゃない。下宿代はしっかり払うし、下宿人が俺なら風火も家の中ではいつも人間のままでいられる」

「そう言われると……」

言葉に詰まって、空良は風火を見つめた。

もとは人であったはずの弟が自分の前以外では白い犬に変化《へんげ》してしまうようになってから、ただ一人田村麻呂の前では風火は人のままでいる。

実のところその理由を空良ははっきりわかっていた。

「あにうえー、オレ犬でも不自由してないよー。エアコンさえつけといてくれたら快適」

なんならそのエアコンさえ使わずに、風火は空良が一人で出かけると、いつもおとなしく家でただ待っているようだった。

一人なら人の姿で待っているが、冬には寒いからか暖房も入れずに犬の姿で丸くなって待っていたこともある。

「おまえはいつも、そう言うけれど」

風火は何も、空良に対して不自由を訴えない。ただの一度も。

ただ最近、風火は風火だけの不満や苦痛をこうして外に出すようになった。以前は風火の不満や苦痛や怒りは、全てその場で空良が持った感情と完全に一致していた。

「それは、田村麻呂のことは嫌いだろうけど」

兄と一致しない怒りを、兄は持たない怒りを弟はいつからか持ち始めた。

もうずいぶん長いこと、似ていないけれど碁石と同じで、一対のような兄弟だったのに。二人で一つの命で、境目さえ見えなかったのに。

自分だけの感情を、風火は持ち始めている。

「田村麻呂の言う通り、おまえがそうしてなるべく人でいてくれたなら」

ならば人の時間が長ければ長いほど、いつか完全に人になってくれるのではないかと、空良は期待した。

弟が人になるのに必要なのは、時間ではないと兄は知っていたけれど。

「食費もたっぷり入れよう。独身の弁護士だぞ？　年末には節税のために進学したい子どもたちの学資をＮＰＯに寄付してるくらいだ」

「俗なんだかそうじゃないんだかなんなんだかはっきりしてくれ……」

田村麻呂は田村麻呂で相変わらずで、空良は頭を抱えた。

「すぐに善悪の別をつけようとするとこ、なんとかしろよ」

苦笑する田村麻呂が冷やして積んでいる缶ビールを、言われた言葉に逆らうように空良は奪って勝手に開けた。

「契約成立か？」

缶ビールで乾杯の仕草をして、田村麻呂はすぐに戯《おど》ける。

今すぐ出て行ってほしいと、さっきまで空良は思っていた。田村麻呂がいると、常に静かに低い線を描くように抑えている感情が制御できず高ぶってしまう。

空良も、風火も、田村麻呂がいるといつもの二人ではいられない。

「……確かに、好都合だ」

いつもの二人で居続けることを、空良は良しとは思っていなかった。

「ラー油は僕のために作っておくれ風火。それを僕が田村麻呂に分け与えると考えなさい」

宥《なだ》めるように、風火に言い聞かせる。

「上から目線ならがんばれるかも……」

兄に言われるとなんでも弱く、不満のまま風火は自分も素麺を平らげて缶ビールを取った。

「風火、お酒はまだ」

「大人の男の体だ。好きなだけ呑《の》むがいいさ」

過保護に弟を止めようとした空良に、田村麻呂が茶々を入れる。

「久しぶりの同居に、乾杯」

田村麻呂が缶ビールを掲げるのに、風火はつられて「乾杯」と言った。

「献杯」

しかし空良は、乾杯と言う気にはなれない。

「島原素麵にか？　凄惨《せいさん》な場だったな」

「僕はあの時、洗礼受けてクリスチャンになろうかと真剣に悩んだ」

島原素麵と言えば、島原の乱、島原の乱と言えば天草四郎《あまくさしろう》、という流れで田村麻呂と空良は十七世紀、江戸時代の始まりの頃の話をした。

「四郎ちゃん……」

缶ビールを吞んで、風火も悲し気に声をもらす。

「それ俺たちの出自的にあり得んだろう」

「適当にまとめるな。僕たちとおまえは全く違う」

まとめて語った田村麻呂に、空良は律儀に言い置いた。

「そうだそうだ。兄上はいつでも正しい」

笑った風火に、田村麻呂が大きなため息を吐く。

「なんだよ」

年上の風情を醸す田村麻呂にそれこそ上からのため息を吐かれ、空良は苛立って意図を尋ねた。

「二人とも大人のようななりにはなったが、たいして変わっちゃいないのか？　そんなことはないだろうと俺に思わせてみろよ」

「変わらなくてなにが悪い！　オレは兄上が絶対だし、兄上にまたなんかしたら……っ」

「人間なのににがるがる言うなよ、風火」

缶を嚙《か》んで、風火が田村麻呂を睨《にら》みつける。

「俺が一度でもおまえの大切な兄上に危害を与えたことがあるか？」

伸びをする田村麻呂は、いつでも余裕の笑みで本心を見せなかった。

「……一度ある。覚えてる」

「田村麻呂は、僕に危害を加えていないよ。風火」

田村麻呂を睨んだままの風火の銀の髪を、手を伸ばして宥めるように空良が撫《な》でる。

「おっと、空良が俺を庇《かば》ってくれるのか」

それは嬉《うれ》しいことだと、田村麻呂が二本目の缶を開けた。

「僕はおまえがしたことを忘れない」

風火のように憤りは見せず、空良はまっすぐに田村麻呂を見た。

「忘れられないし、きっと、許せない」

出会ってから何度か告げた言葉を、空良が声にする。

「知ってるよ」

少しだけ寂しそうに田村麻呂が笑うのに、空良は育った体に追いつこうとする心を閉じてビールを呑んだ。

しずく石町バス停前の一軒家に田村麻呂が入居した日は九月二週目の金曜日で、翌日土曜日の夕方、空良は白い犬の風火とともにしずく石町を下宿人に案内する羽目になった。

「ここは駅から離れたところに住宅が広がったから、浮島みたいにできた商店街なんだそうだ。だいたいなんでも揃ってるし、賄えないものは駅前に行けばなんとかなる」

こぢんまりしたアーケードのないしずく石町商店街の入り口に立って、休日のラフなデニムとTシャツで右手に赤いリードを握った空良は、奥まで見通せる街並みを指さした。

「その説明で終わりか？　多額の家賃の他多額の食費まで入れる新しい同居人に」

肩を竦《すく》めて、Tシャツに楽そうな綿パンと雪駄《せった》の田村麻呂が、不満を露《あらわ》にする。

「がるがる」

せっかく兄がずっといてくれる週末に何故田村麻呂と歩かなければならぬのかと、白い大きな犬と化した風火は唸《うな》って見せた。

「おまえは何も新しくはない。わかった。手前から左右交互にいこう。和菓子屋、八百屋、総菜屋、カフェ、蕎麦《そば》屋、ラーメン屋、酒屋、ラーメン屋、居酒屋、薬局、イタリアン、自転車とバイクの輪業、不動産屋、クリーニング屋、洋菓子屋、肉と魚と食材の店、パン屋、カフェ、寿司《すし》屋。一本二本裏に入ると、書道教室、塾、行政書士司法書士事務所、税理士事務所、隠れ家的フレンチなどなどがある」

これでどうだと、隣の田村麻呂を空良が真顔で見上げる。

「何故隣り合わせにラーメン屋が二店舗……『一朗《いちろう》』と『太朗《たろう》』」

「双子の兄弟なんだ。醤油《しょうゆ》か味噌《みそ》か生まれた時から気が合わず大喧嘩《おおげんか》で、二年前親父さんが心労で引退して弟の太朗さんが隣に独立した。『一朗』は醤油で、『太朗』は味噌だ」

仲の悪い一朗と太朗の店は、暖簾《のれん》の色も赤と黒にきっぱり分かれていた。

「何も隣でやることはないだろう」

「町の人はその日の気分で選べて便利だと言ってる。父親から受け継いでいるから麵《めん》はほぼ同じだし。僕も実は」

空良も両方でラーメンを食べているが、まだ暑いのに足にくっついている風火にすまなくて言葉を止める。そう思うのは、風火に言わず食事をしていることだけではない。

「くうん?」

こうして空良、田村麻呂以外の人間がいると白い大きな犬になってしまう風火は、飲食店に食べには入れない。外食産業の中で最も家で忠実に再現できないもの、それはラーメンだと密《ひそ》かに空良は思っていた。

「ごめんな、風火」

大昔にラーメン店のラーメンを知って、密かに空良は時々こそっとラーメンを食べている。この町に越したかった理由の一つは実はこの二店舗のラーメン屋で、推しは醤油の「一朗」だった。

「今度食べてみよう。ラーメンはたまらなく好きだ」

興味深そうに暖簾を見ている田村麻呂の横顔を、自分も好きだとは教えず空良は見た。いついかなる時も田村麻呂のことは見上げることになるのが、常から些末《さまつ》なことで感情を波立たせない空良には珍しく、とても口惜《くちお》しいことだ。

「お、なるほど双子と言われないとわからん双子だな」

ふと同じタイミングで店先に一朗と太朗が出てきて睨み合うが、一朗はスキンヘッドにバンダナ、太朗はきっちり括《くく》った髪をニット帽で包んでいる。

「一朗さんと太朗さんは兄弟だが、まったく別々の人間だ。何しろ醤油と味噌だ」

一朗と太朗を眺めて、自分たち兄弟とは違うと、空良はため息を吐いた。

「おまえ、大丈夫か空良。それに最初の週末なんだ。もう少し親切に町を俺に紹介しろよ。新しいカフェが多いな。なるほど住宅が広がってできた新しい町か」

「いや、目につく新しい飲食店は本当に最近できたものだ」

空良自身ここに住んで二年だが、丁度店が入れ替わるところを見ている。

「ああ。そうか、禍《か》があって」

「そうだ。年寄りたちがここが潮時だと言って閉めた店がいくつかあって、新しいカフェはその時空いた店舗に入った。太朗さんも隣が空いたからそこで始めたんだ」

ものわかりよく事情を察した田村麻呂に、何十年もここにある風情の商店に新しい外装の飲食店が挟まっている理由を空良は語った。

きっと世界中にある光景だろう。不自然に新しい店や、閉まったままのシャッター。

「僕は飲食店にはほとんど入らない。風火がいつもおいしいものを作ってくれるし、風火と家で食べるから」

「ならたまには俺と呑みにいくか。空良も酒が呑めるようになったし……いってっ！」

人に噛みつかないように言われているので、風火が田村麻呂の足に頭突きをする。

「いいだろう？　たまに兄弟別々の時間があったって」

「くうん」

悲し気に自分を見上げた風火を、不思議な気持ちで空良は見た。

今風火は田村麻呂が空良を呑みに誘ったことに、相当憤ったようだ。ところが当の空良は、実のところ田村麻呂に怒っていない。

「……僕が大学に行き始めた時から別々の時間はあるし。それが必要だとしてもわざわざ外でおまえと呑む必要はない」

また屈《かが》んで風火の首を両手で撫でて、空良はため息のように言った。

そして無意識に風火の肌に耳を当て、鼓動を聴く。弟と別々の感情が生まれていることに気づく度、空良は風火の存在を確かめた。

「なんだなんだいつまでもそうやっていい大人が」

「コンビニはバス通りを駅方面に歩くとある。以上だ」

しずく石町の案内を、カーナビ並みの非情さで空良は終了した。

「よ、センセ。相っ変わらず犬とだけラブラブだな！」

ふと商店街入り口右手の何やらモダンな黒壁の八百屋から、大柄で黒髪にゆるくウェーブがかかった青年が元気よく往来に出てきた。

しずく石町で空良がすっかり言われ慣れている台詞《せりふ》だ。「犬とラブラブの先生」と皆に言われている。今まさに空良は屈んで風火を抱いて耳まで寄せていた。

「おっとっと、お友達？　失礼しました。珍しいな、センセが誰かといるの」

隣に立っている上背のある男が空良を見たので連れだと気づいて、頭を掻《か》いて青年が立ち止まる。

「友人ではありませんよ、圭太《けいた》さん。この方は下宿人の田村さんです」

右隣の田村麻呂を掌《てのひら》で示して、空良は立ち上がって跡取り息子の村上《むらかみ》圭太に紹介した。

「どうもはじめまして、下宿人の田村と申します。昨日からこの町で暮らし始めたばかりなんですよ。よろしくお願いいたします」

スーツを着ていないのが不思議なぐらいのきちんとした挨拶《あいさつ》をして、田村麻呂が圭太に頭を下げる。

「へえ！　いいじゃん先生。独りもんのいい感じの弁護士さんが、あんな広い家に独り暮らしじゃ間が持たねえだろ」

「わんわん！」

独り暮らしと言った圭太に、風火が「ちがう！」と訴えた。

「ああそうだな風火がいたな。おまえはまるで言葉がわかるみてえだなあ。すげえすげえ」

屈んで圭太が風火の頭を撫《な》でる。

「お金がないんです。仕事もなくて」

別に楽しく同居をするわけではないと、中音域の抑揚のない声で空良は告げた。

「しみったれたこと言ってくれんなよー。あ、センセ俺毎日親父と骨肉の争い中なんだけど。若手の有機野菜農家の野菜おいしいから持ってって!!　そんで親父に勝たして！」

一息に言って圭太は、店の中に飛び込む。

「いえ、ですから」

弁護士でもないしましてや有機野菜で代理人にはならないと、空良はしずく石町の人々に二年間で体感一万回は言っていた。

「おいしそうっしょ。加茂茄子《なす》、万願寺《まんがんじ》とうがらし、壬生菜《みぶな》、金時人参《きんときにんじん》！」

圭太が笊《ざる》に入れて持って出てきた野菜は、まだまだ現役の父親が八百屋の一平方メートルだけ空けて、そこに圭太が有機農家から直接仕入れて置いている野菜だった。

確かにおいしいが値段が普段使いではないので、高級住宅地とはいえ売り場面積を狭めている父親の判断は正しい。

「店の名前も俺は変えたいんだよー」

「八百屋『お七《しち》』……お父さんは随分、おもしろい方のようだ」

圭太の言葉に看板を見上げた田村麻呂が、この名前をつけた八百屋は他に存在するだろうかと父親に感心した。

「実は、自分は弁護士でして。何かありましたらご連絡ください」

尻《しり》のポケットから黒い名刺入れを出して、笑顔で田村麻呂が圭太に渡す。

「へえ！　弁護士同士で住むんだ？」

空良が弁護士という誤解は一切捨てないまま、圭太はじっと名刺を見た。

「この町で営業するな。仕事は自分の住民票があるところでやれ」

二年住んだ町で田村麻呂が何か係争に関わることを危ぶんで、空良が口を挟む。

「そんな法律あったか？」

小声で言った空良に、すぐに田村麻呂は言い返した。

不満を子どもじみた言葉にしかできなかった自分に、空良が奥歯を噛《か》みしめる。

「……法律で黙るところがまた、おまえだな。空良」

沈黙してしまった空良に、仕方なさそうに田村麻呂は苦笑した。

「安心しろ。俺は明らかな負け戦には乗らない」

八百屋「お七」の中を見て骨肉の争いの現在の結果を、冷徹に田村麻呂が判断する。

今のところはどう考えても、父親の経営手腕が圧倒的に生きた店だ。

「事務所は池袋《いけぶくろ》なんだ？　近い近い。田村……、麻呂？　さん？」

どっかで聞いたような、と、圭太は首を傾げた。

「まあでも。多津子先生と六郎先生の離婚は、やってやんなよ。センセーが」

ふざけるでもなく言った圭太に、曖昧《あいまい》さというものを持たない空良は反応できない。

「もやしとネギください」

ぱたぱたと尻尾《しっぽ》を振ってこの場に飽きてきた風火を見て、空良は圭太に言った。

「えー!?　うちの骨肉の争いは!?」

「京野菜でも引き受けませんし、骨肉の争いにはまだ至っていないかと」

思うところを率直に言って、野菜の入った笊を押し戻す。

今夜のメニューを察した風火が、店内を覗《のぞ》きながら空良の足に頬を擦り寄せた。

「あと白菜お願いします」

「ちぇー」

骨肉の争いをしているつもりの圭太が頼んだ野菜を見繕ってくれて、空良が支払ってエコバッグに入れる。

「じゃ！　田村さんよろしくな!!」

「自分は骨肉の争いから離婚までなんでも引き受けますよ。ま、引き受けるだけですがね！」

勝つとは限りませんと軽快に言って田村麻呂は、空良と風火と一緒に八百屋を離れた。

「圭太！　キムチ二キロ!!」

空良たちが八百屋「お七」から遠ざかるのと入れ替わりに、威勢のいい女性の声が響く。

商店街で空良は、小ざっぱりした印象のその女性の声をたまに聞くことがあった。

「夏妃《なつき》ちゃん。ビールにキムチもいいけど、京野菜どうよ」

「高すぎなのよ。原価率と経営考えられるようになってから仕入れに手え出しな！」

圭太より十は年上なのだろう夏妃と呼ばれた女性は、言い方は乱暴だが不思議に八百屋経営に具体的に親身だ。

「経済観念が随分しっかりした町だな」

同じような感想を持ったのか、空良の隣で田村麻呂が呟《つぶや》いた。

「あら先生、風火ちゃんと買い物？　蕎麦《そば》一人分からテイクアウトできるよ！　うちの遺言書作ってくれたらいつでもただにするんだけど。じいちゃんぼちぼち危ないのー！」

商店街の奥に向かって歩き出した空良に、八百屋の少し先にある蕎麦屋「桐屋《きりや》」の女将《おかみ》が打ち水をしながら軽い声をくれる。

「ありがとうございます。また今度是非。そして僕は行政書士ではないんですよ」

とにかく空良が独りで一軒家に住んでいることだけは商店街の人々はよく知っていて、職業については必要がない限り適当な覚え方だ。

「驚いたな。二年で随分とこの町に根付いたもんだ。何処も仮住まいにしてきたのに」

今までをよく知っている田村麻呂が、空良と風火の隣を歩きながら本気で感心する。

「それはたまたま……」

しずく石町にこうして迎え入れられているのはちょっとした理由があって、説明に困って空良は黒い髪を掻いた。

「珍しいわね先生。商店街で会うのは」

すると理由が前方から歩いてきて、空良と風火に手を振ってくれる。

「きゅうん」

風火が先に気づいて、大きく尻尾を振った。

「なんだなんだ。随分な男前が一緒だな」

いつもは石神井公園でばったり会うことの多い、柏木夫妻がゆっくり歩いてくる。

「本当ねえ、素敵な方」

体格のしっかりした、誠実そうな顔立ちにけれどわずかなクセが逆に魅力になっている田村麻呂は、誰がどう見ても「男前」で「素敵な方」のようだった。

「この男は男前ではないです」

だがそれを柏木夫妻が言ったことが空良にはおもしろくなく、真顔で二人に告げる。

「おーい、空良ー」

「男前ではなく、昨日からうちに下宿している間借り人です」

掌で田村麻呂を指して、柏木夫妻に会ったときはいつでも穏やかな笑顔になる空良は、まるで風火が人間のときに近い幼い仏頂面となった。

「はじめまして。田村と申します」

丁寧に田村麻呂がまた低くいい声で言うのに、空良が顔を顰《しか》める。

「柏木です。そうなの？　とってもいいことよ。あんな大きな家に一人で。ううん、風火ちゃんと二人きりで住むのはなんだか心配だもの」

「屈強そうな男だ。安心じゃないか。正直簡単に押し入られるよ、あの家は。ほとんど木造だし、笹に囲まれてて外から見えにくいんで心配なんだ」

理由をはっきり教えられて、柏木夫妻が本当にあの家を買ってそのまま住み始めた奇矯な若者を心配してくれていたのだと、今更空良は思い知った。

田村麻呂は何処から見ても安心の物件らしく、「よかったよかった」と柏木夫妻は笑っている。田村麻呂の評価の高さは気に入らないが、そうして六郎と多津子が自分の身の上を心配してくれるのは、空良には不思議なほど穏やかな気持ちをくれた。

「昨日は、おいしい素麺《そうめん》をありがとうございました。早速いただきました」

「あ、自分もご相伴に与《あずか》りました。おいしかったです！　ごちそうさまです」

空良、田村麻呂、そして足元の風火も頭を下げた。

「食事も一緒にしてるのかい。それはいい」

「あたしはそろそろ独りで食べたいわ」

明らかに長年連れ添った老夫婦という風情なのに、多津子が冗談めかしていつもと同じことを言う。

「さて我々はどうなることやらだな。この辺は歴史もあるが、他所者《よそもの》の集まりみたいな町だから。住みやすいと思うよ」

困ったように笑って、穏やかに六郎は空良と田村麻呂に言った。

「バブル崩壊やリーマンショック、禍《か》の後だいぶ住民が入れ替わった。住宅地の顔をしてるが、宿場町みたいなもんだよ。意外と新顔が入ってきやすいところだ」

新しい人を拒む町ではないと、六郎が丁寧に教える。

「僕らが……僕が引っ越してきたときも、こうして六郎先生と多津子先生が声を掛けてくださって。お二人はここで昔から、子ども向けの書道教室をやってるんだけど」

お二人も書家でと、田村麻呂に説明しながら空良は言い添えた。

「お二人に子どもの頃みんなお習字習ってて。さっきの圭太さんも。みんな今も先生先生って、保護者みたいに思ってる。それで町の人も僕を気にしてくださったんだ」

二年でこんなにしずく石町に迎え入れられて馴染《なじ》んだ理由を、たどたどしく空良が田村麻呂に教える。

「それは、空良と風火がすっかり……」

一瞬、それこそ親のように田村麻呂が「お世話になって」と六郎と多津子に礼を言いかけたように、空良には見えた。

「そうよ。だからあたしたちの離婚は、先生にやってもらうの」

「物が多くてなあ。なかなか大変そうだ」

軽快に笑って、多津子と六郎はいつものように離婚の話をする。

「とても睦《むつ》まじく見えますが。何かありましたら」

軽快さに軽妙さで田村麻呂が答えて、六郎と多津子にそれぞれ一枚ずつ名刺を渡した。

「同居人も弁護士さんなの？」

「同居人ではなく下宿人で、田村さんは弁護士ですが僕は弁護士ではないです。だからよせ、そういう営業みたいなの」

さっそく柏木夫妻に名刺を渡した田村麻呂を、空良が睨《にら》む。

「ご挨拶《あいさつ》代わりの名刺くらい渡させろ。素麺も俺もごちそうになったし。あ、そうだ。よかったら今度、引っ越しのご挨拶に行かせてください」

「おまえは間借り人だからいいんだ！」

珍しいことに外でむきになってしまった空良に、六郎と多津子は目を丸くした。

「なんだ先生。風火ちゃんしかいないのかと心配してたが、お友達がいたんだなあ」

「この男前は友達なんかじゃ……いや男前でもないですし！」

「仲良しなのねえ。一緒に暮らせるくらいだものね。少し安心したわ」

二人は心からの安堵《あんど》を見せてくれて、空良もそれ以上「違う」と言えない。

「これからは毎日、喧嘩《けんか》しながら一緒にメシ食います。……いってっ」

「わん！」

朗らかに田村麻呂が言うのに、言葉を喋《しゃべ》れない風火が膝《ひざ》への頭突きで抗議した。

「大丈夫かい？　どうしたどうした、風火ちゃん」

「風火は田村さんが大嫌いなんです。犬にも懐かれないような男ですよ」

憮然《ぶぜん》と空良が言い放つのに、六郎と多津子がますます笑う。

「なんだか、いいわねえ。子どもみたいで、先生」

「いい同居人だ」

いつも沈着冷静であろうとしている空良が田村麻呂といると感情を大きく揺らすのを、二人はいいことだと言った。

隣で田村麻呂が「それ見ろ」と笑うのに、空良はどうしても子どもじみた拗《す》ねた顔を直せない。

「あ、そうだ。そこの税理士事務所で、先生に頼みたいことがあると言っていたよ」

田村麻呂の弁護士名刺を受け取ってふと思い出したと、六郎が手を叩《たた》いた。

「僕は確定申告をしていただいても弁護はしませんし、確定申告は自分でしています」

「弁護、物々交換推奨の町だな……大根やラーメンで法廷に立つ日も遠くない」

この町の人が隙あらば物や仕事で空良にやってもいない弁護人を頼もうとしているのを、即日田村麻呂も理解することになった。

「いや、いつも先生が言ってる難しい仕事のことだったよ。日本にやってる人があまりいないからって確認で訊《き》かれたんだが、私も正確に答えられなくてね。なんだっけ？」

「公認不正検査士をご用命ですか？　税理士事務所で」

「そうそう。それ」

難しい長い名前だと、六郎が肩を竦《すく》める。

「それは、ありがたいです。こちらからご連絡してみます」

二人に頭を下げて空良は、風火と歩き出した。

「じゃあ、今後ともよろしくお願いします！」

調子よく田村麻呂が柏木夫妻に手を振るのに、いつでも冷静にと努めている空良はいよいよ無暗《むやみ》に腹が立っていた。

「こちらこそよろしくお願いしますよ。田村……麻呂？　さん？」

「え？　田村、麻呂？　さん？」

背中から、名刺を見たのだろう多津子と六郎の、首を傾げる声が聞こえる。

慣れているのか田村麻呂は気にせず笑っていて、その泰然自若とした態度も昨日よりずっと空良は鼻についた。

六郎と多津子が、田村麻呂にもやさしかったので。

「税理士さんなら、何処かの企業で公認不正検査士が必要なのかもしれない。助かった」

食材の店「アライケ」で残りの食材を買った空良は、致し方なく田村麻呂とともに、風火の赤いリードを摑《つか》みながら商店街から少し離れたしずく石町バス停前に歩いた。

「本当に仕事がないのか」

尋ねる田村麻呂への腹立ちは治まらない。

「あまり需要のない仕事だった」

だが腹が立つ理由について考えを深めるとどれも幼稚で、ため息まじりに空良は答えた。

「今更だが、どうして検察をやめた？」

法学部からまっすぐ検事を目指して検察に入り二年でやめた空良に、そこから更に二年が経って本当に今更田村麻呂が訳を訊く。

「……法律の中で悪や罪を追及する、糾弾する仕事が僕には向いていると思ったけれど」

訊かれたくないことを訊かれて初めて、この二年機会はあったのに一度も問われなかった問いだと空良は気づいた。

「罪人も弁護する弁護士よりはよほど向いていただろうな。おまえには」

尋ねておきながら、田村麻呂は理由を知っているような声を聴かせる。

力ではなく、法律という人によって作られた理《ことわり》の中で罪を問うことは、正しさを求め悪は裁かれなければならないと強く思う自分に向いているはずだと、空良は信じた。

勤勉で優秀な検察官として、二年間多くの被疑者を徹底的に取り調べ、確信とともに起訴の判断をした。そうすべきと信じれば、被告人への厳罰を求めた。

「やり過ぎたと思ったか」

たまたまではないだろう。何度かその被疑者の代理人となった田村麻呂は、顔色一つ変えず被疑者を追い詰める空良を目撃していた。

「くうん？」

空良の気持ちが落ちたことに気づいて、風火が足に擦り寄る。

兄の気持ちに寄り添う弟の白い頭を、兄は撫《な》でた。

「そう、思えなかった」

法廷での空良をやり過ぎていると見ていた田村麻呂を、それでもまっすぐ見上げる。

「何度も思った。もっと、厳罰に処すべきだと。判決より自分の起訴状を信じた」

嘘は吐けず、正直なところを空良は打ち明けた。

「だからやめた」

判決が納得できなかったからやめたのではない。「裁かれるべきだ」と信じるたびに、空良は自分が検事に向いていないと思い知った。

「法律の下でなら、人に交われるような……気がしたのに」

自分の中にある極端な冷徹さは法を通してならば人とともに在れる気がしたが、それは気のせいだったのかもしれない。

「……そうか」

何故だか、やわらかな声を田村麻呂が聴かせる。その声がふと、六郎と多津子に空腹を案じられている時のように空良に聴こえた。

「おまえたちが持ち込んだ律令《りつりょう》の行く末が人を幸せにしているのか、確かめようとも思った」

小さく、空良が独り言《ご》つ。

「人の幸せなんて、そんな簡単に確かめられるものか？」

断定も断言も、田村麻呂はしなかった。

「だがその律令を通してでも、人と交わろうとしているんだな。空良」

独り言のように。きっとやはり六郎と多津子のように、田村麻呂が言う。

初めて人と交わろうとして、もしかしたら空良は今人と交わっている。長くしてこなかったことをなんとかしている、足掻《あが》きながらできていない最中なので、空良も知っていた。

「何一つ上手《うま》くできないのに、許されている」

「おまえは、自分に厳しすぎるぞ。できているから、あの人たちもおまえにやさしくしてくれるんだろうが」

　きっと、六郎と多津子のことを田村麻呂が言う。

「できているって、何が」

「人のすることだ。愛情を示したり示されたり。許されてると感じるなら、おまえもまた許してるんじゃないのか？」

　立ち止まって、少し先を行った田村麻呂の背を空良は見ていた。

　許している。それが空良には最も難しいことだと田村麻呂が一番よく知っている。揶揄《からか》ったのかと尋ねようとして、何も、言葉が出てこなかった。

　風火が寂しそうにしているけれど、空良は気づけない。

「腹減ったな」

　当然これから三人で夕飯だと、バス停近くの家の前で田村麻呂が伸びをした。

　田村麻呂の真意を考えるには、空良は疲れていた。竹笹に囲まれた日本家屋の小さな門を通って、小道を風火と歩いて家の鍵《かぎ》を開けた。

「この家の鍵は、信販会社から受け取ってるんだよな？」

　沓脱《くつぬぎ》に上がりながら、後に続いた田村麻呂にふと空良が尋ねる。

「いや、明後日《あさって》引き渡しだ。契約開始日明後日だろ」

「……そうだった。ならなんで昨日来た。月曜日に僕が報告書を出した後に来い、せめて」

昨日の六時に下宿人が来ると信販会社から連絡はあったが、言われてみれば契約開始日は丁度大東京銀行の報告書を出す月曜日だったと、空良もさすがにもう書類を見ていた。

「住民票は池袋の事務所に置いてる。俺はそういうところは抜かりはない。安心しろ」

「相変わらずだな」

感心はせず、空良は田村麻呂に苦い息を吐く。

「おまえも相変わらずなのか？　どうもそうは思えんが」

苦い顔の空良には合わせず、田村麻呂は笑った。

「見たら、わかるだろ」

もしかしたら田村麻呂は、空良を揶揄っていない。何を見て空良が「できている」と田村麻呂は思うのか空良は尋ねたかったけれど、上手く言葉にならない。

「わん！」

俯《うつむ》いた空良を見上げて、家に入れば人間に戻るはずの颪火が吼《ほ》える。

「颪火？　なんで犬のまま……」

玄関も閉めて完全に家に入ったのに何故と、空良は颪火が見ている方に目を向けた。

「……誰かいる。家の中に」

声を潜めて、空良は全身の神経を張り詰めさせた。

既に白い毛を逆立てている風火の赤いリードを、しっかり強く握りしめる。

「待て。おまえらは動くな」

玄関から家の中を見回す空良の肩を強く押さえて、田村麻呂は廊下に上がった。

音を立てず田村麻呂が、「奥州法律事務所」の看板をかけている店舗の方に歩いていく。

「何か、知ってるのか?」

小声で空良は、後ろを歩きながら田村麻呂に訊《き》いた。

「いいから、ついてくるな。そこにいろ」

事務所は静まり返っている。

けれど突然、大きな音を立てて母屋と繋《つな》がるドアが開いた。

「……っ」

既に事務所に押し入っていた二人の賊は、三人が帰宅する音を聞いて息を潜めていたのだろう。盗《と》りに入った物が簡単に見つからなかったのか気づかれたと察して、ドアを蹴って飛び出してきた。

「空良、警察を呼べ!　武器を持ってる」

ありきたりなスウェットに帽子とマスクの男たちはかなり体格がいい上に、手にはそれぞれ鉄製の警棒とよく手入れされたブーツナイフを構えている。

「風火を連れて行け!」

刃渡りを見て言った空良を強く背後に押して、素手で田村麻呂は男たちに向かっていった。

簡単にやられる田村麻呂ではないことを空良はよく知っていたが、いかんせん相手は刃物を持っている。

それでも一瞬の攻撃も許さず田村麻呂が勢いよく警棒ごと男を蹴《け》り飛ばすのを確かめて空良が携帯を構えると、重そうな体からは想像もつかない俊敏な動きでもう一人の男が、空良の喉元《のどもと》によく斬れるのだろうブーツナイフの刃を押し当てた。

「引いたら終わりだぞ。携帯を捨てろ。俺たちはもう出ていく、おとなしく……」

携帯を捨てるのもなんなら刃を引かれるのもかまわなかったが、絶対にあってはならない事態が空良を焦らせる。

「待て風火……っ」

強く摑《つか》んでいた赤いリードに空良は引っ張られて、風火は大きな体でブーツナイフの男に飛び掛かった。

「うわ……っ、お、狼っ!?」

瞬く間に男の巨体は倒れ、刃は風火の足をわずかに掠《かす》めて飛んでいく。

兄の喉元にその刃を当てた男を許さずに、風火は尖《とが》った牙《きば》を見せて一瞬の迷いもなく喉笛《のどぶえ》をかき切ろうとした。

「風火！　駄目だ風火!!」

叫びながら空良は、闇雲に廊下を蹴った。ほとんどもう喉を食いちぎるだけだった風火の牙が、空良の瞳《ひとみ》の前でぴたりと止まる。

「盗ったものを置いてさっさと行け！」

恐怖で動けずにいる男たちを、低く轟《とどろ》く声で田村麻呂が威嚇した。

持ち出そうとしたパソコンを置いて、慌てて二人が事務所の方から逃げていく。証拠類の原本を持ち出そうとして見つけられずに、パソコン本体ごと持っていこうとしたのだろう。

彼らが敷地から去ると、狼とよく似た犬の姿をしていた風火が、瞬く間に白い衣を纏《まと》った体の大きな青年になった。

「僕のことなら」

人の肌となった風火の頬を、兄のてのひらがやさしく撫《な》でる。

「引き裂いてもかまわないんだ。風火」

白い大陸の絹はいつ見ても真新しく、不思議なことに風火の体の成長とともに身丈も裄丈《ゆきたけ》も広がっていた。

「他人を殺《あや》めては駄目だ」

「だけどあいつら、兄上に害をなそうとした」

子どもがいやいやをするように、風火は空良の肩に顔を埋《うず》めて首を振った。

「僕は自分の身は自分で守れる」

肩にいる弟の体はいつの間にかすっかり大きくなっていて、空良は横たわったまま自力では起き上がれない。

「風火」

もう一度名前を呼んだ。空良の瞳が澄んだ。

「もし誰かを殺めたくなったなら、僕を殺めなさい」

弟の耳元に、兄は告げる。

少し体を起こして、弟はその澄んだ兄の瞳を見た。

一瞬、泣き出してしまいそうな、酷《ひど》く悲しそうな、それでいて大人の男の目を風火が見せる。

「……風火？」

見たことのない風火の感情に、空良は問い掛けた。

「そんなこと少しもしたくないよ」

いつもと変わらない無邪気な、稚《いとけ》い声で言って風火が起き上がる。

「こうなる前にと思ってきたんだが。警察を呼ぶと、飼い犬の問題行動が問われるな」

やっと兄弟が離れるのに頭を掻《か》いて、田村麻呂は賊が出て行った方角を見た。

「主任の差し金か」

「ああ。まあ、お察しの通り反社会組織と癒着して大金を流していた。なかなか反社はな、証拠を残さないもんなんだよ。俺もやっと昨日証拠の切れっ端を摑んだが、おとなしく月曜日を迎えはしないだろうと思ってな」

それで不正を暴いた空良を案じたとまでは、田村麻呂は言葉にしない。

「処分が決まるまでは行動を共にする」

それだけを空良に、田村麻呂は言い置いた。

「兄上が無事ならオレはそれでいい」

さっき見せた悲しみを消し去りケロッとして笑っている風火に、空良は何も言葉が出ない。

今、風火は躊躇《ためら》わず人を殺そうとした。

いや。まただ。

「腹が減ったな、風火。夕飯にしてくれよ」

空良の背を叩《たた》いて、玄関に落ちていたエコバッグを田村麻呂が拾い上げる。

「オレも腹減った。あ、今日は手伝って兄上も田村麻呂も」

大きく伸びをした風火の右腕が切れて血が滲《にじ》んでいたが、軽く左手でさすったら傷ごと消える。

痛みも感じていない風火がバスルームに着替えに行くのを、黙って空良は見送った。

「取り敢《あ》えずやばそうなもん、冷蔵庫に入れるぞ」

動かない、動けない空良の肘《ひじ》を摑んで、田村麻呂が居間に押し入れる。

「相変わらず、強いな」

なんとか絞りだした声で空良は、力強い足で一撃で屈強な輩《やから》を倒した男に言った。

「それはもう」

いつでも悠然として見える眼で、田村麻呂が笑う。

「なんせ当職、前職は征夷大将軍《せいいたいしょうぐん》ですから」

戯《おど》ける田村麻呂の声がようやくはっきり聴こえて、空良は今自分が静かに感覚を失いかけていたことを知った。


延暦《えんりやく》二十二年、西暦八〇三年旧暦三月。

春が訪れようとしている平安京東山道《へいあんきょうとうさんどう》からの入り口粟田口《あわたぐち》で、自分が僅《わず》かに数えで十二歳だとも知らずに空良は、白い絹の衣を纏って短弓《たんきゅう》を指に強く握っていた。

「あにうえ。ねむくないの？　おなか、すかないの？　この衣さむくないの？」

隣で短い剣を腰に差した弟の風火が、十日以上前に旅立った北の土地から用意してきた同じ白い絹の衣で兄に問う。

小高い山がありその谷間に通っている荒涼とした道とも言い難い場所で、兄弟は樹木の陰に隠れて屈《かが》んでいた。ここに潜み、干《ほ》し肉や木の実も尽きて更に数日が経った。

「都の者は我らを『蝦夷《えみし》』と呼んで、わずかな言葉の違いすらも野蛮だと嗤《わら》うと言う。もう何一つ嘲笑《ちょうしょう》を許さない。口惜しいが言葉を合わせ、大陸との交易で得たこの衣を纏う」

北の地で与えられた大陸の白い衣を、空良は襟まできっちりと合わせ腹のところで帯を固く結んでいる。帯の下はふわりと広がりを見せるが足にまとわりつかなかった。

「とってもむつかしい。あにうえがさむくないならいい」

一族の決まりごとで長く伸ばしている黒髪を朱《あか》い組み紐《ひも》と勾玉《まがたま》できれいに結い、空良は眦《まなじり》に朱の線を引いた。白く光る髪色の風火にも同じく身なりを整えさせ、自分を「兄上」と呼ばせたのは平安京の景色に溶け込むためもある。

これは祀《まつ》りだ。政《まつりごと》でもある。

「……だが風火」

ほとんど同じ背丈の、けれど随分と幼く見える風火をじっと見つめて、空良は短弓を下ろした。

「やはりおまえは帰りなさい。北に」

何故自分は弟を連れてきてしまったのだろうと、空良はずっとそのことがわからなかった。

「どうして？」

きっと、風火は何故自分たち兄弟が長い長い北からの道なき道を馬に乗って平安京を訪れたのかわかっていない。この猛毒を塗った短弓で、兄が主《あるじ》の仇《かたき》を討とうとしていることをわかっていない。

風火は無邪気だ。

空良と風火は、この場所から遠く馬で十日も掛かる京では蝦夷地《えぞち》と呼ばれている土地で生まれ育った。生まれた時にはもう北の土地は大和《やまと》朝廷の軍勢と激しく闘い、屈強な胆沢《いさわ》城も造られてしまった。二十年に亘《わた》った闘いに人々は疲弊し、民の疲弊を知った族長阿弓流為《あてるい》と母禮《もれ》が降伏を決めた。

「征夷大将軍、坂上《さかのうえ》田村麻呂という男を討つ。そのための短弓、一人で充分だ」

阿弖流為と母禮は、その征夷大将軍をよく見て、知って、そして投降した。農耕や養蚕《ようさん》、何より「律令《りつりょう》」を持たない暮らしよりも安らかな暮らしを皆に与えられると言い、坂上田村麻呂を信じて昨年入京した。

「なぜうつの？」

「生かして返すという約束を破った。兄は帰れない。だから、風火は帰れ」

夏の終わりに、阿弖流為と母禮が斬首されたと知らせが走り、北の民の心は砕けた。最早《もはや》、朝廷に蝦夷といわしめた部族という塊《かたまり》ではなくなっている。長く辛《つら》い闘いの、止《とど》めが北の地で最も強く正しく誇りであった阿弖流為の斬首となった。

斬首された首が晒《さら》されたというこの粟田口は、処刑場であり、京に流れ込む人々をそうして罪人の首で足を止めさせる場所なのだろう。

「処刑するだけならまだしも、罪人として威嚇のために晒し者にするなど」

空良は、生まれつき聡《さと》かった。聡く美しく生まれ、それ故に祀りに舞いを舞わされ、闘いが劣勢になった日には森に空良を奉《ささ》げるという話もあった。

空良はかまわなかった。森や川、山とともにあった暮らしを全く別の「律令」という名の理《ことわり》で塗り固めようとする者たちこそが野蛮であり卑劣で、非道に抗《あらが》うために生贄《いけにえ》になることに迷いはなかった。

――童《わらわ》の命を要するほど我が弱いと思うのか！

一蹴《いっしゅう》したのは、族長であった阿弖流為だ。

大切なことはいつも阿弖流為が決めた。阿弖流為が決めることは多くの北の民を幸《さいわ》いにした。今回の降伏でさえもだ。阿弖流為は自らの死を以《もっ》て民を安寧に導いた。

その阿弖流為の正しさを、それだけを、空良はずっと頼りに思っていた。

「どこにいるの？　そのひと」

阿弖流為が斬首された夏から季節が春へと巡り、蝦夷と呼ばれた人々の中には朝廷と交わる暮らしを始める者も多くあった。

「また、田村麻呂は北に城を造るというから」

北の土地に大きな抵抗の気配はない。律令に人々は呑《の》み込まれ始めた。阿弖流為の死とともに、闘いは終わったのだ。

だから空良は、坂上田村麻呂の棲《す》む平安京に向かった。抗うことをやめてしまった者ばかりの中で阿弖流為を慕った女たちが空良の支度をしてくれた。必ず帰るように言われたが、帰れるはずがないとも空良は知っていた。

「ここを通るはずだ。北に城を造るために」

だから都に辿《たど》り着いて何日も、空良と風火はここにいた。山に潜むことは慣れている。けれど眠ってしまってはその間に、征夷大将軍は行ってしまうかもしれない。

「風火、帰ってくれ。頼む」

食料も尽き、眠りも足りず、空良は朦朧《もうろう》としていた。必ず仇を討つと心に誓ったが、いずれにしろ命運は尽きていくのが見えた。

「皆がどうしてもおまえを連れて行けというから連れてきてしまったけれど、おまえは幼い頃からずっと」

時折、正しさを巡って空良は北の人々とも諍《いさか》いを起こすことがあった。

「人と争う兄を止めるばかりだったのに。どうして皆おまえを戦場に連れて行けと」

同じ年頃の子ども同士や、時には目上の者が卑怯《ひきょう》な振る舞いをした時に、空良は許すことができずに立ち向かった。

行き過ぎて剣を以て争いになり掛けたとき、いつも空良の腹にしがみついて止めるのは弟の風火だった。

「あにうえとはいつもいっしょだから。守るんだ！　あにうえを」

無邪気に言った風火に、空良が力なく微笑む。

「どうやって」

風火は武器を使うどころか、人と争ったこともなかった。

何故弟を連れてきた。いつ弟を連れようとした。考える力も空良から消え去っていく。

「どこの童だ。こんなところに、おかしな装束で」

耳障りな都の言葉が、不意に背後から響いた。

野太い男の声に気づいて振り返った時にはもう、見覚えのある軟弱な革で造られた甲《かっ》冑《ちゅう》を纏《まと》った軍勢が、まさにここを通ろうとしていた。

「唐人《からひと》が童を連れてきたんじゃないのか？　御所の側で見たことがある。こんな風に帯を高いところで結んでいた」

戦場を、空良は見たことがない。恐らく城造りに向かおうとしている坂上田村麻呂の兵の数は、空良の知っている「人」という数ではなかった。

「しかしすべて白とは奇怪な。勾玉だけ朱《あか》い。……その勾玉、もしや蝦夷の子ではないのか？」

朱色の勾玉の形と並びに、北で闘ったことのある兵士の一人が気づく。

「唐人のふりをしているんじゃないのか。阿弖流為の刑場で……御大将が手を合わせてから出立するなどと仰せになるから。捕えろ！」

「触るな！」

白い絹を纏っても勾玉ですぐに阿弖流為との縁を見破られ、数え切れない程大勢の男たちに瞬く間に空良と風火は腕を摑《つか》まれた。

「どうした。何があった」

隊列が崩れたことを不審に思ってか、空良には見えない兵士たちの壁の向こうにいた、体の大きな男が馬から降りてやってきた。

空良は、坂上田村麻呂を見たことがない。けれど地を踏み締めるその足だけでわかった。阿弖流為と対等に闘い、阿弖流為が北の土地に暮らす人々をもっと幸せにできると決めて、信じて投降した男だ。

「こんな……心の脆弱《ぜいじゃく》さを表すような鎧《よろい》の男を、信じて」

けれど北の民は、こんな風に全身を鎧で守らない。鉄の剣を飾り立てない。頑強で誠実そうだけれど、結果この場所に阿弖流為の首を晒した男に、空良は短弓の矢を打ち込む鎧の隙間を見定めた。童の身には持ち得ない力を心で振り絞って兵士の腕を振り払い、補強された弓柄《ゆづか》を素早く握りしめ直ちに弦《つる》を打ち起こし強く引く。

「……っ……！」

矢を放とうとした刹那《せつな》空良は、田村麻呂に正面から腕を打ち払われた。

「あにうえ！」

骨に重く響く痛みに声を失うや否や、兵士たちに体を地に押さえ込まれる。

「我らが大将になんたることを……童といえど生かしてはおけぬ。この場で首を打ち落とせ！」

「阿弖流為と同じ場所で死ねたなら満足であろう!!」

土に頰を押し付けられながら言葉を聴き、男たちの言う通りだと空良は思った。

これから、空良にとって正しさの指針であった阿弓流為が生きた痕跡《こんせき》は消えていく。もう既に消え始めている。戻れる場所はない。

最早北の民は阿弓流為という人ではなく、形のない「律令」に従っていた。

「我の首はこの場で落としていい。けれど弟は我についてきただけだ。北に、連れて行って……っ、ください」

大切な弟の命だけはなんとか守らなくてはと、唇を噛《か》んで空良は兵士たちに懇願した。

「北の言葉じゃないな」

田村麻呂が、空良の横に屈《かが》み込んだ。

そうだ。この男は阿弓流為と多くの言葉を交わした。だから北の言葉がどういうものなのか知っているのだと、赤い眦《まなじり》で空良が田村麻呂を睨《ね》め付ける。

「そんな目をするな。まだ、小さな童ではないか」

憐《あわ》れむように、田村麻呂は空良を見つめた。

「待て、扱いに気をつけろ。矢じりには猛毒が塗ってあるはずだ」

空良が握りしめて放さない短弓を取り上げようとした兵士に、言いつける。男はどれだけ本気で空良が自分を殺そうとしたのかよくわかっていて、そして憐れんでいる。

「蝦夷《えみし》の者が私を憎むのは当たり前だ」

空良には、この男の何もかもが理解できなかった。

「けれど、御大将は阿弓流為と母禮の助命をどれだけ帝《みかど》に嘆願したか。それを帝が虎を生きて野に放つなと……こんな子どもに御大将の辛《つら》さがわかるものか！」

若い兵士が、何故なのか涙を滲《にじ》ませる。

「約束をしたのは私だ。約束を守れなかったのは、私だ。憎まれて当然だ。こんな子どもを殺すな」

「いいえ、征夷大将軍《せいいたいしょうぐん》に弓を引いた者をこのままにはできません！　それは律令《りつりょう》の上でもあり得ないことです!!」

自分たちが阿弖流為を慕ったように、この男はここにいる多くの兵士たちに慕われているというのだろうか。

阿弖流為を騙《だま》し首を晒《さら》した者と、今聴こえている言葉が、空良には少しも一致しない。

「この私が子どもに射殺されそうになったと、誰に告げられる。恥だ。子どもを殺すんじゃない。まだ何もわからないんだ」

──童の命を要するほど我が弱いと思うのか！

どこまでも穏やかに田村麻呂が言うのに、空良は阿弖流為の声を聴いていた。

「これから北にまた新しい城を築くところです。子どもと言えど弓引く者は、必ずや征夷大将軍の禍《わざわい》の芽となります」

一歩も引かぬ気が立った兵士たちに、田村麻呂がため息を吐く。

長く壮絶であった北との闘いは、北だけでなく、朝廷の兵士たちにも遺恨を残しているようだった。

同胞を殺された同じ恨みを、お互いが持っていると知る。それなら殺されるだろうと、空良は惑わなかった。目の前で阿弖流為に猛毒の弓を引いた者がいれば、自分たちも決して生かして帰しはしない。

「弟だけは、どうか」

懇願した空良の顎《あご》を、屈んだまま田村麻呂は摑んで顔を上げさせた。

「弟……。……北に、弟を連れて帰ってほしいか。迎える者はいるのか」

考え込むようにただ空良を見て、田村麻呂が問う。

「います。女たちが待っています。どうか弟を北へ、お願いします」

「わかった。おまえの願いを聞こう。そうしてやれ」

不審がる兵士たちに、田村麻呂は強く言いつけた。

「弓を引いたこの子どもは、言葉だけでなく驚く程美しい姿の童《わらわ》だ。皇太子に献上しろ」

立ち上がりもう一度空良の顔を見て、田村麻呂が兵士に向かって告げる。

「安殿《あて》親王に、ですか？」

「妃《きさき》の母親と閨《ねや》をともにするような色好きだ。美しければなんでもいいだろう。御所に上がって皇太子の寵愛《ちょうあい》を得れば、もう外には出られまい。北に帰ることも私が狙われることもない」

躊躇《ためら》わずに田村麻呂が何を言ったのか、空良は理解した。

「風火。あの男について帰るんだ。兄のことは心配するな」

風火を見送り、舌を噛んで命を絶とうと心を定め、空良は弟に笑って見せた。

大切な、幼い、生まれた時からずっと自分の後をついてきた弟。置いてくるべきだったが、いつもと同じにここまで連れてきてしまった。

兄をひたすらに信じる無邪気なだけの弟を、せめて生かして北に帰せることは空良には大きな幸いだった。

いつの間にか風火はいつも空良の傍らにいた。やさしくおとなしく兄の影のような弟だ。だからこうして危険な場に招いてしまったけれど、別れは今はただ喜びだ。

「……阿弖流為様が、いてくださったなら」

心残りが去って、命の緒が途絶える声が空良の唇から零《こぼ》れ落ちる。

北の民はこれから安寧を得るかもしれない。けれど空良は何も納得していなかった。

安寧が得られるのは阿弖流為の真摯《しんし》な正しさがあったからだ。

なのにそのまっすぐな人は首を落とされ、あまつさえこの場に罪人として晒し者にされた。

決して、空良は約束を違《たが》えた者を許しはしない。殺されても、舌を噛んでも、魂が刻まれても、眼を見開いて永劫《えいごう》に罪科を欲する。

「日の光のようなあの正しさを裏切った者たちを、絶対に許さない」

正しさだけを求めて、空良は息絶えようとしていた。

「あにうえ?」

「命は助かる。心配するな」

田村麻呂はもう自分の馬へと向かい姿は消えて、兵士の一人が風火に答えた。

「ならあにうえといっしょにいく」

「駄目だ！　風火!!」

初めて強く、空良が弟を叱る。

「なぜ？」

「おまえの兄は、帝の皇子の慰み者になる。生かしておくだけ有難く思え」

「あにうえはまるでありがたい眼をしていない」

不意に、風火は兵士の腰元から刀を抜いた。

「ちがう眼をしている。魂が殺される。『正しさ』が殺されたことをとてもにくんでいる。おまえたちはうそをついている」

そう告げた風火の瞳《ひとみ》こそが朱赤の色を灯《とも》らせ、刀を摑《つか》んだ腕がなんの迷いもなく低いところから男の顎の下、喉笛《のどぶえ》を刃《やいば》で掻《か》き斬った。

「……っ……」

「風火……？」

太い血管をやったのか大量の血飛沫《ちしぶき》が飛び、風火の白い絹の衣も肌も朱色に染まる。

息も上げず躊躇《ちゅうちょ》することもなく、風火は止めに掛かった次の兵士の心の臓を一突きに突いた。

「この小僧……っ」

既に仲間を二人殺《や》られた兵士たちが、一斉に武器を構える。

刃を避け懐に入っては刺し、己の刃が駄目になったと知れば迷わず捨てて死人の刀を拾い、僅《わず》かに肌を斬らせながら瞬く間に風火は二十人以上の兵士を殺した。

「何が起きた！」

遠方に戻った田村麻呂の声がするのに、空良は自分を押さえている兵士たちが皆絶命したことを知る。

まるで大きな焔《ほむら》が畝《うね》り三日三晩燃え続け何もかもを焼き尽くすように、風火はそこにいる人々を斬っていった。

火が風を受けたように大きな炎《ほのお》が立っている。炎は躊躇うことなく、ほとんどの者を焼き尽くした。馬に乗っていたものはなんとか炎から逃れることができた。

それはただ火が燃えただけで、炎は燃えるものだから燃えた。

田村麻呂がこの場に戻るまでに、もう十人、あと二十人と、ただ息をするように刀を振っては斬り、刃を見定めて槍《やり》を拾っては突き。

空良が呼吸を止めている間に、風火は死体の山を築いて彼らの血に染まっていた。

「あにうえ、だいじょうぶ？」

火は、燃えただけなので何も思わない。

兄が立ち上がったと知って、殺気一つ見せず風火は朗らかに笑った。

今までただの一度も、人を殴ったことさえない弟だ。

「おまえたち……。まさか、この童一人で」

田村麻呂が兵士たちの遺体を掻き分けた時には、この場にいた者たちに命の残像さえなかった。

「風火」

咄嗟《とっさ》に、空良が風火の腕を摑んで駆け出す。炎であったはずの風火の手は、まるで熱くない。

「あにうえ、北にかえれる？　いっしょに」

また手を繫《つな》げたことがただ嬉《うれ》しいと、風火は無邪気だ。

無邪気だ。

風火には全く邪気がない。邪気も殺意もなく、あれだけの人々を息をするように水を飲むように惨殺した。

東側の山に、空良は駆け上がった。急な斜面だが、北の狭隘《きょうあい》な山野で生きている兄弟にはなんでもない山だ。

「風火」

幼い頃からその山野で兄弟は一緒に、弓や剣を習った。なんでも一緒にやった。朝廷との闘いは生まれる前から始まっていたが、空良と風火は子どもとしての時間を過ごす中で、自分たちが人を殺すことを本当に考えたことなどなかったはずだ。

「なあに？　あにうえ」

少なくとも空良は、阿弖流為が殺されるまで自分の手で人の命を取ることは考えなかった。阿弖流為が殺されたので、初めて人を殺そうと決めた。

風火はきっと、今も考えていない。兄を慕い、兄を守っただけだ。

「約束を守らなかったのは、確かに私だ」

背後から、田村麻呂の声が兄弟に追いつく。

空良が振り返るとその姿、声は、何処にも逃がせない怒りと悲しみに満ちて今にも血が噴き出しそうだった。

迷わず風火が築いた死体の山は、この男の兵士だ。兵士たちが「御大将」と呼んだ田村麻呂を慕うのを、空良は見た。

「私を殺せ。恨みは、それで終わりにしてくれ」

白い衣を血に染めている兄弟に、田村麻呂は懇願した。

「弟は」

喉元《のどもと》まで、魔物かもしれないと言葉が出かかったがなんとか空良が呑《の》み込む。風火には聴かせられない。

「風火は我が、連れて行く。我は風火と一緒に、逝く」

風火が握っている刀を、空良は受け取った。

あんなに大勢の人を邪気なく殺してしまえる風火という焰を、空良は今日初めて知った。何も思わぬのなら、きっかけがあればまた焰は考えずに大勢を燃やし尽くすだろう。

たとえそれが敵でも仇《かたき》でも、惑わない風火の刃は人の理《ことわり》の中に在るべきものではない。

未《いま》だ空良が拒み続けている律令《りつりょう》に於《お》いても同じだろう。

愛《いと》おしい、可愛い弟を、何より空良は赦《ゆる》すわけにはいかなかった。

「兄と一緒に逝こう。いいな？　風火」

「あにうえとなら、どこにでもいくよ」

遊んできたように笑っている風火を見つめている空良のそばで、田村麻呂も呆然《ぼうぜん》と立ち尽くして二人を見ていた。

「なら、目を閉じて」

「はあい」

兄にだけ何処までも従順な弟は、しっかりと目を閉じてまだ微笑んでいる。数えきれないほどの、人の血を浴びて。

一思いに、せめて苦しませず、兄の手でと、空良は刀の柄《つか》を握り風火を抱いた。

大勢の兵士の命を一瞬で奪われた田村麻呂も、待てとは声が出ない。

「風火」

最期に空良は、弟の名前を呼んだ。

「はーい待て待て待て。待ちなさいそこの餓鬼ー」

その時、田村麻呂でもない兵士たちの言葉とも違う、刑場から上がった荒《すさ》んだ空気しか漂わない場に全くそぐわない、男とも女ともつかない軽やかな声が響き渡った。

風火とともに逝く覚悟で柄を強く握りしめていた空良は、体が固まって身動きが取れない。

「だあれ？」

今兄に連れて逝かれるとわからなかったのか、それともさっき田村麻呂が言っていた通り子どもだから何もわからないのか、風火は無邪気に笑って訊《き》いた。

田村麻呂は剣を構えない。その男とも女とも、人ともつかないものに見覚えがあって田村麻呂は凝視していたが、空良は自分以外の誰かの心の動きに気づく余裕などなかった。

「あのー、あたし弥勒菩薩《みろくぼさつ》。結構前からいますよあたし。知りませんかねえ」

不思議な白い光に包まれて空良にはよく見えないその人は、中指と親指で円を作り、残りの指を右頬に近づけていた。

「いつ、から、ですか」

ここにいて今の惨劇をすべて見ていたという意味と取り違えて、ようよう絞りだした声で空良が尋ねる。

「この世の始まる前からさねえ。どうだいこの衲衣《のうえ》。似合っているだろう？」

言われてみればとてもこの世のものとは思えない美しい一枚布を腰に纏《まと》って、とてもこの世のものとは思えない軽々しさで弥勒菩薩は言った。

「お似合い、ですが。どなたですか？」

「……弥勒菩薩だ。聞いたこともないか」

小さな声で田村麻呂が、抗《あらが》うなと戒めるように空良に教える。

「大丈夫大丈夫。あたしゃ天罰とか仏罰とか与えないから」

「じゃあなにするの？」

あっけらかんと尋ねた風火の瞳《ひとみ》を、微笑みを湛《たた》えたままじっと弥勒菩薩は見つめた。

「あたし、あんたさんたち人間を浄土に往生させます。成仏させるのがあたしのお仕事。突然たくさんお仕事が生じたんで、すっ飛んできたわけさ」

感情を込めずに弥勒菩薩が、谷の方角を振り返る。

「……浄土に、往生させてやってください。皆」

折り重なっている兵のために、田村麻呂は深く頭を下げた。

「大切な兵だ。私が育てたものも大勢いる」

絞りだされた声を、空良は身じろぎもできずに聴いた。

「ならば、我らもお願いします」

成仏、の意味は空良にもわかる。北ではもう朝廷と文化も宗教も融合し始めていて、もともと自分たちが持っていた森への信仰を上書きするかのように社は建てられていた。

「谷の人たちはちゃんと連れてくとも。でもそこのまだ生きてる二人は、そんな気軽に言われましてもねえ」

「どうやったら、浄土に行けるんですか」

真摯《しんし》に、空良が尋ねる。

どんなに言葉が軽々しくとも、目の前に現れて地上から浮いている者が、人ではないことは一目でわかった。

「ええとね。人間の寿命が八万四千歳になって、この世が盗賊、飢饉《ききん》、戦に悩まされなくなったときにまずあたしが生まれましてね」

「あり、得なくないですか……」

真剣に聴いている空良に、本気とも冗談ともつかない顔で弥勒菩薩は笑う。

「三回説法したり」

「おおいよう、さんかい！」

そんなに説法は聞けないと、風火は大きく首を振った。

「そもそも五十六億七千万年後の未来を待っていただいたりなんかして」

「盗賊や飢饉や戦がなくなるのに、そんなに待てない」

強い声で言ったのは、田村麻呂だった。

「ならばおまえさまは、待たずに行くがよいよい」

にっこりと鷹揚《おうよう》に、弥勒菩薩が田村麻呂に笑う。

「おまえさまはできるであろうよ。さて、あんたさんはどうしようかねえ」

白い衣、朱に染まる幼い兄弟のそばに一瞬で寄って、「はてさて」と困ったように弥勒菩薩は二人を見ていた。

「この世には、たまに現れる。一人で多くの人を殺してしまう者がね」

百年に一人くらい、と弥勒菩薩が困ったようにため息を吐く。

「多く、とは」

今風火が瞬く間に殺した人々も空良には充分に多かったが、息を呑んで思わず尋ねた。

「たとえば一つの村、都、国、民族と呼ばれる者たちを。宗教の違う者たちを」

たとえばと言った弥勒菩薩の声はやさしいが、言われた「多い」を想像するのは空良にはあまりに「多い」。

「今殺した数の、百倍ではきかないよ。想像もつかないだろう。膨大な人々を一人で殺してしまう者が、たまに生まれる。阿修羅《あしゅら》とか夜叉《やしゃ》とか悪魔とかいろんな名前で呼ばれるが、やることは同じだ」

風火の瞳から赤が消えるのを見届けて、弥勒菩薩は空良を見た。

「一人で多くの人を殺す。その数は度を越しているのでこちらも簡単には見過ごせない」

弥勒菩薩は笑みを絶やさない。

「一人で、ですか」

「一人でだ。今後も現れるだろうねえ」

「何故ですか？　その力は宿業なのですか？」

宿業ならば祓《はら》ってもらえないだろうかと、空良は問いを重ねた。

「殺せるのは力があるからじゃないよ。意志があるからだ。意志があり、信じているからさ」

「何を、信じているから殺せるのですか？」

ならその信じる源を解けば風火はもうしないのではないかと、縋《すが》るようにまた空良が尋ねる。

「その信じる力の強さが、生半可なものではない。宿業と名付けたいなら、信じる力が宿業なんだろうね。強く信じる宿業を持って生まれてきた」

穏やかなまなざしで、弥勒菩薩は空良を見た。

そして風火と目を合わせて、弥勒菩薩が細い首を傾ける。

「風火、か。本当にそれは、おまえさんのお名前かい？」

「うん。空良のおとうと、風火」

幼気《いたいけ》な風火の声が、空良には辛《つら》かった。

風火が信じているのは、もしかしたら兄である自分なのではないだろうか。

「だとしたら」

やはり宿業共々に、此岸《しがん》から去るしかない。

「はいはいすぐ決めないの。あんた、そんなに聡明《そうめい》なのにそのまま命を終える気なのかい？」

弥勒菩薩が放った言葉が、自分に向かっていることに気づくのに空良は多くの時間を要した。

「そのままでいるつもりかい？」

「どういう、意味ですか」

何しろ言葉が自分に掛けられたことにさえ気づけなかったので、訊き返した言葉通り空良にはまるで意味が解けない。

「そもそもね、一人で多くを殺す宿業の者にはあたしは目に入らないもんなんだけどねえ。なかなか奇妙なものに出会ったもんだ。さて、無なのか、無限なのか」

円を作った指を動かさずに、弥勒菩薩は言った。

「はたまた、始まりなのか。それとも」

何かを言いかけたのではなく潔く言葉を切って、不意に弥勒菩薩がずっと円にしていたその指を解き放つ。

「え……？　ええっ⁉　ふ、風火⁉」

指が指している先を空良が見ると、さっきまで確かに風火がいた場所に、白い毛並みのいい仔犬《こいぬ》がコロンと転がっていた。

「くうん？」

「犬なら大勢を殺せまいよ。人の前では犬にしとけば、あ、問題なし。問題解決」

大きく伸びをして、弥勒菩薩が清々《すがすが》しく言い放つ。

「待ってください。そんな……せめて人として死なせてください‼」

行ってしまうかに見えた弥勒菩薩に駆け寄って、空良は懇願した。

「誰が死ねると言った。死ぬということは往生するということ。程遠い程遠い。答えが見つかるまで、旅をおしよ」

「なんの答えですか！」

「さて答えはあるのだろうかねえ。それは死んだら楽だと思うだろうが」

急勾配《きゅうこうばい》を下る、風火が炎で焼き尽くすように積み上げた死体の方角を弥勒菩薩は見た。

「楽に死ねると思いなさんなよ」

「罰、ですか」

「旅だ。見つかれば、人として死ねる。かもねえ」

何を見つけなければならないのかさえ、弥勒菩薩は教えてくれない。

足元に、ぬくもりが擦り寄った。血が巡っているあたたかな白い仔犬の形をした風火が、その姿でもなお兄を慕って頼っている。

「くうん」

「風火……」

真っ白な毛には、血がついていなかった。

白から、無から、今一度生を始め直せるということなのか。それとも全て無に帰したということなのか。

「一つ言っておくことがある。蝦夷《えみし》のことも阿弖流為のことも誰にも話すんじゃないよ」

まった。

「何故、ですか」

混沌《こんとん》は激しく、「何故」の答えはほとんど貰《もら》えていないのにそれでも空良は訊《き》いてし
「どれだけ続く旅なのか、あたしにも想像がつかないからさ。これはあんたの旅だから
ね。負けた方は歴史から消える。名前が残れば御の字。そういうもんなので、喋《しゃべ》るんじ
ゃないよ」

「弥勒菩薩……っ」

一瞬完全に消えた弥勒菩薩に、仔犬の風火を抱いて空良が叫ぶ。

「おっとっと、忘れてた忘れてた」

すぐにまた弥勒菩薩は姿を現して、人ならざる者の行いを凝視していた田村麻呂の方
を向いた。

「田村麻呂さんはまだちょっとやることがあるから。まあ今際《いまわ》の際に呼びたくなったら、
ご縁ができたんで呼んでちょうだい。そしたらまたくるわ」

「弥勒……菩薩……」

弥勒菩薩を知っている田村麻呂が、僅《わず》かに半信半疑の声を聞かせる。

「浄土に連れてくからね」

谷の兵士のことは案ずるなと、弥勒菩薩は神々しく大きな光を放った。

その光は人も山も木も岩も消して、輪郭が取れぬ間に空良は仔犬となった風火と駆け

出し、田村麻呂とはしばしの別れとなる。

この粟田口での乱は弥勒菩薩の言う通り『続日本紀《しょくにほんぎ》』にも『日本後紀』にも刻まれることはなく、なかったこととなって歴史から消えた。


そっから千二百年以上が経ったわけである。

『時の征夷大将軍《せいいたいしょうぐん》、坂上田村麻呂が生前屋敷を寄進したのがこの清水寺《きよみずでら》です』

居間でつけていたテレビでは、千二百年前の田村麻呂の住居が映し出されていた。

「こんなところに住んでたやつに、勝てるわけないよな……」

飯台で、空良は清水寺の元の家主と一緒に餃子《ぎょうざ》の皮を包みながら、荘厳で広大な清水寺の映像にため息を吐いた。

「そんなに住んでる時間なかったけどな、忙しくて。家っていうより要塞《ようさい》だったぞ」

寄進した本人が、べたな観光名所となった寺を眺めて肩を竦《すく》める。

「まだ包んでるー？」

台所から、賊が去った後に食べ終えた本格派生ラーメンの後片付けをしている風火の声が飛んだ。

「まだ包んでるよ」

「俺は初めてだ、餃子なんか包むの。今やっとコツを掴《つか》んだ」

夕飯は生麺《なまめん》を買って家でラーメンと餃子を食べようと、空良はしずく石町商店街で買い物をしていた。賊のせいで腹が減って、取り敢《あ》えず三人はラーメンを先に食べた。

今夜は吞《の》もうと田村麻呂が言い出し、それぞれ風呂《ふろ》に入って今こうしてテレビを観ながら空良と田村麻呂は餃子を包んでいる。

闘いと全く違うことをして酒を吞む。それは田村麻呂と空良には経験則的に今夜必要だと思える作業だった。

どんな相手だろうと、本気で闘った血は何かしら違うことで鎮めなくてはならない。

「コツを摑むと楽しい。僕は好きだ、餃子包むの」

このコツコツとしたルーティン作業は本当にクールダウンに向いていて、その上餃子が出来上がるのだから最適だと空良は几帳面《きちょうめん》に折り目を作った。

「確かに楽しくなってきた。形も整ってきたぞ」

できないことというのがほとんどないのだろう田村麻呂は、初めてなのにすぐしっかりした餃子を包む。

「こんなに作って冷凍すんの？　オレ昼間一人の時に包むからいいのに」

台所で餃子のタネのために刻んだ白菜を塩で揉《も》んでいる風火には、鎮める作業をする必要がない。風火は、闘っている時と普段の落差がまるでない。

たった一人で多くを殺す者ならばそうだろうと、最初空良はそう吞み込んでいた。

だが空良と田村麻呂にとっても、千二百年の歴史を生きているとこんなことはあるあるである。チンピラと格闘したくらいの血は、餃子を二、三個包んだら簡単に鎮まった。

空良にとって鎮まらないのは賊のことよりも、賊を簡単に嚙《か》み殺そうとした風火だ。

「証拠のデータはクラウドに保存してることくらい、わからないものなのか」

そもそもチンピラを寄越した反社会組織のお粗末さに、空良がため息を吐く。

「どっちかって言うと脅しと、賢くはないが主任が相当自暴自棄になったんだろうよ」

もう打つ手を失っている、自分が代理人となった事故者のことを田村麻呂は言った。

「有体に言うとキレたんだろうな」

「自分がしていることの自覚くらいはあったはずだ。どれだけの害悪かも」

理不尽すぎると咎《とが》めた空良に、田村麻呂が苦笑する。

「自分でも自業自得で害悪だと心の奥底ではわかっていることを、正論で静かに問い詰められる。一番くるだろうよ。出来ればもう少し手加減を覚えろ」

そうでなければこうしたことは繰り返されると空良に教える田村麻呂の言葉に、棘《とげ》はなかった。

「それは、僕だって」

言われたことは、実は空良にとっては覚えようとし続けていることだった。

四十年前から、努力はしている。けれど生来の性《さが》だ。そう簡単にはいかない。

『坂上田村麻呂の伝説に纏《まつ》わる神社は全国各地にあり、死後も、甲冑《かっちゅう》を身に着けて太刀を手に立った姿のまま棺《ひつぎ》に入れられ京を守護するため東の方角に向けて埋葬されました。

今では武芸の神としても知られております』

「神神神神と、うるさい」

テレビから聞こえてくる田村麻呂の数々の誉《ほまれ》に、自分がままならない八つ当たりで思わず空良はぼやいた。

「いつ聞いても気分がいい。だが死後も立ったまま東の方角に……どんだけ人使いの荒い上司だ嵯峨《さが》天皇。今なら労基が入って一発アウトだな」

すっかり現代に馴染《なじ》んだ当の征夷大将軍が、四代に亘《わた》って仕えた帝《みかど》たちを思い出して肩を竦める。

「とんでもなく広いところだな。……清水寺」

要塞と言われれば納得のいく屈強な建物に今時の修学旅行生が陽気に飛び跳ねているのを眺めながら、ふと、空良は声を落とした。

「歴史から消された者たちへの、供養か？」

要塞にしろ、千二百年経っても残るこれだけの建築物を寺として寄進した征夷大将軍だ。本人が言った通り散々に働いたのは、後に綴《つづ》られた歴史から空良も知ったことだった。

「みんなへの供養だ」

あの時、粟田口で風火が一息に殺し尽くした兵士のことを空良が言ったとわかって、包み上げた餃子を片栗粉が敷かれたバットに置いて田村麻呂が笑う。

「お互いのことなんだよ。首の数で勝敗を決める。そういう時だった。おまえが幼い頃には、俺は北で大きな討伐を果たした。斬首四百五十七級、捕虜百五十人、焼き落とした村は七十五処。これでも少ないと言われた」

正確に数をなぞって、田村麻呂は次の餃子の皮を手に取った。

「みんなを弔うには、清水寺一つでは足りないな。空良」

ふと、落ち着いた声で田村麻呂が空良に呼び掛ける。

「憎しみの中で生まれてきたのに、よく生まれ育ったよ」

田村麻呂の死後、振り返ると歴史となった時間の中で、何度も空良と風火と田村麻呂は出喰《でく》わした。最初空良には、田村麻呂には憎しみしかなかった。

「……おまえは」

だが思えば田村麻呂は再会した時から、空良にも風火にも憎しみを見せなかった気がする。こういう声を、大人から子どもに掛けられるような声を、もしかしたらあの粟田口でさえ田村麻呂は兄弟に聞かせた気がした。

「お互い、多く殺し合った。死の数で政《まつりごと》を進める時代だった。だから帝は蝦夷《えみし》の子どもの力で多くの兵を失ったことを伏せたんだ。それで記録にない」

粟田口の兵士たちの死が歴史に残らなかった理由を、かつての要塞を見て思い出した田村麻呂が語る。

「あの時は」

久しぶりに田村麻呂と向き合って、久しぶりに粟田口の話になり、空良は台所で餃子のタネを作っている風火を見つめた。

「風火の行いは、僕の怒りでもあった。同じ、気持ちだった。むしろ」

炎のように兵士たちを討ち取っていった風火に呆然《ぼうぜん》としていたが、あの場であの時最も死を欲したのは自分だったと、空良は覚えている。

「むしろ、僕の怒りでしかなかった」

風火は何もわかっていなかったのに、どうしてあんなにも空良の心の手足となったのか。最近、明らかに兄とは違う体を持ち違う考えを持つようになった弟に、空良はそれが不思議でしかなくなっていた。

「それはそうだろう」

田村麻呂が阿弖流為の話をするのかと、空良が身構える。

「おまえの大切な主《あるじ》を死なせた場所だとおまえは知っていた。それに、今なら違う方法で俺もおまえの命を助けるが」

千二百年の中で、田村麻呂は阿弖流為について空良の前でほとんど触れなかった。けれど後の平城《へいぜい》天皇となった色好きの皇太子の寵童《ちょうどう》に空良を奉《ささ》げろと言ったことは、田村麻呂も忘れていない。

「あの時に戻れば、俺はまた同じ方法しか取れない」

田村麻呂の言葉を聴きながら、同じ時を地続きで歩いてきながら、この男はその時その時の理《ことわり》をきっちり分けて心を引きずられていないと空良は知った。

「どちらにしろ僕は死んだ」

舌を嚙み損ねて皇太子の閨《ねや》に放り込まれても心は死んだだろうと、時で理を分けることが上手《うま》くできない空良が呟《つぶや》く。

「まだ恨んでいるのか?」

仕方なさそうに、苦笑いして田村麻呂に問うた。

改めてそうして問われれば空良にも、理は分けられないが粟田口で自分は命を助けられるところだったとはもう理解できていた。

「さっきは」

だがそれを田村麻呂に伝えることは、とても難しい。

「僕は、風火と同じ感情じゃなかった」

難しいので空良は、近いところに話を変えた。

「僕が怒らなかったのに、風火は怒った」

「ん? 田村麻呂もう殺してもいいの?」

餃子《ぎょうざ》のタネが入ったボウルを持って、いつの間にか風火が空良の後ろに座る。

「殺しても死なないから、僕ら。三人とも死ねない。あにあにするに留《とど》めなさい」

「弥勒菩薩のお陰様でな。無限の時を旅するはめに」

いつまでもそれを風火は覚えず、兄が殺されてしまうと思うのかさっきのように時々人を殺《あや》めそうになる。過去にはまた殺めたことも、あった。

「なんで田村麻呂、もっとおっさんじゃないんだよ」

塩で揉《も》んだ白菜と挽肉《ひきにく》、大葉と葱《ねぎ》をたっぷり揉み込んだタネを空良の横に置いて、不満そうに風火は訊《き》いた。

「どうした？　そんなこと初めて訊くな」

不思議そうに目を見開いた田村麻呂に、無言で風火がテレビを指さす。

『五十四歳で病に倒れた坂上田村麻呂は』

清水寺を深く掘り下げる番組はまだ続いていて、丁度田村麻呂の享年が語られていた。

「今際《いまわ》の際に弥勒菩薩を呼んでみたらきたもんで、一番体が動いた頃の体にしてもらったんだ」

「そんなこと……頼めたのか？　あの適当弥勒菩薩に」

田村麻呂の肉体が確かに享年より、なんなら粟田口の時より若い理由を空良も今初めて知って愕然《がくぜん》とする。

「適当だから頼めたんだろ。なんでそんなに驚いてる」

「だって、僕らは千年以上ずっとあのままだった！」

「そうだそうだ。お酒もたくさんは呑《の》めなかった！」

それが不満だと銀の髪を括《くく》ってエプロンをつけた風火は、タネと一緒に持ってきた缶ビールの一つをいい音を立てて開けた。

「ビールは餃子焼いてからにしなさい、風火」

「いや、呑みながらやろう。なんだか」

風火が運んだ缶ビールを田村麻呂も開けて、空良にも一つ渡す。

「いいな。餃子」

なんとなく缶を合わせて、餃子を包む作業に田村麻呂は浸っていた。

「ああ。いいよ、餃子は」

渡されたビールを開けた空良には、もともと好きな作業だ。

「いい感じで暮らしてたんだな、おまえら」

「なんか怪しい！」

田村麻呂と空良の間に無理やり座って、風火が二人を交互に見る。

「何がだ」

「なんか、前より仲良し！　もしかしてオレのいないとこで仲良くしてる⁉」

風火は千二百年兄以外の人がいれば白い犬の姿で、人間でいるのはほとんど兄と、たまに田村麻呂の前だけだ。

つまりは千二百年、ほぼ兄のことしか見ていない。

「だって風火、僕ら大学も司法試験も同期だから。呑み会くらいは何度かは」

「合コンだ合コン」

なんとか弟を宥《なだ》めようとした空良の努力を無にして、田村麻呂は「けけ」と笑った。

「ふけっ！」

「そうかそうか。風火は女を知らんのか」

妻帯したこともあれば子どももいた田村麻呂が、風火に真顔で尋ねる。

「だって他の人に会うとき犬だもん！　オレ」

「それはどうにもならんなあ」

「兄上は!?　合コンオレ知ってるよ！」

「田村麻呂の言葉を真に受けるな！　僕は合コンは一回も行ってないし……っ」

なるべく平常心で心を揺らさず暮らそうと空良は努めているのに、餃子とビールと清水寺と田村麻呂のせいでまたすっかり調子が狂った。

「それどころじゃなかったよ。千二百年」

「長いな、それは」

しみじみとまた田村麻呂に言われて、余計に腹が立つ。

「だって、僕らはずっと少年の姿から変わらなかったんだ。おまえみたいに選べるなら選ばせてほしかった」

「選べたのか？　過ごした時間を戻せはするけど、ない未来を進めるのはできないんじゃないのか？　普通に考えて」

「そんな秩序、あると思うか。あの弥勒菩薩に」

適当弥勒菩薩とさっき空良は言ったが、その後も折々に弥勒菩薩は姿を見せていて、いつでも適当ぶりは健在だ。適当じゃなかったことは一度もない。

「秩序か。そもそも生きものの理からはとっくに外れてるしなあ。どういう体なんだろうな。死なないが、腹が減る。怪我もする。だが」

ふと、いつになく真面目な顔で田村麻呂は空良と風火を見た。

「昭和に別れた時までは、確かに空良も風火もあのまま子どもの姿だったが。二人ともすっかり大人の姿になったじゃないか。どうした?」

空良にとっては実は大きく気に掛かっていたことに関わる問いを、なんでもないことのように田村麻呂が投げる。

「田村麻呂」

今が機会だと覚悟を決めて、空良はまっすぐ田村麻呂に向き直った。

「昭和の頃はまだ少年の姿だった僕たちを食べさせてくれたのに、何も言わずに出て行ったのは悪かった。申し訳ない」

手が餃子のタネと片栗粉で汚れているので掌《てのひら》を見せるというおかしな姿勢になったが、空良は本気で田村麻呂に頭を下げた。

「どうした。おまえが俺に謝るなんて。雹《ひょう》が降るぞ」

「礼を欠いたら、誰にでもきちんと謝る」

ふいと横を向いた空良を、風火は不思議そうに見つめている。

「急にいなくなって、寂しくはなったが心配はしなかったさ。死なないことはわかってる。育ったんで出てったのか？」

「僕と風火の体が育ったことは、おまえの家を出てから気がついた」

千年、いや千二百年育たなかった空良と風火には、昭和の高度成長期に田村麻呂と暮らした後、不意に成長が始まった。

思えばはっきりしたきっかけがあったと、空良はよく覚えている。

「そうだったっけ？」

「そうだ。おまえは急に大きくなった、風火。僕は驚いたよ」

きょとんとしている風火の髪を空良は撫《な》でたかったが、手には相変わらず片栗粉だ。

「江戸も、明治もなんとなく屋根をともにしたことはあったが。戦後からしばらくして、あの頃には子どもだけじゃ暮らせない社会になってたからなあ」

だから大人の姿の自分が兄弟を養ったと、前の同居の理由を端的に田村麻呂が語る。

「GHQに戦災孤児の施設に放り込まれたこともあった。すぐ逃げたけど」

死なない体だとは言え戦前戦中戦後は大変だったと、思い出して空良はため息を吐いた。けれど言われてみれば、「死の数で政《まつりごと》を進める時代」は日本では一旦《いったん》は終わった。

「子どもだけで暮らせない社会は、悪いことじゃあない。いや、いい時になったとあの頃は思ったよ。俺は」

同じようなことを思っていたのか、田村麻呂が独り言《ご》つ。

「千二百年も経つと世の中変わるな。戸籍はどうした」

「大人に見えるようになったから、日雇いをして町を転々として。買った」

「電子化が進む直前に今の戸籍が作れたのはお互いよかったな。このご時世じゃそう簡単にはいくまい」

田村麻呂が今の戸籍を買ったのは空良と同時期のようで、なら同じに改名の手続きもしたのだろうと想像がついた。

「なんでわざわざ田村、麻呂にしたんだ」

皆がフルネームを聞いては、「田村、麻呂？」というほど、今もテレビでかつての要《よう》塞《さい》を特集しているほど坂上田村麻呂は歴史上よく知られた人物だ。

「二十一世紀もこなれてくると、親が征夷大将軍《せいいたいしょうぐん》が好きでーとかで済むかと思ってな」

「ふざけたのか」

「名前を取り戻したんだ。おまえだってそうだろ」

呆《あき》れかえった空良に、本音ともつかない声を田村麻呂が聴かせる。

「幼名にしても、しかし短いな。空良」

そしてふと、たいしたことではないのに気にかかることを言った。

意味を問おうとして、たいしたことではないのに何故だか空良は声が出ない。

「つまんない」

不意に、風火が口を尖《とが》らせた。

「餃子《ぎょうざ》焼いてくる。新しいの包んどいて」

いつでも自分一人の者だった空良が、しかも自分と話している時とは違う様子で田村麻呂と話すのが、風火にはつまらないようだ。

「反抗期か。成長の証《あかし》だが」

包まれた餃子を持って台所に向かった風火の大きな背丈を見送って、田村麻呂が呟《つぶや》く。

「どうしても、あきらめないのか？」

そして、空良にそう尋ねた。

千二百年、空良は風火と望まない旅をしている。帰るところももうない旅だ。すっかり変わってしまった北に行く気にはなれない。待つ人も誰もいない。

「風火を、人間に還《かえ》す」

それでも空良は、あきらめるつもりはなかった。

風火を人に還すということは、弥勒菩薩が言った「たった一人で大勢を殺す者」という宿業から解き放されることだ。

「さっきもあっさり嚙《か》み殺そうとしたぞ、賊を。どうやって人にする」

「まだ……信じてるんだろうか」

――殺せるのは力があるからじゃあないよ。意志があるからだ。意志があり、信じているからさ。

弥勒菩薩はそう言った。何を信じているから殺すのかは教えてはくれなかった。

だが空良は千二百年が経ってやっと、少しだけその何かが見えてきた気がしている。

けれどその何かをまっすぐに見るのは、とても怖い。

「いっそあそこで弥勒菩薩が現れなければ」

「たった十二で、人を知らぬまま死ねたのに。か？」

独り言ちた空良に、田村麻呂は仕方なさそうに笑った。

「そもそもなんで僕らのところにだけ現れた。百年に一度くらい、一人で大勢の人間を殺してしまう者は確かに現れた。だけどたくさん見過ごされてきたじゃないか。……ヒトラーとか」

歴史的な民族浄化の象徴アドルフ・ヒトラーと、この宿業を同じに語りたくはなかったが、空良は納得できない。

「言ってただろう、弥勒菩薩が」

「何を」

「おまえには弥勒菩薩が見えた。目の前に立たれても、信じてることが強固なら見えない者には見えないだろうよ。弥勒菩薩とはそういうもんだ」

田村麻呂の言い分を、理解しようと空良は長く考え込んだ。

「そういうもん、か」

とても曖昧《あいまい》な言葉だ。前はその曖昧さは空良の中には少しも入ってこなかった。

「仏というのは裁くもんじゃないしな。必要な者の前に現れる」

「僕はあの時、弥勒菩薩を知りもしなかったのに」

けれど言葉にしたら、そういうものなのだろうと呑《の》み込める。神仏は法律のように決まりごとで動いていないのは、世界を見渡せばわかる気がした。

「あ！　今日二話目だから変えて!!　番組！」

台所から餃子を焼くいい音とともに、風火の大きな声と濡《ぬ》れ布巾《ぶきん》が飛んできた。

「なんだ？」

飛んできた布巾で、田村麻呂も空良も手を拭《ぬぐ》う。

「風火がハマってる刑事ドラマ。脇役で出てくる情報屋がかっこいいって、同じ服を欲しがる」

清水寺はもう結構と空良はリモコンを摑《つか》んで、風火の望む局に変えた。

当のドラマの番組宣伝が始まっている。

「いい服じゃないか。俺が買ってやろうか？　同居記念に」

「この服を着た風火と一緒にいることになるのは、僕とおまえだけなんだぞ」

作務衣《さむえ》のような藍色《あいいろ》の布地に朱色の刺繡《ししゅう》が入った情報屋の衣装は個性的過ぎて、何処で売っているのかも空良には全く想像がつかない代物だった。

「……阿弖流為が」

「黙れ」

ふと田村麻呂が言いかけたように、阿弖流為がこんな装束を身に着けていた。少し似ているだけだ。風火がそれを覚えているのかはわからないが、空良はそう思い始めてから阿弖流為のことをよく思い出すようになった。

「絶対に言うなと弥勒菩薩は言ったが、あの方のことはちゃんと記録に残った」

おまえかと空良は今までも何度も田村麻呂に尋ねかけて、そこで言葉を切っている。

阿弖流為は、北の屈強な正しい長《おさ》として記録された。それはさっき田村麻呂が言った粟田口の乱が消された理由と、相反する。

そして空良にとっての田村麻呂とも、結びつかないことばかりだった。

勝者が書き散らかしたはずの歴史も、こうして目の前にいる田村麻呂も。

「おまえは」

父に等しき人を裏切って首を晒《さら》したはずの男を、空良が見つめる。田村麻呂が阿弖流為の助命を嘆願したことは粟田口に倒れた兵士たちが語っただけでなく、『日本紀略』にも刻まれた。

「ちゃんと戸籍上の年齢に見えるな、田村麻呂。大学の時よりちゃんと大人になってる。なるほど、戻ることはできても進めることは」

「そこまで自在じゃない。なんとなく歳を食ってるだけだ、俺は」

肉体が年齢を重ねるのは自分の意志ではないと、田村麻呂は手を振ってビールを呑んだ。

「僕は、このままだと」

四十年前田村麻呂と暮らした後、空良は不意に大人の姿になった。律令《りつりょう》の果てに生まれた法律を学びそれを扱いたいという思いが湧いて、戸籍を求めた。

大学を受験するところから「奥州空良」の人生を始めたが、今の空良はどう頑張っても二十代後半にしか見えない。

「このままだと、なんだ」

聞いていないかに見えた田村麻呂に、尋ねられた。

「言いたくないか？　ここは、いい町だな」

この男はいつも、余白のある話し方をする。その余白は田村麻呂自身ではなく、語りかける相手に与えている。

それは千二百年経っても空良にはとても難しいことだった。

「はい餃子！　ドラマ始まっちゃう!!」

きれいな焼き色がついた円盤の形に並べた餃子を二皿、風火が飯台に置く。

「うまそうだな！」

「大葉のは酢醤油《すじょうゆ》だけで食べた方がいいよ」

人数分の缶ビールと皿と箸《はし》を盆から置いて、風火はもうテレビに夢中だ。

「いただきます。うめっ、あちっ！」

大葉がたっぷり入った餃子を、豪快に田村麻呂が頬張る。

なんとなく三人でまた、缶ビールを合わせた。

その大葉は八百屋「お七」の圭太が、今夜は餃子だと気づいたのかいつの間にか白菜に括《くく》りつけて入れておいてくれたものだ。

「いただきます。うまっ、あつっ！」

肉汁があふれ出て田村麻呂と同じはめになり、空良もおいしい悲鳴を上げる。

圭太が随分たくさん入れてくれた大葉のおかげで、餃子を取る手が皆止まらなくなった。

このまま肉体の時を進められなければ、いずれ空良と風火は交わる人の居るこの町に住めなくなる。せいぜい後数年で、町の人は空良の若さを不審がるだろう。

「こんなの、初めてだ」

きっと早晩このしずく石町に住めなくなると、空良は胸が暗く沈んだ。

親の記憶はまるでなくそれ故か他人や町への執着も薄く、そもそも人とうまく交われた記憶が空良には全くない。兄弟で手を取り合い身を寄せ合って、空良には風火がいてくれれば充分だった。

そうやって二人で千二百年を生きてきたのに。


翌日の日曜日、信販会社に頼んだ通りに田村麻呂はフラッと一日何処かに出かけていなかった。

九月三週目の月曜日は、空良も田村麻呂も大東京銀行で報告書の確認のはずだったが、空良がスーツにネクタイをきちんと締めて朝早く目白支店に赴くと既に検察が入って資料の持ち出しが始まっていた。

「すみませんご相談もなく。横領の額や送金先の性質を考えると、もう内々に済ませてしまってはむしろ当行にとって損害に繋《つな》がると判断いたしまして」

ならば一刻も早くと検察に入らせたと、仲手川が空良にしきりと頭を下げる。

バックヤードの検察の動きは激しく、望んだこととはいえ恐らく初めての事態に仲手川は動揺しているようだった。

「賢明なご判断だと思います」

「もちろんもともと予定していた報酬はお支払いします。ところで奥州先生のところにまで暴力団員が行ったと聞きましたが、お怪我はなかったですか。大丈夫ですか？」

「え？　いえ、私は無事です」

問われて、「証拠の切れっ端を摑んだ」田村麻呂がこの査察の情報源なのだろうと空良にも想像がつく。

「私は支店長になって初めての出来事で、どうしたらいいのか正直判断がつかず」

お恥ずかしいですと、仲手川は繰り返し頭を下げた。

「マニュアルがありますよね。大東京銀行の」

行員が不正をした場合のマニュアルは、仕事に入る時に空良も見ている。

「それが」

困ったように、仲手川はため息を吐いた。

「先生にお怪我をさせる前に自分で決めたこと、私も悔いはありません。奥州先生、本当に申し訳ありませんでした」

真摯《しんし》な仲手川の言葉に、自分が最初に見せられたマニュアルは表向きのものだったと空良が知る。

「なら次長は」

「大丈夫です。事が大きいですし、裏も取れていますから」

頼りにするように、仲手川が同じフロアにいる誰かを見た。

その裏を取ったのは間違いなく田村麻呂だ。

「なんとかなります」

自分の裁量の域を超えて精一杯の対応をした仲手川を、見くびっていたと空良は思い知らされる。

「……こちらこそ、本当にすみませんでした」

「どうなさったんですか。頭を上げてください」

空良が頭を下げた訳は、もちろん仲手川には伝わらない。

「あの。他から情報提供はありましたが、検察に上げる決断ができたのは奥州先生がいてくださったからこそなんですよ」

「え？」

もちろんその情報提供者の名前を伏せて仲手川が真摯に言うのに、意味がわからず空良は顔を上げて尋ね返した。

「なんというか……お恥ずかしいことに、目白支店や銀行のことを考えたらこの件からなんとかして逃げ切ることも考えはしました。何度も。けれど」

黒い空良の瞳を、何か畏怖《いふ》を以《もっ》て仲手川は見ている。

「絶対に無理だと、思えました。先生は決して揺らがず正しさを貫かれる方で」

認められ、称《たた》えられていることはなんとかわかった。

「とても、抗《あらが》えないと。江藤自身が言っていましたが、先生は間違いなく正しい方です」

何も応《こた》えられずに、無意識に空良が胸を摑《つか》む。

「こうして初めて検察の仕事を間近でみていますが、今のお仕事よりずっと向いてらっしゃったのではないですか？　奥州先生が検事さんなら心強いですよ。どんな犯罪者も一溜《ひとたま》りもないでしょう。想像がつきます」

「そんなことは」

ない、と言えばそれは嘘になった。

「ではまた後ほど」

目白支店の責任者である仲手川は、忙しく場を離れた。

隠蔽《いんぺい》しようとする気持ちがまるでわからないと思った次長には、空良の知らない葛藤《かっとう》やそれでも動いた心があった。

隣にいてそれを、空良は知ることはできなかった。空良には人がとても難しい。

自分では抑え込んだと思っている焔《ほむら》のような芯《しん》がまた、邪魔したのだろうか。

——とても、抗えないと。

善良だと自分には気づけなかった人は、空良に怯《おび》えさえ持っていた。

「だから検察をやめたのに」

ため息が爪先《つまさき》に落ちて、顔を上げられない。

——想像したこともありませんか。あなたの私欲が故に誰かが死に至ることを。

「怯えるか。それは」

罪を追う内にまるで無となった自分の声が、目線が落ちた空良の耳に返る。

「正しくて、何がいけない？」

凍った声は、随分と遠くから聴こえた。

長い時間をおいて、それが己《おのれ》の声だと気づいて、空良は立ち尽くした。

「おい、奥州！」

不意に、聞き覚えのある男の声が空良を呼んだ。

乱暴に呼ばれて、けれどおかげで空良は呼吸が止まっていたことに気づけた。

「藤原《ふじわら》」

検察庁でかつて一緒に仕事をしていた検察事務官の藤原史《ふひと》が、にこりともせず空良に右手を上げている。

「久しぶりだな。元気か」

空良の方には藤原への感情があって、立ち止まって尋ねた。

今ここで会いたくなかった人であり、会っておきたかった人でもある。

「そんなことはどうでもいい。おまえが調査担当者なんだろ？　調書取るぞ」

本来検察事務官は検察官の補佐に当たるが、お互いの立場とは無関係に藤原はいつでも空良にはにこりともしない。

「もちろん。ちょうど報告書が上がっています。精一杯ご協力いたします」

丁寧に答えた空良を強く睨《にら》んで、ふいと顔を背けると藤原は作業を進めた。

「殴ってくるやつが求めてる反応は、たいていは悲鳴や慟哭《どうこく》だ」

ポン、と軽く空良の肩を叩《たた》いたのは田村麻呂だった。

今度こそ空良は、深く息が吐《つ》けた。

「加害者が望む反応を見せてやることはないさ」

肩を竦《すく》めて、田村麻呂が藤原の背を見る。

「藤原は加害者ではない」

小さく、空良は首を振った。

加害者ではないが、ただでさえ人との交わり方が下手なのに、藤原は空良には一際《ひときわ》難しい存在ではあった。

「いちいちまともに考えてやるなよ」

「それでなんでも適当に済ますのか？」

田村麻呂に言われた通り、空良はいつでも藤原にまともに返して時には大事になった。けれどその大事の一つは、必要だったと空良は覚えている。

「なんでもは済まさない。今回の横領は金が流れた先が人の命に関わるようなことに大金を使う反社だったんで、リークしてやっただろ？」

代理人弁護士としての信頼に関わる守秘義務を破ったと、あっさり田村麻呂は言う。いつものことだが、田村麻呂は人との交わりの中で空良にはとても想像のつかない対応をした。

「おまえ、それじゃ」

「だから、その辺はうまいことやるよ。俺は。次長は強く出たのが今後信頼回復になるだろう。俺は何しろ被疑者の代理人なんでみっちり聴取だ。おっと、また後でな」

笑って、田村麻呂は自分に手招きをした検察事務官の方に歩き出す。

飄々《ひょうひょう》とした後姿を、空良は口惜しく見送った。

「おまえのそういうところが、嫌いだ」

田村麻呂は、軍人で軍師だ。帝《みかど》に全幅の信頼を寄せられ、征夷《せいい》を任され死後も立ったまま国を見守らされた武神の誉れ高い大将軍だ。

闘い方を知っているというのは屈強とは違うと、いつの間にか空良も覚えた。

「嫌い、という言葉ではないな。おまえが強いので、負ける者がいる」

それが自分たちで、自分だった。勝ち負けと善悪はどうやら違う。

暴力に資金を使う者が関わっているとはっきりしたなら、この事件は公に裁かれるべきだ。その方が必ず多くの命が救われる。

田村麻呂は勝ち、善が為《な》される。空良が正しさだと信じた仕事とは違う道で。

多くの命と、その暮らしを救うために田村麻呂の元に投降した、父とさえ慕い信じた千二百年前の主《あるじ》を、空良はまた思い出していた。

「あの方とも、僕は違う」

阿弖流為は大らかだった。言葉通り空良は違ったので、阿弖流為は空良を案じてくれていた。

案じられた通りの道を、空良はずっと歩いていた。風火の手を引いて。

――正しくて、何がいけない？

さっきも、まるで全能であるかのような、神や魔であるかのような自分の声を空良は聴いた。

けれど、その声は随分と遠くから聴こえた気がする。

いつからか空良は、どうにかして離れようとしていた。

主のために多くの命を呪った自分から。神のように当然の裁きを行おうとする、自分から。

今日、凍った声は遥《はる》か遠くにあったと、空良は信じたかった。

横領の証拠書類はもう決裁の段階まで双方詰めていたので、今日の検察の聴取は長くはかからなかった。また呼び出されはするだろうが、金融庁への報告だけでなく事件として扱うべきだと二人の法律家から意見があったと、次長は検察に説明を入れてくれた。

「もっと早い段階で検察に上げれば、逆にもう少し穏便に済んだだろうに」

致し方なく田村麻呂と一緒に帰ることになり、まだ午後一の石神井公園をスーツで歩きながら空良が呟く。

落羽松《らくうしょう》の緑が淡く、欅《けやき》の葉が木漏れ日をくれた。

「そう簡単なら誰も苦労しないさ」

空良の右に立ちながら、公園の水辺を田村麻呂が歩く。深い森の中で、田村麻呂は大きく伸びをして深呼吸をしていた。

深呼吸まで上手《うま》いと、隣で空良がため息になる。

「次長に葛藤があったのはわかった。今日初めて。気づかなくて申し訳なかった」

裏のマニュアルがあったことには、大東京銀行に対して呆《あき》れはした。

「だが悪しき方向に行くほど、無益で無駄な苦労をすることになるのは本当のことだろう？　何故毎回同じ遠回りをするのか、それはどうしてもわからないよ」

「無益で無駄なあ」

そこで言葉を止めて田村麻呂は、言い方を選ぶためにちらと空良を見た。

「まあ、無益だったり無駄だったり遠回りだったり、悪かったりもするもんだからな。人は」

「わからない」

わからないから、空良は何故なのかを本当に聞きたかった。けれど無駄という言葉はよくなかったと、もう放ってしまってから思う。

無駄だと言ったのは、無駄をすると多くの人が疲弊するからだ。疲弊は過ぎると不幸にも重なる。

遠くにあると信じたい自分が、結局己の中にしっかりと居るようで気持ちが落ちた。

「藤原は、加害者じゃない」

それが自分のままなら、田村麻呂に言っておかなくてはと思った言葉を空良は告げた。

「いつでもあんな当たり方をするやつの擁護か？　理不尽だろ。あいつは」

法廷でも何度も会っている田村麻呂は、前にも藤原がどんな風に自分に当たるのか見ているのだと気づく。

「理不尽でもない。藤原は、ちゃんと僕を疑ってる」

それで藤原を加害者と言った田村麻呂に、田村麻呂が知らない話を打ち明けなくてはならないと空良は息を吐いた。

「検察をやめる直前に、一家五人殺害の一審判決が出た。被害者の中には子どももいた」

「よく覚えてるよ。陰謀論サイトに取りつかれて、移住家族を工作員だと信じ込んだ。陰謀は妄想で責任能力がないと弁護側が主張して、一審の裁判員裁判の判決は無期懲役だったな」

世間が注目した事件で、田村麻呂は関わりはなかったが細やかに記憶している。

「妄想は陰謀サイトの産物でも、殺意と殺害は個人の責任だ。被告人は極刑に価する」

一度声に出したことのある言葉を、なるべくその時と同じ音で伝えようと空良は努めた。無感情で冷たい、それが自分の言い方だったとよく覚えている。

「そう言って僕は、裁判員制度そのものを批判した。市民感情を優先して公平性が担保されていない。最高裁が結論を出すだろうけれど感情に左右される裁判員制度は無駄だと言ったら、藤原は司法制度そのものが一人一人の市民のものだと言って怒った」

藤原とのそうしたやり取りはその時が初めてではなかったが、彼の言葉が空良にまっすぐ深く突き刺さったのはその時だった。

「藤原は加害者じゃない。彼の言葉を聴いて、僕は検察をやめたんだ。わからないと思った。わからないまま極刑を請求できる場にはもう、いられなかった」

告白を聴いて、長い時間、田村麻呂はただ空良を見ていた。

「空良」

やがて、咎《とが》めない声で名前を呼ぶ。

「賊が押し入ったとき、おまえは風火に自分のことなら引き裂いてもいいと言った」

けれどそれを語る言葉は、僅《わず》かに空良を咎めていた。

「おまえの判断ではおまえも極刑に価するのか？　死に価するのか」

「あれは」

あの時風火に確かに空良は言った。

――僕のことなら引き裂いてもかまわないんだ。風火。

衝動で言ったのではない。風火にそう望んだ空良には、はっきりした理由があった。

「もうあんなこと言うんじゃない。おまえは賢いから、わからないことは苦痛かもな。裁判員制度の話はおまえには正論として突き刺さったんだろうが。その話がたまたま刺さっただけで、藤原はずっとおまえにあの態度だろ？」

言われて空良は、自分の補佐であった藤原が、確かにいつも何か突っかかってきていたと思い出す。

「そうだった。なんでだろう」

「澄ました顔がいけすかないのかもな。理由なく始終あの態度ならそれは加害だ」

加害と田村麻呂はまた言ったが、空良は二年補佐をしていた藤原がそうして突っかかってくることを、裁判員制度の件があるまでまるで気にしていなかった自分に気づいた。

藤原に興味がなかった。人として向き合えていない空良に、藤原は気づいて腹を立てていたのかもしれない。

「……藤原への態度は、僕に問題があった。きっと」

「考えすぎるなよ。本当に難儀だな！　おまえは。弥勒菩薩も言ってたな、聡明《そうめい》だと」

声のトーンを、田村麻呂が変える。

「聡明ならこんなことになってない」

田村麻呂のトーンに引きずられて珍しく自分が現実的なことを言ったと、空良はそれが僅《わず》かに可笑《おか》しくなった。

「確かになあ」

しみじみと田村麻呂が同意するので、なおのことほんの少し愉快になる。

田村麻呂の言う「人」とは、こういう仕方なさなのかもしれないと、何かの緒を摑《つか》んだような吐息が空良の口元から漏れた。

「そういえば少年の頃のおまえは神がかりかと思うほど恐ろしく美しかったが、今は恐ろしいというほどでもないな？」

ふと、幼かった空良が何処にでも奉《ささ》げ者にされるような容姿をしていたけれど今はパッとしないと、「聡明」と言ったために過去を思い出したのか田村麻呂が苦笑した。

「大人になれば、少年なんてそんなもんだろう。とても生きやすいよ。北では何かと言っては湖や川に流されたり森に埋められたりしそうになったものだ……」

丁度この石神井公園のような景色の中に、幼い空良は災害や不幸が起きるたび奉げられそうになった。文字通り生きやすい普通にちょっと身ぎれいな程度の大人になれて、そのことについては空良はただただ有難がる日々だ。

「おまえを生贄《いけにえ》に？」

不意に不自然に、田村麻呂が似合わない驚きを見せる。

「それこそ昔はよくあることだったんじゃないのか？　何度も話は出た」

北に暮らしていた空良は、皆が決めるならそれは当たり前の道理だと思っていた。

空良が生贄として奉げられそうになった時に、必ず阿弖流為が一喝した。それでも北の民は、空良を繰り返し自然に奉げようとした。還《かえ》そうとしていたようにも思う。

一喝する阿弖流為は、時折僅かに苦し気だったと空良は覚えていた。

――幼名にしても、しかし短いな。空良。

生贄の話を聞いて驚いた田村麻呂に一昨日《おととい》言われた言葉が、耳に蘇《よみがえ》る。意味は空良にも半分はわかる。当時の名前としては、空良も風火も短い。だが他にも例はあるし、ましてや空良と風火には親もいない。阿弖流為の部族で皆に育てられた子どもだ。

長い名前を持つような身の上でもない、はずだ。

「過ぎたるは及ばざるが如しだ。その程度の青年に育ったのは何よりだな」

ぼんやりと疑念に捕まっていたところに田村麻呂の声を聴いて、空良は顔を上げた。

どんな目に遭ってもおかしくない不憫《ふびん》に美しい子どもであったのに生き延び、ある程度は世間に溶け込める大人になった空良を見て、やわらかなまなざしで田村麻呂は笑っている。

「……事件が地検に上がったのはいいが、成功報酬貰《もら》いそこなったんじゃないのか」

守られるのは弱き者だ。誰に何故自分が守られたのかを田村麻呂はもしかしたら知っているのではないかと惑いながら、その惑いからは話を遠ざけたくて空良は尋ねた。

「依頼を受けた段階で予感はあったんで、前払いで受け取ってる。それにこの後俺は引き続きあの元主任の弁護人だ」

なんでもないことのように、田村麻呂が空良を吃驚《きっきょう》させることを告げる。

「なんでそんな」

「代理人受任してるからなあ。まあ、行き先が銀行から拘置所になるだけだ。依頼人にとって弁護人が必要になるのはいよいよここからだろう」

「何を弁護する余地がある」

半月ヒアリングしたので、江藤とは空良自身何度も話していた。公認不正検査士は証拠書類に基づいて、任意で被疑者から話を聞き出す。取り調べとは違い、辻褄《つじつま》を合わせていくように見せて決定的な穴を見つけて押さえる論法だ。

穴はすぐに見つかったが、反省や後悔、罪悪感があるとは感じにくい人物だった。

「たくさんあるさ。まず本人がなんで裁かれるのかを理解しないと始まらん」

だからこそ反社会組織と安易に繋《つな》がるのだろうと空良が喉元《のどもと》で言葉を止めていたら、

その延長にあることを田村麻呂がたやすく言う。

教えることを田村麻呂が今からするのだとは理解して、空良は足元の雑草を眺めた。

「僕には、とてもできない仕事だ」

皮肉や嫌味を帯びない声が、自分の耳にも聴こえる。

守る者、守られる者、正しい者、悪しき者、弱き者。境界線が曖昧《あいまい》になり、自分が何処にいるのかもわからなくなる。

わからなくなったから、空良は凍った声で人を裁こうとする自分から離れようとした。

はっきりと覚えているその「わからない」の始まりを、空良は田村麻呂に話したくなった。

「四十年前、おまえの家を出る前に国電同時多発ゲリラ事件があっただろ」

子どもだけで暮らせなくなった時代に長く田村麻呂に養われていた最後の頃のことを、躊躇《ためら》いながら空良が口にする。

「昭和六十年だったな。国鉄民営化に反対する、労働組合と中核派のテロだったか」

「僕はおまえの部屋で新聞やニュースを見て、労働組合の考えに同調していた。暴力は論外だけれど」

「小学校六年生の姿で、よくもそんな」

呆《あき》れて田村麻呂は言ったが、驚いてはいなかった。田村麻呂は空良を知っている。

「労働者への搾取だと、思った。経済戦争のような時代で、彼等は革命を起こすべきだと」

子どものなりだが、空良は日々学んでいた。

千二百年学んで、正しいと思う方角に頑《かたく》なな心は、けれど段々と迷う時も増えて行った。学ぶほどに何故だか迷いは増した。特に田村麻呂と暮らす日々の中では。

「翌日、アパートの隣の部屋のおばあさんが倒れているのが見つかって」

「意識がなくなっているところを、隣町に住んでいた娘さんが見つけた悲鳴が聞こえたっけな。夕方だった。救急車を呼んだが」

泣き叫ぶその娘を支えてすぐに救急車の手配をしたのは、当の田村麻呂だった。

「昨日来るはずだったのにって、その人が。電車が動かなかったから来られなかったって、泣いて」

昨日来れていたならとその人が泣き叫ぶ声を、空良は酷《ひど》く遠くから段々と自分に近づいてくるように、聴いていた。

「労働者たちは正しいと僕はあの時思ったけれど」

隣の部屋で慎《つつ》ましい独り暮らしをしていた老婦人は、学校に行かない空良と、動物は禁じられているアパートに仔犬《こいぬ》の風火がいることを気にしてくれた。

「あの人は、犠牲者にも数えられなかった」

気にして、案じてくれてよく話しかけてくれた。空良は警戒したが、彼女はいつも笑顔だった。

千二百年かけて、少しずつ人に触れて、時には田村麻呂と暮らした。一つの方角、一点の小さな針の穴からだけ見ていた空良の視界が、その時不意に大きくカーテンを開けたようになった。

「藤原がずっと僕にあの態度だった理由も、今気づいた。二年間僕は、藤原を見ないで。人を、見ないで」

この旅が始まってから、答えを見つけるどころか空良の足元は揺らぐばかりだ。

「わからないことばかりが増えていく。不安になる」

聴かせるつもりのない心の声が、言葉になって空良の足元に落ちてしまった。

自分の声が聴こえて、田村麻呂にも聴かれたとハッとして顔を上げる。木漏れ日が反射して、隣の男の表情が見えない。

「世界が見え始めたんだろう、それは」

余白のある話し方を常とする田村麻呂が、「いいことなんじゃないのか?」と穏やかに言った。

見えていなかった世界が見え始めて、そしてわからないことがどんどん増えたなら、確かに今空良は多くの不安を持っている。

「あのおばあさんは、死ななかったよ。空良」

空良が尋ねられずにいたことを、迷わず田村麻呂は教えた。

「しばらく入院していたしすっかり元通りとはいかなかったが。退院して娘さんのところに行く時に挨拶《あいさつ》に来てくれて、おまえに会いたがってた」

息を詰めて聴いている空良に、田村麻呂が告げる。

「おまえに渡してくれってチョコレートを貰って、しばらく帰りを待ってたが」

その時空良は田村麻呂の部屋を風火と飛び出して、もう帰らなかった。帰れなかった。

「すまん。そのチョコレートは食べた」

戯《おど》けて、田村麻呂が笑う。

「四十年前じゃ仕方ないよ」

戯けた田村麻呂に力を借りて、空良も息を吐いて笑った。

「それにしても早く上がれたな。ラーメン行こう、ラーメン」

カラッと明るい声で、田村麻呂は話を切り上げた。

「だったらおまえは『太朗』に行け。僕は『一朗』に行く」

隣の男が自分の先を歩いていることは知っていても癪《しゃく》で、空良が憎まれ口をきく。

「まあまあまあまあ」

「おや、先生と田村さん」

距離を詰めた田村麻呂を空良が肘《ひじ》で押すと、前方のベンチから六郎の声が聴こえた。

「こんにちは」

三宝寺池にかかる水木の葉を通る風を堪能《たんのう》している六郎に、空良は思わず笑顔になる。

「どうも。今日は書道教室はお休みですか?」

帰宅中の小学生が公園内を走り回り始めているので、朗らかに田村麻呂が尋ねた。

「今日は多津子先生の日だ」

ムキになって、空良が教える。

「曜日で分けてるんだ。私は五年生と六年生を教えていて、今日は三年生の日なんだよ」

「なるほど。小さい子どもには、もしかしたら女性がいいのかもしれませんね」

鷹揚《おうよう》に言った六郎に、田村麻呂は頷《うなず》いた。

「多津子先生は厳しいぞ。私が甘いんで、こういう配分になったのかもしれないなあ」

何十年とこの割り振りで教室を続けている六郎は、もう理由は思い出せないと笑う。

「それも然《しか》り」

「適当な相槌《あいづち》打つなよ、田村麻……田村」

何がそれも然りだと、空良はますます不機嫌になった。

「なんだか、いいねえ。先生」

穏やかに六郎に言われて、自分のことだと気づくのに時間がかかる。

何しろ空良は、今何一つよくない。

「僕ですか？」

「いいよ。いつも若いのに静かにしていて、気持ちを波立たせず。そういうものなのかと思っていたけど違うじゃないか。田村さんといると子どもらしくなって、とてもいい」

「僕は子どもじゃありません！」

「ほら」

返した言葉が思いのほか大きくなって、六郎は楽しそうに笑った。

「とてもいい。そうだ先生。早く上がったなら寄ってあげなよ。『香寺公一《こうでらこういち》税理士事務所』」

「あっ！」

土曜日に商店街で会ったときに、六郎は税理士事務所の話をしてくれていた。

「すみません！　せっかく教えてくださったのに……!!」

平日に連絡しようと思っていた空良は、今日の騒動ですっかり頭から飛んでしまっていた。

「大丈夫大丈夫。本当に困ったら向こうから来るよ、大人なんだから。私のはただのお節介」

「……ありがとうございます」

手を振って六郎が言うのに、それでも空良は深く頭を下げてしまう。

「後で多津子先生が、田村さんの引っ越し祝い持っていくって言ってたから。まあ、覚悟しといて」

いたずらっぽく六郎は言って、二人に手を振った。

「自分がご挨拶に行こうと思っていたのに！　なんだろう。楽しみにしてます」

「いけ図々《ずうずう》しいな、おまえ本当に」

揉《も》み合いながらまた六郎に頭を下げて、空良と田村麻呂は三宝寺池から自然と西に出て商店街に向かう。

「なんで離婚したいんだ？　柏木夫妻は」

公園を出たところで、興味ではなく不思議だという真摯《しんし》さで田村麻呂が言った。

「絶対教えない」

「はは。確かに、この千二百年でおまえ今一番子どもらしいぞ」

その言葉に腹が立って空良は隣を見たが、田村麻呂は想像とはまるで逆の表情をしている。森を抜けたので木漏れ日は反射せず、顔が見えた。

嘲笑《ちょうしょう》の気配などかけらもなく、揶揄《からか》うでもない。

守る者、守られる者、正しい者悪しき者と、また胸の内に空良は繰り返し問うた。

長いこと空良にはどちらか一つしかなかったのに、今は世界がとても難しい。

「……おまえならすぐ、誰かが話してくれるよ。柏木さんたちのことは町中が知ってる」

そしてどう受け止めたらいいのかわからない田村麻呂のその顔は、四十年前に一緒に暮らした頃空良は何度も何度も、見ていた。

「なるほど醬油《しょうゆ》だ！」

しずく石町商店街に入って三軒目に在る赤い暖簾《のれん》の「一朗」で、思い切りラーメンを啜《すす》って田村麻呂は唸《うな》った。

「おまえは隣に行けば同じ口でなるほど味噌《みそ》だと言うに違いないさ」

同じ勢いで「一朗」の醤油ラーメンを食べながら、空良が呆《あき》れる。

「一朗」のスープは煮干しの出汁《だし》が染みるようにきいていて、それでいて魚臭さがなかった。味わい深い醤油のスープに、瑞々《みずみず》しい縮れ麺《めん》が絡んでくれる。柔らかく煮込んだチャーシューは、敢《あ》えて薄く切られてとろとろだった。

「言わない自信はないな」

澄んだ黄金色をしたスープには、出汁が良質なことに間違いないきれいな脂の輪が見える。

音を立てて無言で、空良も田村麻呂も麺を啜りスープを呑《の》んだ。

「とにかくラーメンはいい！　素晴らしい発明だ」

口の中で橙色《だいだいいろ》の黄身が広がる半熟味玉まであっという間に食べ終えて、田村麻呂が箸《はし》を置く。

公園出口で空良が税理士事務所に電話したところ、明日《あした》のアポになった。隣で電話を聞いていた田村麻呂がにやりと笑って、結果二人でカウンターに並んでラーメンを食べることになったのだ。

「なんでこんな旨《うま》いラーメン食べて、おまえは憂い顔なんだよ。お雛様《ひなさま》か」

「お雛様は憂い顔じゃなくて白い顔だろう。……ラーメン屋には入らずにいられないが、ラーメン屋でラーメンを食べると底知れない罪悪感が沸き起こる」

惜しみながらスープを飲んで、蓮華《れんげ》を置いて空良が本当に憂い顔になる。

「ああ、そうか風火には食べさせられないもんな。でも土曜日のラーメンはかなり本格派だったぞ」

他人が近くにいると犬になってしまう風火は、このままだと生涯ラーメン屋のラーメンを食べられないとすぐに田村麻呂も気づいて、同じく珍しい憂い顔になった。

「派、だろ？」

「まあ、な。ラーメン屋のラーメンを家庭で再現するのは不可能だ」

「そうなんだ！　出前も頼んだことがあるが、作りたての麺とはまるで違う‼」

空良にしてはかなり力んで、思わずテーブルに強く手を置いてしまう。

「このままだと風火はこの味を味わえない」

「それは……どうやってでも人間にしてやりたくなるな。わかるよ」

深刻な顔で二人は、スープを飲み干して底に「一朗」の文字が浮かんだ丼《どんぶり》を見つめた。

「味って、消えるじゃないか」

時間が午後三時半と中途半端なので、通し営業の「一朗」には他に客がなく、つい水を呑んで長尻《ながじり》になる。

「消える？」

空良の呟《つぶや》きをすぐに理解せず、田村麻呂が問い返した。

「消えるよ。僕は餃子《ぎょうざ》もラーメンも、初めて食べたのは満州《まんしゅう》だったけど」

「ああ、そうだったな」

「先生と田村さん、初めてのラーメン『満洲《まんしゅう》』だったんですか」

既に挨拶《あいさつ》済みの店主一朗が、よく聞く外食チェーンと勘違いして「サービスです」と麦茶を二つテーブルに置く。スキンヘッドに巻かれたバンダナは暖簾と同じ赤だった。

「いえ、あの」

「実家の近くにありましてね」

咄嗟《とっさ》の嘘が苦手な空良の代わりに、笑って田村麻呂が答える。

「おいしいです。一朗さんの醬油。多加水麵《たかすいめん》ですね」

「さすが弁護士先生、よく知ってますね！　麵も大事なんですけど、茹《ゆ》でるのに水がおいしくないとね。親父が作った砂利式の浄水器がいいんです。それを弟と奪い合ってまして……あ、うっかり弟殺した時には弁護頼みますよ。回数券差し上げます！」

隣の「太朗」の方角を指さして、頷きながら一朗が厨房《ちゅうぼう》に戻る。

「殺すときは、うっかりの方が罪が軽いことは軽いですが。なるべく殺さず。太朗さん殺すと当職一朗さんの回数券使えませんしね。……太朗さんのラーメンも食べられない」

その後姿に囁《ささや》くように、「不幸しかないですよ」と呪《まじな》いのように田村麻呂は言った。

「しかし言われたら、満州の餃子やラーメンは今食べてる焼き餃子やラーメンとまったく違ったな。餃子は水餃子《すいぎょうざ》だった。懐かしい」

そして外食チェーンではなく、八十年ほど前の今はもうない国名を口にする。

「全然違うよ」

お互い戦時中は満州に流れたことがあって、初めて食べた中華の味をそれぞれ口の中に蘇《よみがえ》らせた。

「……本当だ。消えるな、味は」

空良の言葉の意味を心《しん》から理解して、「ぞっとする」と田村麻呂は固まった。

「今は、どんなものでもネットでレシピが検索できるし。無理をすれば手に入らない食材や調味料はない。体が大きくなって台所が使えるようになったら、風火が暇だから自分がやるって言って。何十年も台所やってるからか腕が上がった」

「すごいな、風火のメシ。家庭的なのに店並みに、なんならそれより旨《うま》い。そうか、台所使うのにも身長や腕の長さが足りないと辛《つら》いか。なるほど」

前の同居中にはなかった習慣が風火に生まれた理由に、田村麻呂が納得する。

「風火はなんでだかあんなに背丈が伸びたから、二年前あの家に入る時に台所は逆に高くリフォームした」

「でかくなったな風火。驚いたよ。空良とは大学から顔を突き合わせてたが、風火が人間の姿をしてるところを見たのは俺はほぼ四十年ぶりだ」

ほぼ四十年前、田村麻呂と暮らしていた家に住んでいた頃の風火は、空良と同じく粟田口と全く同じ姿のままだった。

「弟なのに、僕より大きくなるなんて」

「まるで、別々の人間みたいだな」

独り言《ご》ちた空良に、ふと、似合わない意味深な響きで田村麻呂が言う。

「空良。風火が生まれた時のことを、覚えているか？」

「時々、それを訊《き》くな。おまえは」

いつからか田村麻呂は、時折それを空良に尋ねるようになった。

「年子だ、僕たちは。だから生まれた時のことは覚えてないよ」

「そうだったな」

何度か尋ねられて同じ答えを空良は返していることを、「そうだったな」と言う田村麻呂が忘れているとは思えない。

何故、田村麻呂はそんなことを訊くのだろうと尋ねられる度思ううちに、空良はその問いの理由がうっすらとわかり始めていた。心の底に封じ込めている疑念と同じ場所に、その問いの理由は在る。

「風火、なんだか変わったな」

落ちてしまいそうになる空良の気持ちを悟ってか、田村麻呂がカラッとした声を聴かせる。

なんだか。

曖昧《あいまい》なその言葉を、空良は不思議に心地よく聴いた。この男はいつも余白のある話し方をする。断言をしない。断罪も、しない。

昔はそれを、信用ならないと思っている。

どのくらい前のことなのか。空良も随分と思うことが変わった。

「僕が学校に行き始めて、初めてたくさんの別々の時間が生まれて」

そこから風火が変わっていったことは、空良は戸惑いとともによくわかっている。

「変わった。僕とは違う、風火だけの考えが生まれた」

田村麻呂の余白に気づくと、自分の言葉には余白がないことにも空良は気づいた。まだ気づいただけだが、以前は余白がないことを知りもしなかった。

「僕が変わったからかもしれない。……あの時は、風火には考えは、なかった」

粟田口のことを、もう一度、空良が小さく呟く。

ならどうして風火は炎のように兵士たちの命を一瞬で燃やし尽くしたと、何故なのか田村麻呂は問わない。

もしかしたらその答えを、田村麻呂は知っているのだろうか。

「おまえたちが思っていたように、北の民の中でも僕だけは野蛮だった。皆、最終的にはおまえが持ち込んだ農耕や養蚕《ようさん》を受け入れて帰順した。暮らしは自然とともにあった頃より楽になっただろう。……律令《りつりょう》も、必要だった」

それを自分だけは受け入れずに、朝廷と北の融合の時代を空良は通り過ぎた。

「自然とともに暮らしていた北の人々もおまえも、俺は野蛮だとは思わなかったよ。ただ野蛮なら、朝廷もあそこまで恐れないさ。野蛮なだけでは戦《いくさ》に強くはなれない」

戦に長《た》けていた将らしい言葉で、強さの意味を田村麻呂は語った。

「あの方が、いたからだ」

皆のために敵に下ろうと考えられるような人が長《おさ》だったからと、空良が田村麻呂の言う強さを理解する。

「僕は時々、公平さや正しさ、平等を求めて同じ部族の人々と揉《も》めた。幼くとも」

闘いに出られない子どもだったことは、空良も今では知っていた。

「感情の名前は、後から覚えた」

黙って田村麻呂は、胸にある感情を整理する空良の言葉を聴いている。

「人を追い詰める僕を戒めてくださったのは、いつもあの方だった。みんな、生きているのだから仕方ないだろうと言って」

大東京銀行の件を検察に上げてその先まで見るという田村麻呂が、空良には随分大きく見えた。

「僕には、その仕方なさが計れない。いつも。今も」

——自分でも自業自得で害悪だと心の奥底ではわかっていることを、正論で静かに問い詰められる。一番くるだろうよ。出来ればもう少し手加減を覚えろ。

一昨日《おととい》の夜、田村麻呂にたしなめられた声が、空良の耳に蘇《よみがえ》る。

「あの方はあの頃の僕にとって圧倒的な正しさだった。寄る辺が、正しさがなくなった」

その不安がおまえにわかるかと、空良は言いたかった。

それは田村麻呂に投げつけていい言葉でないことは、なんとかわかっている。

「四十年前にも僕は、労働者のための革命だと信じて。支持して」

今日、田村麻呂は隣の老婦人が革命の犠牲にならなかったと、教えてくれた。

正しさと信じた方角の声を聴いて、同調している時に空良は熱を帯びたように足元が浮いて世界の果てまで見渡している強い思いがあった。未来を信じた。

体温や声を知っている隣人が受けた痛みを知った日に、その熱には足場がないと突然空良は思い知った。

「今も、同じだ。自分でも驚く。今も僕は人と交われない。藤原の言葉も、ただ考え続けるだけだ。風火がいなければ僕は独りだ」

繰り言を言葉にする自分が、嫌になる。

「交わってるよ。考え続けていると機会があったら藤原に教えてやれ」

「何も答えはわからない。今回のことだって、もし最初から携わっていたのがおまえならまるで違う道を通ったことだけはわかる。僕が正しいと信じることが人の道を通らない。それは僕が」

「それはおまえが多くの人の幸せを望んでいるからだ」

不意に、余白のある話し方をする筈《はず》の田村麻呂が、思いもかけないことを言い切った。

「正しさを求めるのは、正しければ無慈悲な不幸が起こらないと信じているからだろう？」

呆然《ぼうぜん》と、空良が与えられた言葉を聴く。

「何故」

心の奥底にしまい込んで時々取り出しては眺めて、どうしたらいいのかわからずにそれでも手放せない「正しさ」を言葉にされて空良は目を瞠《みは》った。

さっき「無益で無駄だ」と言ってしまった時にも、そんな風に田村麻呂は聴いていてくれたのだろうか。

「人の道を通らない無慈悲な不幸を、死を、おまえはたくさん見た子どもだったのだろう。俺にも責任はある」

言葉が出ず、空良はただ田村麻呂の声を聴いていた。

こうしてやっと少しはまともに千二百年前の話ができるようになったのは、前の同居の頃からだった。自分が気持ちを荒立てるときにも、田村麻呂は違うと気づくようになった。

段々と田村麻呂の言葉が意味を持って聴こえるようになって、空良は怖くなった。耳を塞《ふさ》いで、世界を知ろうと新聞を読み本を読んだ。

「おまえの見ている正しさと人の道が重なることもあれば、そうじゃない日もあるのは普通のことだ。今日がそうだったと思うなら、明日《あした》や明後日《あさって》にはまた別の道を通れるさ」

目線が落ちすぎている空良の顔を、軽口で田村麻呂が上げさせる。

考え続けているだけなのは、田村麻呂の言葉も空良には同じだ。時々思い出し、考えて、そして昨日と今日、今日と明日で空良は何か変わっているのだろうか。

——正しくて、何がいけない？

確かに声は遠ざかったと、今空良は信じられた。

「……夕飯、何がいい。買い物は僕がするから、決めるのはだいたい僕だよ」

何か、礼をしたい気持ちになって空良は訊いた。

「素麺《そうめん》の季節がそろそろ終わるから、その前にまたこの間の素麺が食べたいな」

あれは旨《うま》かったと、田村麻呂が消えないように味を反芻《はんすう》している。

「意外と無欲だな。担々麺《タンタンめん》風練り胡麻《ごま》素麺も風火は得意だぞ。そぼろたっぷり」

「それでいこう」

即決で田村麻呂が手を打つ。

「あ」

多津子が田村麻呂の引っ越し祝いを持ってくると、立ち上がって空良は思い出した。

「やっぱり買い物は控え目にして帰ろう」

「なんだよ」

レジでそれぞれ、別々に会計をする。

「なんというか」

きっと子どもの腹の中を思う親というのは計り知れないものだと、それはしずく石町に住んで空良が知ったことだった。

「ごちそうさまでした」

「ごちそうさま」

赤い暖簾《のれん》を潜って、二人で店を出る。

中途半端な時間帯が悪かったのか、一朗の店から出てきたところを、黒い暖簾の前で打ち水をしていた太朗にばっちり見られた。

「次回は味噌《みそ》で！」

こういう時空良は何も言えないが、田村麻呂が明るく言って不満そうな太朗の表情を変える。

「遠目には全く違って見えたのに、近くで見ると目がそっくりだ。さすが双子だな」

スキンヘッドにバンダナの一朗と、括《くく》った髪をニット帽で包んでいる太朗を初めて間近で見た田村麻呂が何気なく言った。

「目か」

自分と風火は目は似ているだろうかと、空良が弟の赤い眼を思い返す。

「風火が変わったというのは、俺にも風火が居ることがわかるようになったってことだ」

しずく石町商店街の人々に会釈をして歩きながら、田村麻呂は言った。

「だから、風火の自我が育ってきたと言っている」

「そんな話じゃない」

田村麻呂が何を言おうとしているのか、続きがわかる気がして空良が身構える。

「あの粟田口で、俺には風火がはっきりとは見えなかった」

立ち止まった空良に、田村麻呂も足を止めた。

「おまえが最期と思っての弟の命乞《いのちご》いをしたので、聞いてやった。兵士たちももう一人子どもがいる風情だったが」

弥勒菩薩はどうだったと、小さく田村麻呂が言う。

「命の瀬戸際だったのでおまえの言葉に合わせただけで、俺にはずっと風火が本当に存在しているのか」

一旦《いったん》、田村麻呂が言葉を切った。

隣で空良が息を止めていることに気づいたからだ。

「よくわからなかったが、今は居るのがわかるという話だ」

声を軽くして、田村麻呂が空良の背を叩《たた》く。

止まっていた呼吸を、空良は取り戻した。

「僕には風火しかいないのによくもそんな」

さっき感謝したことを後悔して、空良が声を絞り出す。

「空良」

立ち止まって、田村麻呂は空良の名前を呼んだ。

「あの国鉄の事件と隣のおばあさんのことがあって、それでおまえが出て行ったことには気づいていたよ」

力は込めずに、いつもと変わらない声を田村麻呂が聴かせる。

「知ってたよ、空良」

正しさの寄る辺をなくした心細さを知っているような目で、田村麻呂は空良を見た。

「前とは違う道を歩こう」

言葉通り帰り道を変えようと、田村麻呂に誘われる。

違う道を、もし歩き始めていて、歩いていけるのだとして。

その時風火は何処を歩くのだろうと、空良はただ足元を見つめた。


案の定、夕飯の支度を始める前の時間午後四時半に、書道教室を終えた多津子が「奥州法律事務所」のインターフォンを押した。

「自分がご挨拶《あいさつ》に伺うと申しましたのに。却《かえ》ってお気遣いいただいてしまって」

自分の来客だと言わんばかりに堂々と、腹が立つことに見栄えのいい体型にあった黒に近い色のスーツを着たままの田村麻呂が、玄関の真ん中に立って多津子に挨拶をする。

「わん！」

同じくスーツのジャケットだけ脱いだ空良が忌々《いまいま》しく口を開く前に、大きな白い犬の姿をした風火が田村麻呂の胸を両手、もとい両前足でどついた。

「おおいっ、風火！」

体幹のしっかりした田村麻呂は倒れなかったものの壁に背をつけて、風火を抱え込む。

「早速風火ちゃんと仲良くなったのねえ、田村さん」

七十をとうに過ぎた多津子の白髪は一つにまとめられていて、不思議にきれいだ。

「わんわん！」

言葉を発せない風火が「ちがうちがうちがうもん！」と言いたいことは、前足で胸を連打されている田村麻呂にも、それをただ見ている空良にもよくわかった。

「すっかり懐かれまして！」

「ええ。これは風火の最大限の愛情表現です。多津子先生、わざわざ本当にありがとうございます。六郎先生から公園で伺って、実はちょっと楽しみにしてしまっていました」

ドタバタと揉《も》めている風火と田村麻呂には好きにさせておくことにして、空良が玄関に膝《ひざ》をついて多津子と目を合わせる。

素直に甘えた空良に田村麻呂は少し驚いて、微笑んだ瞬間にまた風火に頭突きされた。

「本当に楽しそう。風火ちゃんも田村さんが来てくれてよかったわねえ。これ、スープあたしが作ったの。手作りお嫌じゃなかったら」

「いつも多津子先生の手作り、本当においしいです。もし田村麻……田村さん、田村！が嫌だなんて言ったら僕が全部食べますよ」

「おいおい」

その体軀《たいく》でなければ襲われていると人は思うだろう本気の風火を受け止めながら、なんと力強く田村麻呂は大きな白い体を右手に抱いて起き上がる。

「俺が嫌がるわけないだろう。俺のために作ってくださったんですか！　ありがとうございます」

「わん！」

この際田村麻呂の喉笛《のどぶえ》に嚙《か》みつこうとした風火の体を、慌てて空良は引き取った。

「こら風火。田村さんと仲良しがすぎるぞ」

「あにあにはよせ、あにあには」

危うく喉に牙《きば》がこようとしたのはもちろん田村麻呂は察していて、笑顔のまま右肘《みぎひじ》を出して口に嚙ませる姿勢を取っている。

「くうんくうん」

兄に無理やり抱っこされて、あにあにできずに不満だった風火はすぐに喜んで空良に抱き着いた。

風火をしっかり抱いて、空良はまた鼓動を探した。止まない兄の癖だ。今日は特に必死で弟の鼓動を探す。

「鶏《とり》のお鍋《なべ》なんだけど。あの人と前に京都に行ったときに、なんだか奮発して入りたいお店があるなんて珍しいことを言われてね。そのお店の鶏のお鍋が本当においしくて」

六郎のことを多津子は、主人とも亭主とも言わなかった。

「坂本龍馬《さかもとりょうま》が好きだった鶏鍋だからなんて言われて、あたしは嫌だったんだけど。男の人って好きよねえ、坂本龍馬」

旅行先で男性が食べ物屋を指定したのは確かに珍しい事例だと空良も思いきや、意外ではない理由が語られる。

「はは、そうですね。男のロマンですよ！　坂本龍馬!!」

「ホント調子いいなおまえ！」

胸を張って笑った田村麻呂に、風火を抱いたまま空良は声を荒らげた。

「あら？」

そんな自分を多津子が微笑ましく見つめていると気づいて、ふくれっ面を直せないまま空良が口を噤《つぐ》む。

「坂本龍馬はともかく、お鍋はとてもおいしくて。作れないかしらっていろいろがんばってるの。丁度スープをたくさん作ったから、よかったら二人で食べてちょうだいよ」

多津子が抱えている大きな保冷のエコバッグには、ペットボトルに入った白い鶏がらのスープと、鍋の具材らしきものが入っていた。

「もう見るからにおいしそうなスープですね。すごいな！　楽しみです」

「鶏ガラを、葱《ねぎ》の青いところと生姜《しょうが》で三日間煮込んだのよ。鶏がよかったみたいで今回のスープは自信作。鶏肉と、圭太くんご自慢の京野菜で食べてね」

鶏肉も京野菜もエコバッグの中に入っていて、きれいに色や形の整った壬生菜《みぶな》や九条《くじょう》葱、金時人参《にんじん》が顔を出していた。

「京野菜まで……申し訳ないですよ」

値段を知っている空良が、田村麻呂の引っ越し祝いが過ぎると多津子に首を振る。

「売れ残りそうだったの！　圭太くんの気持ちもわかるんだけどね。有機野菜の生産者さんたちと仲良くしてるんですって。畑を見て、そしたら食べてほしくなるわよね」

小学生の頃多津子と六郎で習字を教えた圭太は、京野菜のコーナーに野菜の名前を筆で半紙に書いて貼っていた。

「圭太さんへの甘やかしのご相伴ですね。僕らも」

軽そうななりや言葉に似合わず圭太の毛筆は達筆で、多津子や六郎も教えた成果を目で見られるのは嬉《うれ》しいことなのかもしれない。

「あたしは先生にも甘いわよ」

掛けられた多津子の声は、本当に甘かった。

「そうでした」

空良には聴いたことのない、きっと、母の甘さだ。

「そして素敵な田村さんにも。あと三十若かったら頑張っちゃうわ。外国の映画に出てきそうねえ、田村さん。たくさん食べて、長くしずく石町にいてちょうだいね」

「何も三十も引く必要はありませんよ。充分お素敵で……す……いってっ！」

ただでさえ低い声を更に低く響かせた田村麻呂に、最後まで言わせず空良と風火はそれぞれ蹴《け》りを入れた。

「もう少し手加減ってものを覚えろ！」

「多津子先生になんてことを言うんだ！　六郎先生にも失礼だろう!!」

「わんわんわんわん！」

いい大人のなりのはずの空良と風火が喚《わめ》き、田村麻呂は蹴られた脛《すね》をさすっている。

「ふふ」

場にそぐわない、やさしい吐息のような笑い声が聞こえて空良は慌てて黙った。

「本当に、全然変わるのね。先生。田村さんの前だと」

久しぶりに田村麻呂と同居が始まって、初めて知る自分の変化が空良にはいくつもある。多津子に言われたから余計、「変わる」のは本当だと思えた。

「親の仇《かたき》なんです」

口を尖《とが》らせて、多津子に告げる。

「またまた。いつも静かで、生きてるんだか死んでるんだか心配してたのよ。いいわ、今の方が」

多津子のまなざしは、ただやさしかった。そのやさしさの意味するものを空良は知って、覚えて、感じられるようになった。

「そうですか」

それは受け取ったことがなければ、覚えられないものだ。覚えるのには空良にはとても長い時間が掛かった。

「そうよ」

じゃあまたね！　と朗らかに切り上げて、送ろうとした空良に手を振って多津子は玄関を開けた。

「ごちそうさまです！」

大きく声を張らせて、田村麻呂が頭を下げる。

いいのいいのと、多津子は自分で玄関を閉めて行ってしまった。


エコバッグの中を居間の飯台の上で広げて、スープの色の白さ、鶏肉の赤い身の締まり方、京野菜の美しさを三人でとりあえず目で堪能《たんのう》した。

「このスープ、見てるだけでおいしそう。兄上、今度レシピ訊《き》いといて」

白いけれど濁りではない、丁寧にあくを取った鶏がらのスープに皆涎《よだれ》が出て、白い絹を着た風火が空良に伝言を頼む。

「こんなにがんばらなくていいよ。風火」

「作るの楽しいし、めちゃくちゃおいしそうだもん」

詰め合わせられた具材は、見ているだけでうっとりする代物だった。

「素晴らしい引っ越し祝いだ。ありがたい」

しみじみと頷《うなず》く田村麻呂のために多津子がこれを用意したのかと思うと、空良の口元がまた不満の形になる。

不満というより、子どもじみたヤキモチだ。

「おまえは本当に何処でも、誰とでもそうだ。四代の帝《みかど》に仕えられるんだもんな」

「って言っても平城上皇とは馬が合わなかったから、嵯峨《さが》天皇に平城京《へいじょうきょう》をやれって言われた時はとっととやった。薬子《くすこ》の変はスピード感を求められた」

歴史上では「薬子の変」と長く呼ばれていた出来事を、昨日のことのように田村麻呂が語る。

「平城上皇って……」

後にまとめられた歴史書から、平城上皇というのが田村麻呂が粟田口で自分を献上しろと兵士たちに言った色好みの皇太子、安殿親王だと空良にはわかった。

だが風火の前で粟田口の話はしたくない。

「一応、今更一言言わせてもらうが」

しかし空良の言葉を拾って、田村麻呂が話を続けた。

「あの頃安殿親王が年増《としま》好みなのは有名だった。幼い娘を宮女にしたが、その母親の薬子に入れあげて最終的には身を滅ぼした。子どもに興味がないとは知っていたつもりだ」

それでも何が起こるかわからなかったが死ぬよりましだろうと田村麻呂が思ったことは、今では空良も理解はできている。まだうまく言葉にはならないけれど。

「本当に今更だな。千二百年後だ」

「おまえが兵士たちも納得するほど美しい童《わらわ》でなければ、通用はしない言い逃れだった」

さっき「その程度の青年に育ったのは何よりだな」と田村麻呂は言ったが、理《ことわり》はともかく、時と政《まつりごと》が変わったことはさすがに空良も呑《の》み込んでいた。

「あわたぐち……あてのしんのう？　兄上、田村麻呂あにあにしたい!!　あにあにしていい⁉」

安殿親王と言われて風火には意味がわからなくても、空良と田村麻呂がいつのどんな話をしているのかはなんとか理解して止める間もなく真っ白な犬と化す。

「待て、風火！」

牙《きば》を向こうとした風火の首を、慌てて空良は抱いて留《とど》めた。

一瞬、空良は心からホッとした。

——あの粟田口で、俺には風火がはっきりとは見えなかった。

田村麻呂に言われるまでもなく、空良は時々風火があの時のことをまるで覚えていないと感じる日があった。まるで覚えていない風火は、あの粟田口で本当に人であったのか、一人でただ不安に胸を覆われる日もある。

「牙で喉笛《のどぶえ》を噛《か》む行いにあにあになどと可愛い呼び方をつけて行為を矮小《わいしょう》化したのは、僕がいけない」

そのまま自分の言葉で喋《しゃべ》った兄に、すぐに風火が人間に戻った。

そうだ。風火の方は田村麻呂のことをしっかり認識している。

「わかるように喋って！」

安堵《あんど》のせいで言葉を嚙み砕けなかったと空良も気づいて、言い様を探して息を吐いた。

「……昔は、話したりしなくても、僕らの気持ちは同じだったのにな。どんなことだって一つだったのに」

膨らませた風火の頰を右手のてのひらで撫《な》でて、今は確かに一つではない体温に空良が触れる。

二人で一つのような兄弟だから、個としての風火の存在が自分にも曖昧《あいまい》だったのだ。きっとそうだと空良は信じた。

「風火」

いつもと変わらぬ様子で、田村麻呂が自分たちを見ていることはわかった。

「僕は今日、田村麻呂に助けられた。この間僕に刃物を突き付けた連中がいただろう？その上にいる連中も今頃検察や警察だ。田村麻呂がそうした」

瞳《ひとみ》を見つめて空良が風火に言い聞かせると、いつものように灯《とも》っていた赤い焔《ほむら》がゆっくりと消えて行く。

「田村麻呂の」

喉笛を嚙み切っては駄目だ。

そう空良は言いかけた。けれどどうしても言えない。田村麻呂は空良が信じた人を裏切った人だ。簡単にはいかない。

凍った声は遠くに行ったと、さっき信じられたのに。善悪の別を考えずに信じる心を、空良は持たずに生まれてきたのだろうか。

「風火。お願いだから、もう誰も殺さないでくれ」

千二百年、ただそれだけは風火に願い言い聞かせ続けたことだった。

誰も、の中には死なないけれど田村麻呂のことも入っている。

「……また、叱られた」

しゅんとして、人の姿なのに耳が垂れたように項垂《うなだ》れて風火は苦笑した。

不意に、インターフォンが鳴った。

「多分俺だ」

何か心当たりがあるのか、場違いないつもと変わらない声で田村麻呂が立ち上がる。

「はい。あ、自分が田村です」

通話を切って、いたずらっぽく兄弟を振り返ると田村麻呂は玄関に出て行った。

「ありがとうございます。サインでいいですか？」

宅配を受け取っている声が聞こえてくる。

住居を転々としている、または定めていないのは二年前までの空良と風火と同じなのか、ここに引っ越してきて週末を越えたが田村麻呂も荷物は衣服と書類程度だった。

田村麻呂の荷物がこれから多少届くことは空良にも想像できる。

「久しぶりの同居を記念して」

けれど居間に戻ってきた田村麻呂は、飯台の風火の前に高さのない段ボールを置いた。

「なんだよ」

「まあ、開けてみろよ。ただし俺も保証はできん」

もったいつけた田村麻呂に言われて、好奇心を抑えられず風火が段ボールを開ける。

「ああっ、これ！」

風火が取り出したものは作務衣《さむえ》に似ているが上は羽織になっている藍染《あいぞめ》の木綿で、袖《そで》や襟周りに大きく朱色の糸で渦巻《うずま》き模様が刺繍《ししゅう》されていた。

「あの情報屋が着てるやつだ！」

ハマっているドラマで風火が欲しいと言っていた情報屋の衣装と、その上下はとてもよく似ている。

「どうやって」

本当に似ているのでそのことに驚いて、空良は田村麻呂を見た。

「検索した。ドラマの名前と、登場人物の名前で、衣装、通販。瞬く間に届くもんだな」

「すっかり現代に染まったもんだな……征夷大将軍《せいいたいしょうぐん》」

呆《あき》れて空良は呟《つぶや》いたが、風火は喜んでもうその衣装に着替えてしまった。

「兄上！　どう？　似合う⁉」

さっきまでのしゅんとした風火が嘘のように嬉《うれ》しそうだ。

テレビで見ていたはずの青い衣装を纏《まと》った風火を、複雑な気持ちで空良は見つめた。

——……阿弖流為が。

阿弖流為が、こんな衣装を身に着けていた。今ではアイヌの民族衣装として伝わっているものととても近い。蝦夷《えみし》はアイヌだったという説も現代ではあるが、当時北に生まれた空良自身実際のところはわからない。朝廷から離れた北の土地は様々な部族に分かれて、文化も言葉もグラデーションのようだった。はっきり区別されることもなければ完全に一致することもなかったと、空良は覚えている。

「とても似合うよ、風火。貰《もら》ったのならお礼を言わないと」

そのいくつもの部族を、二十年に亘《わた》る朝廷との闘いの中でまとめていった長《おさ》の中の長であった阿弖流為は、青の布地に赤い刺繍の美しい模様の衣を纏う日があった。

闘いに出る日と、そして祀《まつ》りの日にも。政と祀りの装束だ。

「……田村麻呂。ありがと」

「旨《うま》いメシの礼だ」

なんとか礼を言った風火に、田村麻呂が軽く返す。

「じゃあ、お鍋《なべ》の支度する！」

張り切って風火は、その衣装のまま多津子がくれた食材を持って台所に向かった。

驚くほど大きな体を持つようになった弟を、兄が見送る。

「似てきたな」

独り言のように田村麻呂が呟いて、同じことを思っていた空良は大きく心臓が鳴った。

今、はっきりと空良も気づいた。

体の大きくなった弟の風火が、阿弖流為にとてもよく似ていると。


ちょうど夜が冷え込んだ九月三週目月曜日のその晩。

三人はただただ無言で、あたたかな湯気を醸す白い鶏《とり》がらのスープを飲んでいた。

「飲み干しちゃうよう」

支度をした当の風火が、器に残ったスープを惜しむ。

京野菜は風火によってきれいに切られて、肉厚のしいたけには「花切り」という花びらが散って見える切れ込みが入っていた。

「食べ終えてしまうな……なんなんだこの、一見濃そうに見えて塩気は薄味なのにしっかりと鶏の味がする鍋は……五臓六腑《ろっぷ》に染み渡る！」

衝撃の旨味に田村麻呂が唸《うな》る。

「鶏がほろほろで柔らかいし、京野菜自体の味があるのにスープと馴染《なじ》む壬生菜《みぶな》も金時人参《にんじん》も。圭太くんの拘《こだわ》りの意味を初めて知った気がする。年に一度くらいは僕もこの野菜食べたい……ただしこの鍋で」

主張が激しいわけではないが甘味が深い金時人参や壬生菜、九条葱《くじょうねぎ》が丁寧に出汁《だし》を取られた鶏がらスープに絡んでいた。

星の形の甘い金時人参を、空良が嚙み締める。

「ねえねえ。白いご飯と卵も入ってたよ。しかも赤い殻の強そうな卵」

「〆《しめ》の雑炊だな！」

「頼む風火」

それはもう是非もなくと声を上げた田村麻呂と空良に素早く風火は立ち上がり、鍋を持って台所に向かった。

「本当にいい暮らししてたんだな。おまえら」

「多津子先生、たまにすごいの届けてくれる。今日はおまえのおかげだ」

このくらいはなんとか言えると空良が、田村麻呂に小さく頭を下げる。

鍋に夢中だったのでビールを忘れさえしていて、少しぬるくなってしまったグラスにそれぞれ口をつけた。

「雹《ひょう》が降る。まあ、感謝されついでにあれだ。江藤元主任と繫《つな》がってた反社のことは、本当に今後心配しなくていい」

住所を知られているので空良が案じていたことを、田村麻呂が「大丈夫だ」と言った。

「何をした」

「調査員のところまで暴力団が押し入ったと、今週発売の雑誌にデカく書かれる。反社関連の方は可能な限り特定可能な記事だ。無意味にリスクを冒してただ復讐《ふくしゅう》のために動いたりはしないさ。向こうも闇とはいえ商売だし、仁義もない」

説明を聞いて、何故大丈夫なのかは理解できても田村麻呂が何をしたのかまでは空良にはわからない。

「この仕事も長くなってきた。持ち札はいくつかあるさ」

自分の右腕を、田村麻呂は軽く左腕で叩《たた》いた。

「現代に馴染んだようでいても、仕草が平安の将軍だな。平安のおっさんだ」

「言ってろ」

憎まれ口をきいた空良に、田村麻呂は余裕で笑う。

田村麻呂はその時代時代に馴染むが、変わらず武人だと折々に空良は知ることになった。武器を持たなくとも剣を構えなくとも、強い。

強くて正しい。

田村麻呂の言う「世界が見え始める」ことは、今の空良に矛盾が多く不安定に揺れてしまう。

「あいつも弱くはなかった気がするけど。酔ってたのかな」

だから、剣も銃も持っていたはずの今日の鍋が好きだったと多津子が言った男の話に、空良は逸《そ》らした。

「龍馬か？　油断する日もあっただろう。始終構えているのは無理だ」

自分にもそうだったと思える日があったように、田村麻呂が呟く。

蝦夷と呼んだ北の長を殺して、その後坂上田村麻呂の征夷は闘いではなく融和に変わっていったのを空良も知っていた。城を築き、神仏を祀り、何より律令《りつりょう》という秩序のもとに農耕と養蚕《ようさん》の技術を伝えて、北の人々の暮らしは落ち着いていった。

——約束を守らなかったのは、確かに私だ。私を殺せ。恨みは、それで終わりにしてくれ。

新しい城を築きに行くあの日には、田村麻呂は闘いの時が終わっていたのかもしれない。そしてもしかしたらこの男にはもともと恨みという時間はなかったのではないだろうか。

時折、空良はそう思うことがあった。

「最期の時は鶏を待ってたって言われてるな。正直ここまで旨いもんじゃなかったぞ」

「一度奢《おご》ってくれたっけ、水炊き。おまえのことどっかの武家の人間だと勘違いして」

百五十年以上前、長かった江戸幕府が終わりに向かっている時も、空良と風火は田村麻呂と暮らしていた。

今思えば世の中が不安定になると、ふらっと田村麻呂は兄弟のところにやってきた。

「あの頃はなかなか、武人の空気が隠せなかった。我も我もと血気盛んな連中が方々で立ち上がってた時だったからな。龍馬は実家が裕福だったから、ああやってとにかく目についた他人と飯を食って繋がるのが駒の進め方だったんじゃないのか？」

そして薩長《さっちょう》同盟に繋がったのかもしれないが、はっきりしたことは田村麻呂だけでなく誰も知らない。最早現代では、だ。

「粋《いき》がってたよねえ、龍馬！」

シンプルだが合っているとも思える言葉で坂本龍馬を語って、鍋摑《なべつか》みで慎重に鍋を持って風火が戻ってきた。

「粋がってた、か。形無しだな、龍馬も」

「はい！　あと五秒!!　五、四、三、二、一！」

五秒数えて、風火が鍋の蓋《ふた》を取る。

「うわ……」

「これは……！」

鍋の中では鶏がらスープにほぐされた白米の上の溶き卵が、半熟に黄身を光らせてふっくらと仕上がっていた。

「九条葱残ってたの細かく刻んだ。ポン酢も追加」

「いただきます！」

「いただきます！」

田村麻呂も空良も一刻も早くと気が急《せ》いて、手元で空いていた器に風火が運んだ人数分の蓮華《れんげ》で雑炊をよそう。

それぞれが蓮華に載せた、卵がふんわりとした雑炊を行儀など考えず勢いよく吹いて、そして口の中に流し込んだ。

唸り声に近い音が三人分、天井に上がる。

「幸せとはこういうものだな……」

「珍しく完全同意するよ僕も」

「龍馬にも食べさせてやりたいね！」

やわらかな出汁がいつまでも口の中に残る雑炊を、三人は頬張った。

「あいつが好きだった鶏鍋は、こんなじゃなかったって今話してたんだ」

台所にいて聞いていなかっただろう風火に、田村麻呂が教える。

「食べ物は、戦《いくさ》が起きない限りどんどんおいしくなると僕も思う。素朴な味にしたければ今だって風火は作れるし。肉や野菜や、穀物や果物も糖度まで計算されてるそうだ。化学の進歩だよ」

「でも龍馬が奢ってくれた鶏鍋、おいしかったよすっごく」

昨日のことのように覚えていると、当時の精一杯の贅《ぜい》を風火は思い出して笑った。

「そうだな。あの時はあんなものがあるんだって、僕は驚いた。贅沢だった」

「確かにあれはあれで旨《うま》かった。不思議なもんだな。あの時には京の料亭の贅沢な鍋に思えたのに、今こうやって振り返ると素朴な味だ」

いかんなと、田村麻呂が頭を掻《か》く。

「名前は同じでも、味は変わっていく」

間違いなくおいしくなっていっているのに、寂しくも感じるのはそれこそ贅沢だと、空良は自分にため息を吐いた。

「おまえが言ってた、味が消えるってのは怖い言葉だった。龍馬は本当にあの鍋が好きだったんだな。俺は話したい相手に食わせると決めてるのかと、穿《うが》っていたが」

もうはっきりとは思い出せない、百五十年前の鶏鍋を田村麻呂が振り返る。

「好きだし、贅沢品ではあったからそういう部分もあったんじゃないか？　裕福だったから、これはと思った人物に取り敢《あ》えずいいものを食べさせて話す。さっきの話、なるほどと思ったよ。それが龍馬の望んだ維新に繋がったのかもしれない」

先刻田村麻呂が言ったことが腑《ふ》に落ちて、空良は雑炊を食べきって器を置いた。

「薩長同盟のことは、実際のところはどうなんだろうな。何年か前に、龍馬の名前は教科書から消えるという話が出ていたが」

「どうして」

明文化されていた歴史が変わることは、空良には生きてきた道が書き替えられることでもある。

「薩長同盟の立役者だったかどうか、裏付ける資料がないとなったそうだ。そもそも暗殺された後龍馬の名前を華々しく聞くようになったのは、日露《にちろ》戦争の時だったしな」

「新聞に載ってた……皇后の夢枕に立ったって」

それは明治時代にもどうかと思った空良は、思い出して小さく吹き出した。

「戦意高揚の旗印にされたんだ。気のいい商売人にも思えたし、戦略的な男にも見えたが」

「……渦中には、僕は何もわからなかった。徳川《とくがわ》幕府が終わることも、気づかなかったよ。やっと太平の世がきたと思い込んでた。おまえは早めに気づいたんだろ？」

自分たち兄弟と田村麻呂が暮らすと言い出した時期を思い返すと、龍馬が生まれるより前に異変を察したのだと空良は気づいた。

「二百六十五年も続いたんだ。終わると思わないのが普通だ」

当たり前だと、田村麻呂が笑う。

けれど田村麻呂は、終わると気づいたのだろう。気づいたのできっと、空良と風火のところに来た。

——見張ってる。

きっと、その言葉通りではない理由で。

「そういう隙に気づくのが有能な軍師ということか」

「またはテロリストだ。だいたいの事は結果で判断される。歴史の教科書ならの話だが」

「だけど」

阿弖流為は教科書に載っていることがあると、大学を受けようとして初めて空良は知った。田村麻呂はもちろん載っている。

結果で判断する歴史の教科書には、二人のどちらが正しいともどちらが間違っているとも記されていなかった。

どちらも間違っていない。だが田村麻呂は生きて阿弖流為は死んだ。

「物語や歴史の本は辻褄《つじつま》を合わせたがるが、生きている最中に辻褄や帳尻《ちょうじり》を合わせるのは無理だ。そのために生きてるわけじゃない」

だけど、の続きを言えず押し黙った空良に、田村麻呂が呟《つぶや》く。

「そうだろうか」

歴史の本の中でも、覚えている中でも、阿弖流為も、そして田村麻呂も責任を果たしたように今の空良には思えた。

「辻褄を合わせられる者とそうでない者が、いるんじゃないのか」

そして後者が自分なのではないかと、空良はこの終わらない、長い時間を振り返る。信じられなかったことを信じようとして、空良は激しく揺れていた。激しく揺れるので揺り返しも大きくて、見え始めているのかも知れない世界はとても難しく映る。

無理だ、と空良は思い込みかけた。

「兄上」

雑炊を食べ終えて黙っていた風火が、不意に空良を呼んだ。

「どうした？」

田村麻呂と話しながら風火を置いてきぼりにしてしまったと、慌てて空良がやさしい声を弟に掛ける。

すっかり大人の姿になっても空良にはいつまでも風火は小さき者で、掛ける声が幼い者と話すように和らいだ。

「オレ、勉強したい」

思いもかけない言葉が、風火から返る。

そんなことを風火が言ったのは、この千二百年の間で初めてのことだった。

「……何を、学びたい」

どうしてと言いかけた言葉をなんとか発さずに、空良が問いかける。

「何って言われてもわかんないよ。何がわかんないのかもわかんないもん。兄上と田村麻呂の話」

でもわかるようになりたいと、風火はつまらなそうな顔をした。

「字はわかるか？」

息が止まって声が出ない空良の代わりに、田村麻呂が問いかける。

「ひらがなはわかる。漢字はわかんないのが多い」

「なら教えよう」

やさしいけれど田村麻呂の声は、何か、自分と違って風火と対等に空良には聴こえた。

「それは、僕の役目だ。田村麻呂」

「何故」

「兄なのだから」

「空良」

宥《なだ》めるようでいて僅《わず》かに厳しく、田村麻呂が空良の名を呼ぶ。

「子どもに文字を教えるのは兄の仕事ではない」

厳しいけれど大切なことだと、田村麻呂は空良に言い聞かせた。

「大人の仕事だ。自分の名前の漢字はわかるか、風火」

「オレと兄上の名前は書ける！」

「なら俺の名前も書けるようになれ。呪《のろ》えるぞ。何か書くものを持っておいで」

「呪えるんだ？」

ふざけた田村麻呂に、嬉《うれ》しそうに風火が鍋を台所に運んでいく。

片付けを手伝う習慣がなくて、手際よく風火が飯台をきれいにしていくのを空良は呆《ぼう》然《ぜん》と見ていた。

完全な、人間の姿に風火を還《かえ》すことばかり、空良は考えて。

考えて。

やがて、風火を人間に還す本当の意味を知り始めた。知ったとはまだ、思いたくない。

けれど知り始めてそこから逃げ続けていると、思い知らされる。

「阿弓流為は最後だな。字の並びが難しいし、そもそも大和朝廷で音に当てた漢字だ」

洗い物を始めた風火の背を見て、教え方を田村麻呂は考えているようだった。

大人で、まるで親だ。

昭和の頃の長い同居の時には、田村麻呂は「そういう時代になったから」と言って、家の外で兄弟の親のふりをした。

やがて家の中でも田村麻呂が父親のようにしているのが、当たり前になった。

「金曜日、俺がここにきた晩」

また息が継《つ》げていない空良に、数日前のことをふと、田村麻呂が口にする。

「きっと許せないと、言ったな。空良。俺に」

だいたいの時間、田村麻呂は笑っている。

「前は、絶対に許さないと言っていた」

言われた言葉の意味は、空良にもよくわかった。

——僕はおまえがしたことを忘れない。忘れられないし、きっと、許せない。

ゆっくり、声にした。嘘のない言葉を確かめながら、綴《つづ》った。

「変わらないようでいて、俺たちの上にも時間が流れてるんじゃないか？　何しろ二人とも、大人のなりになった」

自分たちに親のように接した田村麻呂は、今は空良を大人として扱う。

以前は違った。

昭和に何度目か田村麻呂と暮らして、きっとその時が初めてではなかったが、これが親のすることだと空良は知った気がした。

覚えがない、親に守られ育てられる暮らしとはこういうものなのではないかと、知った。まるで知らなかったが、長い時を掛けて田村麻呂に教えられたのかもしれない。

だからしずく石町に住んで、六郎と多津子が何を自分に与えてくれているかすぐに理解できた。

父と母から貰《もら》うような、常に腹の中を案じてくれる二人の愛情を空良は、享受した。受け取り方がやっと、身についていたのだ。心で知っていた。

教えられて、覚えていた。

「おまえの名前、書いて呪ってやる！」

楽しそうに風火が、ボールペンと何か紙を持ってきた。よく見るとその紙は、多津子が食材を包むのに使ったチラシのようで水気に撓《たわ》んでいる。

「俺の名前は簡単だぞ。最初に覚えるのにちょうどいい」

文字を教えるために、田村麻呂は立ち上がって風火の左隣に座った。

空良は粟田口の時にはある程度のことを学んでいた。敵を知らなくてはならないと、大和朝廷の文化も、交易をしていた唐《とう》から文字も既に学び始めていた。

それでもわからないことはどんどん増えて行って、一緒に暮らすたびに田村麻呂から教わった。わからないことというのは学びのことだけではなく、人のことだ。人との関わり、人の持つ心。憎しみだけでなく、その反対側にあるもの。空良には呑《の》み込めないけれど、「在る」のは見えてきた。自分の持たない、外の世界にある別々の正しさ。

知らなかった頃にはもう、戻れない。

何処に向かっているのかはまだわからないけれど、空良は今前を向いて、そして歩いている。

きっと、今までとは違う道を。

「田は田んぼの田だ。田んぼを思い浮かべてみろ。漢字の成りたちはだいたいこんなもんだ。わかりやすいだろ？」

「ホントだ。田んぼの田だな！」

必死に人に還そうとしていたのに、その空良は何も教えてこなかった風火が初めて文字を教わっている。

「ノート、明日《あした》買ってくるよ。風火」

それだけ言うのが、今の兄には精一杯だった。

「ありがとう兄上」

いつになく、文字を覚えている風火の声が大人びて静かだ。

その文字を追う瞳《ひとみ》がいつもと違って、空良には一瞬深い蒼《あお》に映って見える。

しっかりと覚えている湖のような蒼さに、空良はただ息を呑んで風火を見つめた。

和室に敷いた布団の中で、寝巻にしている浴衣で空良は天井を見ていた。

二階の一部屋を使っている田村麻呂が、着替えや仕事道具を整理している。その音が聴こえていた。

「兄上、寝ちゃった？」

明日の朝ごはんのために米や出汁《だし》を仕込んだ風火が、白い衣で部屋の戸を引く。

「起きてるよ」

長い長い習慣なので、兄弟は同じ布団で一緒に寝ていた。布団などなく軒先で寝たこともあるし、粟田口では山に潜んで何日も身を寄せ合っていた。

その筈《はず》だ。

「布団をもう一組買おう。風火」

当然のように同じ布団に入った風火に、空良が告げる。

「どうして？　いらないよそんなの」

「だけど」

右隣にいる風火の頬を、髪を。

つい幼い子にするように、空良は撫《な》でてしまう。ずっとそうして、空良は風火を「自分の弟」としてしか見てこなかった。

「おまえはもう、立派な大人の男だ。僕よりもずっと大きい」

「犬になろっか、オレ。ちょっと寒くなったから」

兄の言葉を聴かずに、風火が朗らかに笑う。

「まだ九月だ。夜は冷えてきたけど寒くはないよ」

「だけど、兄上なんだか悲しいし」

当たり前のように風火は、空良の気持ちを知っていた。

「泣いてるかと思って、ちょっと心配しちゃった。オレ」

当たり前のように一つの感情を分け合って、それは兄弟だからだと空良は思い込んでいた。

「僕は泣いたことなどないよ」

「知ってる。オレもない」

けれど兄弟でも別々の人間だし、最近空良は風火が持っている感情の想像がつかないことが増えている。

「明日から洗い物するよ。ずっと台所を全部おまえにさせて、本当に悪い兄だった」

「いいよ。オレ他にやることないもん！　悪い兄って、田村麻呂が言ったの⁉」

「田村麻呂はそんなことは言わない。おまえに文字を、教えてくれるじゃないか。その時間、僕が台所を片付けるよ。ごめん」

ごめん、までを聴かずに、風火は大きな白い犬になった。

ふかふかの白い毛でくるりと丸くなって、額を空良の胸に擦り付ける。そのまま肩を抱き込まれて、風火の胸に寄り添って確かに冷えてきた夜の暖を空良は貰った。

やわらかな犬の風火の頬を撫でると、もうすやすやと眠っている。

「風火、おまえは」

人間に戻りたいか。

眠っている風火にさえ、今空良は尋ねることができなかった。もしかしたら兄は弟に、ちゃんと訊《き》いたことがないかもしれない。

なんのために自分が風火を人間に還したいのか。そしてその時どうするのか。どうなるのか。いつの間にか目的は見失っていた。

「人として生きる日がきたら、文字は必要だな」

そんなことにも、今日まで気づかずにいた。

「何故、おまえは僕の悲しみを知る？」

ずっとこうして最初から一つであったかのように生きてきたけれど、犬でも人間でも、別々の体温、別々の体だ。

「風火」

眠っていても律儀に兄に応《こた》えて、丸まっていた尻尾《しっぽ》が動いた。

仔犬《こいぬ》になってしまった風火と、布団などなくても身を寄せ合って生きてきた。その長い長い時間は、何処か楽しくもあった。幸いだった。

さっき、文字を学んでいる風火の瞳が、空良には初めて蒼く見えた。

どの史実にも刻まれていないが、阿弓流為は白銀の髪をして真っ青な瞳をしていた。同じ人とは思えぬほどに体がしっかりして、幼い空良には強く誠実なやさしい長《おさ》は憧《あこが》れでしかなかった。

そんな風になりたいと願っていた空良の体の方は、なんとか少年ではなくなったごく普通の青年の体だ。

「おまえは、誰なんだ？」

無意識に空良の唇から言葉が零《こぼ》れ落ちる。

それは時間のように誰にも止められないものに思えて、空良は目を固く瞑《つむ》って風火の胸に顔を埋《うず》めた。

法律家は依頼人に翻弄される

眠りは、誰の上にも昨日とは違う今日をくれる。

存在が不確かだった風火は文字を学び始めた。空良はこのしずく石町で初めて、もしかしたら人と共生している。

——狼と犬は、もともとは同じ生きものだとも言うわね。

昨日のおいしい鶏鍋《とりなべ》を作ってくれた、多津子の言葉を空良は思い出していた。

——人と共生するか、人を嚙《か》み殺すか。それだけの違いで、それは人の都合で呼び分けているのではないかしらねえ。

人と、この町で共生したいといつの間にか空良は焦がれるように願っている。

そのためにもしっかり仕事をしなくてはと、空良はしずく石町商店街から通り一つ裏に入った「香寺公一税理士事務所」の応接セットで、麦茶をいただいていた。

「どうぞよろしくお願いいたします」

昨日は予定がいっぱいだったという税理士の香寺夏妃が何故《なぜ》何《なに》ゆえにかあまりに堂々と微笑むもので、空良は待った身でありながら頭を下げた。

香寺公一は何処なのだろう。

目の前のブルーグレーのパンツスーツを纏《まと》った人は確か、二キロのキムチでビールを吞《の》む経済感覚の発達した女性だ。

「こちらこそ。来てくださって、ありがとうございます」

なるほど彼女は税理士だったのかと、原価率と経営について圭太に説教をしていたのを空良が思い出す。

「お忙しいと伺いましたが。今日で大丈夫でしたか」

公認不正検査士という特殊な仕事が、しずく石町でできるかもしれないことが空良はとにかく嬉《うれ》しかった。空良なりに、今日の打ち合わせはいつになく張り切っている。

「いえいえ昨日はたまたま顧客企業の巡回監査があって。この時期はもうひっま！　あ、超ひま！　めちゃくちゃひま！　ひまだから巡回監査後も呑んだりなんかして」

ちょっと二日酔いと、三十代半ばに見えるきれいな髪を肩の辺りで揃えた小ざっぱりした印象の夏妃が、大きく手を振る。

「そうですか……」

検察を辞めた後、内部監査室などの堅苦しくネクタイを締めた年配の男性としか仕事をしてこなかった空良は、女性そのものに全く慣れていなかった。

香寺公一は、奥で黙々と領収書を整理しているいかにも税理士ですという五十絡みの男性だろうかと、交代を願ってちらとそちらを見る。

「一月二月三月が地獄。後は結構ひまです。なんで毎月領収書くれないんでしょうね皆さま！　毎月記帳させてくれたら繁忙期に地獄見なくていいのに！」

税理士事務所の仕事は、企業の経理を請け負うこともあるが決戦は確定申告だと、空良もよく知っていた。公認不正検査士として調査をする中で経理、帳簿、申告、納税はいつも大きな鍵《かぎ》だ。

「事務所、改装したいのよ」

そして本題に入ってくれるかと思いきや夏妃が、きれいにアイラインを引いた目で事務所を見回してまたため息を吐く。

「言われれば少し……」

どうして突然改装の話なのだろうと大いに戸惑いながらも、今日からこの町で生きるために働くと少々力み過ぎの空良は、精一杯頑張って相槌《あいづち》を打った。

「古いでしょう⁉　昭和の税理士事務所って感じでしょう？　ねえ平賀《ひらが》さん！　やっぱりこの店古臭いって！」

五十絡みの男性は香寺公一ではなく平賀というらしく、黒い眼鏡の平賀を夏妃が振り返る。

「そんなこと言ってないですよ！　僕は‼」

なら香寺公一は何処なのかと思いつつ、慌てて空良は腰を浮かせた。わからない話に無理に合わせることに、挑戦したこともないのですぐにつまずいたのだ。

「いつもそれおっしゃるんですよ。夏妃お嬢さん」

それこそ昭和のドラマに出てきそうな白いワイシャツに電卓や領収書がよく似合う平賀は、穏やかに笑って夏妃をお嬢さんと呼んだ。

「そんなヒマないですよーしょちょー。事務所改装するって、一旦全部《いったん》ここの書類やパソコン外に出すってことですよね？　ムリムリムリムリ絶対ムリ。私退職します」

入り口近くで細々とした事務を請け負っていると思《おぼ》しき二十代の「河口《かわぐち》」と名札のついた女性が、きれいに巻いた髪を更に指で巻いてあっさり無理と言う。

「未久《みく》ちゃーん。辞められたらあたし死ぬし。ええと、一応うちの会社紹介。あたしが所長で平賀さんがパートナー。未久ちゃん、河口未久さん。最高の税理士助手。この税理士事務所、そこの商店街の経理なんかを請け負うのに父親が始めたんだけど。父、十年前におっちんじゃってね」

死ぬの早かったわーと夏妃は、麦茶を飲んだ。

「そうですか。それは」

香寺公一は十年前に亡くなったのに未《いま》だその看板なのだと知って、空良は今お悔やみを言っていいのかどうかもわからない。

「で、父のパートナーだった平賀さんにここやってもらいたかったんだけど。パートナーじゃないと続けられないって……。ほら、うち法人なんで税理士二人いないと成立しないから。あたし企業内税理士やってたんだけど、帰ってきたわけよ。しずく石町に」

平賀さん賢いわと夏妃がぼやくのに、今まさに「奥州法律事務所」を一人で立ち上げて苦労している空良は不本意ながら同意しかない。

「まあいいけどね。タワマンとは気が合わなかったから。ただそこの商店街もぼちぼち半世紀ってとこだけど、父の顧客のおっちゃんたち下手すると父より年上だから。こっからどんどんおっちぬじゃない？」

日頃から田村麻呂の前以外は冷静、なんなら仕事中は冷徹な空良は、二度目の「おっちぬ」を言った夏妃に麦茶に咽《むせ》た。

「……っ……、……っ」

頑張ろうとした第一日目の仕事相手はどうやら目の前の夏妃のようで、空良はしずく石町で人と共生しようとする心を試されているとさえ思えた。

「大丈夫？　若いのに誤嚥《ごえん》？　気をつけてよ。八百屋『お七』の圭太なんてスマホで経理やるって抜かしてるしさー。税務署に踏み込まれちまえあのクソガキ。まあそんなわけで、新しい顧客の獲得っていうの？　二十年後の未来を見据えている弊社です」

ここまでが会社紹介だったのか、夏妃が清々《すがすが》しく笑う。

「大事な、ことですね」

それでもこんな一歩目だとて空良は挫《くじ》けなかった。

「でしょう！　経営手腕の限りを尽くして、弊社、小田嶋《おだじま》建設の顧問もやっております」

背を伸ばして冷静さを保って、勢いのある夏妃の言葉を聞く。

「ああ、練馬駅の」

準急なら一駅、各駅でも駅四つしか離れていない練馬駅に「小田嶋建設」といかにも大手建設会社という大きな看板が掛かっているのは、空良も電車に乗る度見ていた。

「看板は練馬だけど、本社はお隣練馬高野台《たかのだい》駅。歩いた方が早い。昔この辺に土地が余ってた頃に建てたから社屋が無駄にでかくて、ドラッグストアとかホームセンターに囲まれちゃってるけどね。売ればいいのに。だけど大手ゼネコンの御用達《ごようたし》よ」

文脈がどう繋《つな》がっているのか空良には理解が追い付かなかったが、練馬高野台にある小田嶋建設がゼネコンの下請け会社で比較的大きな建設会社だとはなんとかわかった。

「あたしが帰ってきて、父の顧客たちが老い先短いと気づき」

「あの、そこいいです。そのターンもういいです」

「そう？　でも大事じゃない？　父も顧客の皆様も、やがてはあたしも奥州先生もいつかはみんな必ず死ぬのよ。その後も社会は継続するからさ。未来のために準備しないと」

自分より若い未久の方を向いて、小ざっぱりと夏妃が言う。

みんな、いつかは必ず死ぬ。だがそのことについて夏妃が建設的に考える以上に、空良はみんなと同じに死にたい。

時間を辿《たど》り歩いて、普通に人として、風火とともに死にたい。

――誰が死ねると言った。死ぬということは往生するということ。程遠い程遠い。答えが見つかるまで、旅をおしよ。

弥勒菩薩にそう言われた時には、空良は「簡単には死ねない旅」がこれほど人と別れていくしかない旅だとはわからなかった。

この町で、何より大きく育っていく風火と、空良は決して別れたくない。

「……ちゃんと死にたい」

「ええっ⁉　そういうのは他所《よそ》でやって他所で！」

「あ、いえ往生したいという話です。すみません」

「若いのに、誤嚥はするし往生はしたいし。なんなの。でも失礼ですけど本当にお若く見えるわね。こんなお仕事してるならもうちょっといってるかと思ってた。おいくつ？」

最も痛い、響くところを突かれて空良は黙り込んだ。

「それ……壮大なコンプレックスなんです。三十一です」

「壮大なんだ。ごめん触って！　なかったことにして話戻すわ。その小田嶋建設の子会社の顧問をあたしが獲得して八年になるんだけど。ここ二年ほどなんかおかしいのよ」

やっと、仕事の話が本題に入ったと気づき、空良が麦茶をテーブルに置く。

「おかしいというと、どのように」

「あたしが顧問になり立ての時は建設業界はまだ復興特需で。嫌な言葉だけどね。小田嶋さん、被災地で倒壊しちゃった馴染《なじ》みの下請けを子会社化して。順調にやってたの」

黙って、空良はメモ帳に覚書をしながら夏妃の話を聞いた。

「あ、重要なことだけどあたしが顧問をやってるのはその被災地の子会社だけ。うーん。具体的に何処がおかしいのかはっきり言うと、収支が合わないのよね。ここ二年は使途不明金に五十五％の税金払っちゃってる。それでいいって言うの。巨額よ？」

税理士としては帳尻《ちょうじり》を合わせたいというのもあるのかもしれないが、六年間はなかったことがこの二年起こっているということが聞いている空良には一番の問題だった。

「帳簿上足りないときというのは」

「取引はあるんだけど、売上がゼロだったりして。会長これなんか抜けてませんか？って聞くと、いくらあったらいいって金庫から札束持ってくる……」

遠い目をして、夏妃がソファにどたっと背を預ける。

「まあ、基本的にもともと帳簿見ない人なんだけどね。もうとっくに閑職の会長だし」

「そういう方はたくさん見てきました。経営者の中には意外といらっしゃいますね」

中小企業の社長が数字を拒絶するので実はただ合わないだけだったということは、空良はこの仕事で何度か遭遇していた。その場合申告漏れの調整をして事件性なく終わることもある。最も目出度《めでた》いケースだが、帳簿を見ない経営者の多さには驚かされた。

「経営手腕とは別っていうか、昔は相当などんぶり勘定でいけたみたいだしね。小田嶋さんはたんす預金も何十年分もあると思うし、会社は部門がたくさんあって順調。バブルが弾《はじ》けてもリーマンショックがあっても淘汰《とうた》されず。でもさすがにこれはヤバイわ」

ため息を吐いた夏妃に、空良は大きな疑問が湧いた。

「ちょっと待ってください。そしたら僕の依頼人はどなたになるんですか？　香寺さんは会長が持ってる子会社の外部の経理ですよね」

「香寺さんって、しずく石町では父のことだから。夏妃にしといて。うん、そこよね」

腕を組んで、短い時間夏妃が考え込む。

「あたしがあなたを雇います。おいくら？」

そことは何処なのかと空良が待っていると、思いもよらない申し出を聞かされた。

「あなたが僕を雇うのは、筋も違うし割にも合わないと思います。こういうケースは経験がないです」

独立した第三者になる空良は、ほぼ会社の内部から呼ばれる。今回なら、小田嶋建設の内部監査から「手に負えない」または「会社に何かあっては困るが、内部で会長を調べられない」という理由で呼ばれるのが普通だ。

「小田嶋さんが逮捕とかやなのよ！　その前になんとかしてくれたら百万払うわ」

「僕はそんなことができるような何でも屋じゃないですよ！」

百万で逮捕を阻止してくれなどとそんな大雑把な依頼があるかと、思わず空良も声が大きくなる。

平賀や未久はそんな夏妃に慣れているのか、振り向きもせず通常営業だ。

「知ってます」

不意に、夏妃は真顔になった。

「奥州先生、プロよね。公認不正検査士。何かもしあるなら、証拠押さえて揺さぶりかけてやめさせてください。お願い！」

認知度の低い公認不正検査士の仕事内容を、夏妃はきちんと把握している。

「大掛かりな談合なら、地検に上げないと隠蔽《いんぺい》したことになります」

「談合なんて何処だってあるわよ大なり小なり。ゼネコン御用達なんだから、なんかしらやってんなーっていうのは今までもあったわよ。そんなこと普通よ。でも場当たり的になってきたの。何やってんのか想像つかない。……不安なのよ」

力強い瞳《ひとみ》で夏妃はまっすぐに空良を見た。それでも彼女が心《しん》から不安なのは伝わる。

「自分は、この依頼には向いてないです」

夏妃が小田嶋会長を守りたいのがわかって、空良は大きなため息を吐いた。しずく石町で人と共生するという意欲に満ちた一歩目だったが、寝て起きたくらいで自分が容易に変わらないことくらいはわかる。

「どうして」

「曖昧《あいまい》なことはとても苦手です。法律で割り切れるから、きちんと罪を裁けるから司法の道を選びました。ご期待に沿えないのは僕の核となっている性質のせいです」

やっていこうという気持ちがあっただけに残念だったが、空良はこの依頼は断るのがお互いのためだと判断した。

「難儀で厄介ね」

「おっしゃる通りですが、自分は簡単には変われません。罪だと法が言えばその時は必ず」

「奥州先生、下の名前なんていうの？」

「？　空良です」

突然全く違う話を振られて、自分の根幹といえる問題を双方のために大真面目に告白していた空良が、首を傾げる。

「どんな字？　ここに書いてもらっていい？」

二枚重なっている紙を出されて、丁度漢字を習い始めた風火を思いながら空良は自分の名前を書いた。

「ちょっと珍しい当て方なんです。空《から》というような意味合いの……あぁっ！」

書き終えて後ろから誰かに右手を摑《つか》まれたと思った瞬間、未久が空良の親指に朱肉をつけて拇印《ぼいん》を押させ何もなかったかのように席に戻る。

「今どき拇印も捺印《なついん》もなんだけど、ありがたくいただきます。契約書」

「何するんですか！　返してください僕の拇印!!」

「まあまあ。あたしもそこまであこぎじゃあないから。話だけでも聞いてよ、頼む！」

今どきヤクザもしないあこぎな真似をして、夏妃は顔の前でパンッと両手を合わせた。

拇印のせいだけでなく、夏妃の必死さは思い知らされて、大きなため息が空良の口から零《こぼ》れ落ちる。

できないと思って、夏妃に自分の性《さが》を打ち明けた。聞いてはくれなかったけれど。

「本当にお話、聞くだけですよ……」

けれど人と共生するということは、ずっとできなかった「仕方なさを知る」ことなのかもしれないとも、思った。

しずく石町に住んでその上保護者のような顔をした男と同居が始まって、正しさに頑《かたく》なであった自分が今まで以上の速度で変わっていくのを空良は感じている。

「じゃああたしの助手的な立場で日を改めて小田嶋さんとこ行きましょう。そこはなんとか、お願いしつつ押し切るけど」

「もしかして押し切るのは僕のことですか」

それにしても共生への一歩目が夏妃なのは、吉か凶かと問われれば空良には未知過ぎてよい展望は見当たらなかった。

多少自分が変わったとしても、人々の求めるほどの曖昧さに応《こた》えられると思えない。

「多津子先生の離婚は、ちゃんとやってあげてよ。弁護士じゃなくてもできるでしょ?」

不意に、夏妃は話も、声のトーンも曖昧さのないものに変えた。

公認不正検査士の仕事を理解している夏妃は、空良が弁護士仕事をやらないにしても離婚の手伝いができなくはないとも理解している。

「離婚、賛成なんですか?」

夏妃が社会を必要以上に知っている安心は得て、空良は尋ねた。

「当たり前じゃないの。あたしも、多津子先生と六郎先生にお習字習った」

スケジュール帳を開いて日を選びながら冷ややかな声を聞かせる。

「法律で割り切れるから、きちんと罪を裁けるから司法の道を選んだんでしょう? バサッとやってあげてよ。税務はあたしがテキパキやるわ」

迷いなく、夏妃は言い放った。

事情を知っている者たちは多津子が望むならと思うだろうし、空良も理解はしている。

「僕の話、聞いてたんですか、強引に拇印押させながらも。……書道って、硬筆と関係ないんですね」

「あたしの字が汚いことは言われなくてもよく存じております！」

離婚の件には答えず手帳を見て言った空良に夏妃が大きな声を上げて、多津子と六郎の話は有耶無耶《うやむや》になった。

自分が有耶無耶にしたのだと、心の底で空良が知る。

それは今まで決してせずにきたことだった。

珍しく駅前の商店街まで行って、空良は風火のためにノートを買った。

「ただいま」

今日は夏妃の話を聞いて終わったので早い時間に帰れたが、ノートを選ぶのに一時間も掛かってしまった。

「おかえりなさい兄上ー！」

いつものように、喜んで風火が飛び出してくる。

変わらず兄を慕ってくれる弟の姿に空良は何故だかホッとしたが、風火が田村麻呂に貰《もら》った青い装束を着ていることに複雑な思いは消えなかった。

「はい、風火これ」

ネクタイを緩めて、腹に抱き着いている風火に空良が紙袋を差し出す。

「なに？」

「開けてみて」

ジャケットを脱ぎながら空良に言われて、ワクワクと風火は紙袋を開けた。

「ノート⁉」

「そうだよ。文字の勉強をするのに丁度いいといいんだけど」

それで、空良は一時間も悩んだ。

空良自身は、文字の学びはこの長い旅が始まった時にはできていた。なので今から漢字を学ぶためのノートにどれが適しているのか手掛かりがなく、結局店の人に尋ねて小学校低学年用の升目の大きな漢字練習帳に決めた。

「すごく書きやすそう！」

飯台の上でノートを開いて、風火はとても嬉《うれ》しそうだ。

よかった、と呟《つぶや》いて空良は息を吐いた。

「でも田村麻呂に習うの悔しいよ。兄上が教えてよ」

「もちろん、いつでも教えるけれど」

風火に乞《こ》われて、大東京銀行の件で検察に出頭したり元主任の江藤に面会したりと忙しくしている不在の田村麻呂のことを、空良が思う。

——子どもに文字を教えるのは兄の仕事ではない。

昨日、毅然《きぜん》とした言葉を田村麻呂は空良に聞かせた。

「田村麻呂に習った方が、悔しいから早く覚えるんじゃないのか？」

昭和に一緒に暮らしていた時に、空良は多くのことを田村麻呂から教わった。勉学だけでなく、社会のこと、人のこと。

子どもとして扱われて、育てられたのだと、口惜しいけれど理解している。

「そうかも」

同じく口惜しそうに、風火は言った。

「まだそんなに田村麻呂が嫌いか？」

ふと、何故だろうという思いが湧いて、空良が尋ねる。

空良は田村麻呂には一方ならぬ感情があるが、それは千二百年前のことがあって、そして今があって、一言では語れない思いだ。

「だいっきらい！」

べー、と舌を出した風火の毛嫌いとは、空良の田村麻呂への感情は一致しない。空良の方がきっともっと面倒だ。

「何故」

「田村麻呂といると、兄上はすごく変わってしまう。……前もそうだった」

寂しそうに風火が言った言葉に、驚く。

幼く頑なだった空良の心を、千二百年かけて確かに田村麻呂は育てた。空良自身がその変化を恐れたから、四十年前は田村麻呂の家を飛び出した。

弟もそれを感覚でなのかわかっていることが、兄には驚きだった。

「そうかもな」

きっと育てられたから、空良も、風火も、大人にはなった。

「いやだ！　きらい！」

駄々のように頰を膨らませる弟は今も愛らしさしかないが。

「ずっと、勉強がしたかったのか？」

可愛い弟のその大切な気持ちに気づけなかったことは本当に不甲斐《ふがい》なく思いながら、空良は尋ねた。

「ううん。したいことなんてないよ、いつも」

今ここにあった子どもっぽさが嘘のように静かに、風火が答える。

「本当に？」

「兄上が笑ってくれてたらいいし、兄上がおいしかったらいいし」

今までも、風火がそうした言葉を空良に聞かせることはあった。風を聴くように当たり前に空良は、風火の言葉を聴いてきた。

「兄上が幸せならそれでいいし」

「風火」

けれど今日はもう風のようには聴けずに、弟の言葉を止める。

「文字を学びたいと、おまえは思っただろう？」

「うん」

「この間、僕にナイフを突き付けた男を風火は、嚙《か》み殺そうとしただろう？」

「うん」

それらは風火のしたいことで、空良のしたいことではないと、言おうとして上手《うま》く言葉が選べない。

二人で一つのような兄弟だった。けれど何故年子なのに、空良は十二歳で学びを身に付けていて、風火は身に付けていなかったのか。

「文字を学んで、何を書きたい？」

——風火が生まれた時のことを、覚えているか？

この千二百年の間に、いつからか田村麻呂はそれを空良に尋ねるようになった。

何度も何度も尋ねられるうちに、年子だから風火が生まれた時を覚えていないだけでなく、随分長いこと風火は空良にとって一片のずれもない片割れであったと気づいた。

「田村麻呂呪う」

今は違う。

風火は風火として確かに存在している。存在していなかった時には気づかなかった。

風火は空良とは違う、自立した別の命だ。

「田村麻呂、そんなに嫌うな」

何処かまでは空良は、風火と自分の区別がつかなかった。境目のない一対だった。

「だいっきらいだよー」

背が高く体がしっかりとして髪が白銀に輝き、湖水のような蒼《あお》い瞳《ひとみ》をした風火は、こんなにも自分と違うのに。

「大嫌いでも殺すなよ。死なないけど。散歩行こう風火。三宝寺池」

「わーい！」

家で待っていられる、兄のためにだけ尽くせる、兄のためにだけ存在できるという風火の言葉を、空良は長く鵜呑《うの》みにしてきた。

田村麻呂とともにあって学び、頑《かたく》なに信じてきたものを疑い、見えるものが増えて。

「天気もいいし、石神井公園を一周しようか」

風火の言葉を、空良は鵜呑みにできなくなった。

「やったあ」

「本当に、立派な大人の男のようになった」

立ち上がった風火の姿はまるで、族長そのもののようだった。

心ごと、誰にも打ち砕けない強い骨、厚く纏《まと》ったしなやかな肉。鬣《たてがみ》のような威厳を持った長い髪と、湖水のような蒼い瞳。

「ごめんね兄上、仔犬《こいぬ》になれなくて」

「え？」

不意に心の奥底に触れられて、驚いて空良は座ったまま風火を見上げた。

「昔はオレ、兄上と同じ幼い姿でいられた。兄上が望む姿、かな」

どちらかはわからないと、風火が首を傾げる。

「いなくなることもできたよ。ごめん、できたのに消えなかった」

「何を言う！」

また謝った風火に、畳に膝《ひざ》をついて空良が声を荒らげた。

「だって兄上、オレのこと殺そうとしたでしょ？」

いつも覚えていないようにも見えていた粟田口のことを、困ったように風火が言う。

「風火、あの時は」

息を呑んで言葉も出ない喉元《のどもと》から、それでも空良は声を絞り出した。

「僕も一緒に逝こうとしたんだ」

「この間兄上、自分のことなら殺していいって言った。オレに。きっと、オレがいなかったら兄上はもっと楽ちんだ」

「そんなこと絶対にない！」

深刻にもならず、責めることもなくあっけらかんと風火が言うのに悲鳴のように空良が叫ぶ。

「絶対ない！　僕は風火が……風火しかいない。風火がいないと僕は……っ」

思いがちゃんと言葉にならなかった。心が乱れすぎて、「違う」と繰り返し叫んでただ首を振って、空良の喉が切れそうになる。

三度目、「ごめん」と風火は言って屈《かが》んで空良を抱きしめた。

「そうじゃなくて」

小さかったはずの弟は、父のような広い腕で空良を抱いた。

「オレ、昔は仔犬でいられたし、消えようと思えば消えられたんだ」

「そう……だったのか？」

「うん。オレは知ってたけど、兄上は知らなかったんだね。最初はそれが大事なことだってわからなかったから、言わなかっただけなんだけど」

そのことが特別なことだと自覚がなかったと、困ったように風火が言う。

「段々、消えるのやだな、もっとずっと兄上といたいなって思うようになって。だから兄上に教えられなくて」

強く抱いていた腕を緩めて、蒼い瞳で風火は空良の目を覗《のぞ》いた。

「そのうちこんな大きくなっちゃって。もうオレ、自分のことどうにもできない。子どもに戻れないし、消えられないみたいだ」

「そんなことしなくていい！　するな!!」

「兄上が最近、大きくなった大きくなったって言うから。嫌なのかなと思ったんだよ」

いつも静かな兄が激高するのに風火は驚いていて、今まで兄がしていたように空良の髪を大きな手で撫《な》でる。

「嫌なものか。立派な男になってすごいと思ってるんだよ。文字まで学んで」

「ならよかった。兄上が悲しいのかって思っただけなんだ」

「悲しくなど」

もういいよと笑って、大きな白い犬に風火が変化《へんげ》する。

散歩に行こうとねだって、頭を空良の頬に擦り付けて風火は甘えた。

「おまえは強くて美しいよ。兄には誇りだ」

「くうん？」

きょとんとして風火は、愛らしく鳴いた。

「出かけよう。な」

赤いリードを取って、一緒に玄関に向かう。

兄の思う形で居られたという風火は、もしかしたらその頃は意思を持たなかったのかもしれない。

風火の言葉を、存在を空良が疑い始めた日から兄弟はきっと一対ではなくなり、それぞれの体に別々の成長が始まったのかもしれない。

——あの粟田口で、俺には風火がはっきりとは見えなかった。

忘れられない田村麻呂の言葉が、空良の耳を襲う。

田村麻呂は風火の存在さえ摑《つか》み兼ねたと言った。最初からいなかったのではないかと。そして、今は違うともはっきり言った。もし最初は存在しなかったのだとしても、風火という命は間違いなくここにいて息を始めている。

——もうオレ、どうにもできない。戻れないし消えられないみたいだ。

風火自身に風火の命がままならないのは、存在している証《あかし》だ。

「人に、なりたくはないか？　風火」

赤いリードを繋《つな》いで玄関を出て、もう言葉を喋《しゃべ》れない風火に初めて空良は尋ねた。

存在し、命があって、成長して学びも始めた風火にもっと持たせたいことがある。

「くうん」

首を傾げて鳴いた風火は、何も考えていないようにも見えた。

いや。何も風火自身が望んでいないと、空良が勝手にそう思って見てきたのだ。こうして何も思わず一緒にいようとして、迷いと不安が生まれた時に田村麻呂の家を出た。

もしかしたら自分が一点だけを見て、見えているものを世界だと思い込んでいるけれど、その外側に全く知らなかった広い世界といくつもの正しさが広がっているのかと怯《おび》え震えて。

「風火」

確かに一対であった、幼い頃から本来は空良の性《さが》を抑え続けてくれたはずの風火の存在さえ不確かになった。何故あの粟田口で突然風火は「殺す側」になったのか。

四十年が経ってこの家に田村麻呂を受け入れられたのは、風火の鼓動が聴こえると確信できたからでもあった。

風火は存在している。

「僕が人と交わったり、律令《りつりょう》のことを思うように。きっと風火にも」

だからきっと風火にも生きる道が見つかる。

人であればきっと風火には風火の交わりが生まれる。兄としてそれを心から望む。

「くうん？」

やさしい声で風火に鳴かれて、空良は玄関先で風火の首にしがみつくように抱き着いている自分に気づいた。

また風火の鼓動を聴いていた。弟の体は律動を刻んでいる。生きている。

「風火」

千二百年、弟と生きてきたのに、存在していないなどとそんなことに耐えられないと、空良はそれを考えることから逃げていた。弟を人に還《かえ》すと言いながら心のどこかで、このままただ風火と寄り添って息を潜めていようと思う日もあった。

もしかしたら風火が存在しなかったのかもしれない粟田口の山谷で、そうしたように。

昔は消えようと思えば消えられたけれど、今は消えられない。風火自身が自分の存在の不確かさを、今日初めて兄に教えた。

「大好きだ。風火」

やはりこのまま、こうして兄弟で身を寄せ合っていたい。何もかもを捨てて、この家もこの町も離れて、田村麻呂とも別れて二人きりで幼い頃のように。

「くうん」

空良には二人きりの兄弟だと信じた、たった一つのぬくもりだ。

「大好きだよ、風火」

声が揺れて、無理に笑って、立ち上がろうとしてできずに空を見上げる。

「わん」

晴れた天上を見上げる。青いけれど、背の低い木の葉越しに見る。この高さから人の顔をまっすぐは見られない。誰とも対等ではなく、話すこともできない。

——楽に死ねると思いなさんなよ。

弥勒菩薩の声が聴こえた。

人とともに在る時弟の視界は、この見上げるばかりの視界だ。これが人と共生する弟の、今の世界だ。

「わんわん」

「行こう」

風火の見てきた世界を見て、力を込めて空良が立ち上がる。

たとえ行く先に何が待っているにしても歩き出そうと、足を踏み出した。

その週の金曜日午後、空良は「香寺公一税理士事務所」に立ち寄ってから夏妃と徒歩で小田嶋建設に向かっていた。

「あそこの酒屋のおっさん、すぐ領収書やろうかって飴玉《あめだま》みたいに白紙の領収書くれるけど気をつけて。もし書き込むなら切りのいい数字とか印紙いらないぎりぎりの金額とかやめてね。そこ税務署見てるから」

「僕はそんなことはしませんよ……」

そう遠くない隣駅の練馬高野台方面に向かう途中、いかにも気軽に領収書をくれそうな酒屋の親爺《おやじ》を指さした夏妃に、空良がため息を吐く。

「しずく石町商店街にはいるのよ。たくさんそういう経営者が」

苦労をさせられているらしく、フラットできれいな黒い靴にグレージュのパンツスーツの夏妃は、カツカツと踵《かかと》を鳴らして勢いよく歩いた。

普通二十分掛かるだろう距離を十五分程で、駅から少し離れた大きなビルに辿《たど》り着く。

「隣町だからですか？」

十二階の屋上に小田嶋建設という文字を見て、思わず空良は夏妃に尋ねた。

都心にビルを置かないのは珍しいが、ゼネコン御用達《ごようたし》だと一目でわかる規模だ。

「どういうこと？」

「あの、すみません大変失礼ですが。子会社だけにしても、町の税理士事務所の顧問先にしては随分」

特に夏妃の声は尖《とが》っていないのだが、何しろ強引に拇印《ぼいん》を押させるような人物なので、空良は警戒してなるべく距離を取っていた。

「するどい。さすがだわ奥州先生。さすがこのあたしが選び抜いた公認不正検査士」

他に選択肢がなかっただろうにそんなことを言って頷《うなず》く夏妃は、カラッとしながら何をするかわからないので全く信用ならない。

「小田嶋さん、呑《の》み仲間なんだよね。というか、そこの呑み屋で知り合って。駅近の」

「ナンパですか……」

濃紺のスーツで夏妃の速度で歩いた空良に疲れが襲って、声にその疲労が滲《にじ》む。

「違う違う！　気前よく高い酒奢《おご》ってくれて」

「ただのナンパじゃないですか……」

「誰にでもそうなの！　小田嶋さんは！　ちょっと気に入れば誰にでもなんでも奢っちゃう。下手すると領収書も残さない。領収書どうしますかって店で訊《き》かれて、あ、今日はいいやーって言うからちょっと待てやコラと。それでスカウトされたわけよ」

税理士のナンパスカウトなど聞いたことはないが、夏妃の口から経緯を聞くとさもありなんと思える話だ。

「なのでお察しの通り、うちの事務所としては最大顧客なんだよね。と言っても任されてるのは本当に東北の子会社だけよ。小田嶋さん自身は帳簿も見ないじいさんです」

玄関ホールに入った夏妃について、空良も建物の中に入る。

入る前に定礎が目に入って、ビルの竣工《しゅんこう》は五十年前だとわかった。中にはそれなりの古めかしさがあったが、途中大掛かりな改装が行われたのか空調が最新だと体感する。

「何してんの。いくわよ」

二人分のＩＤを受け取った夏妃が、高い天井を見上げた空良を手で招いた。

「天井、なんかあった？」

エレベーターホールで、目ざとい夏妃に問われる。

「ここは竣工は五十年前のようですが」

「なんで知ってるの⁉」

「定礎に書いてあります。でも、空調は最新だし見逃しやすい天井もきちんと整備されていますね。会社に余裕がないと疎《おろそ》かになる部分です」

「いいわ！」

突然、空良は夏妃に背中を思い切り叩《たた》かれた。

「……っ……」

「いい！　その細かいとこ最高！　あたしはヤマカンで生きてるから、雇いたいなあ。奥州先生」

「税理士先生がヤマカンで生きるのは全く信用できませんが、雇われるのは……」

魅力だと空良は思ったものの、口には出さない。

エレベーターも、安全且つ早い大きな箱だった。

きっと会社を経営するということは夏妃の言う「ヤマカン」が重要なのだと、細やかに仕事をして経営難に陥っている空良は、大きなため息を吐いた。

「建設会社なので、建物がしっかりしているのは信頼の基本です」

「でもここにこの規模無駄だと思わない？　本社にもいくつかの部署があるけど、今メインで大掛かりな公営なんかを請け負ってる後継ぎたちは各地に支社構えてる。小田嶋さんが会議や接客だけやるなら、逆に都心に小さな構えでいいと思うんだけどね」

小田嶋建設について語るうちに、エレベーターが十二階に辿り着く。

「でもここから始めたから、ここが好きなんだって。それもわかるけど」

練馬の十二階からの眺めは、雑多な景色だ。目に入るのはビル群と遠目の高層ビル街で、晴れ渡ればもしかしたら富士山《ふじさん》も見えるのに東京の果てはよく見えない。

「タワマンが合わなかった夏妃さんと意気投合する小田嶋会長像というのは、なんとなく見えてきました」

緑の土地も見えて都会でも下町でもない風景に、空良は言った。

「お待ちしておりました。香寺先生」

会長室のある最上階のエレベーター前には、きれいなスーツを纏《まと》った女性が待っていて笑顔で二人を誘導する。

「こんにちは、宮泉《みやいずみ》さん。お元気ですか？」

「私はいつも元気です。今日はお連れ様がいらっしゃったのですね」

夏妃と歳が近く見える宮泉と呼ばれた女性は、空良を見て丁寧に頭を下げた。

「はじめまして、奥州と申します。よろしくお願いします」

頭を下げ返して名刺を出そうとした空良を、夏妃が肘《ひじ》で強めに止める。

「ただいま名刺鋭意作成中の助手です！」

強いまなざしで夏妃は、空良に名刺をしまえと指示をした。

言われればここで「奥州法律事務所」の名刺を出しては、大いに警戒されるだろう。

「こちらです」

音もなく丁寧に宮泉がドアを開けた会長室の入り口で、空良は頭を下げた。

「どうも！　こんにちは、会長」

「はじめまして、奥州と申します」

明るくフランクな夏妃の隣で顔を上げると、懐かしさのある木製のデスクには七十代ほどの体つきのしっかりしたスーツの男性が手元に万年筆を持って笑っている。

そして革張りの応接セットには先客がいた。その先客と空良は今朝も会ったばかりだ。

「田村麻呂！　なんでここに……っ」

「よ、空良」

黒いスーツでソファに堂々と座っているのは、信販会社との契約通り意外に毎日仕事に出かける田村麻呂だった。

「お知り合いなの？　田村麻呂さん？　え？　田村麻呂さん？」

夏妃は田村麻呂が空良の下宿人だと知らないらしく、空良は何も言えず眉間《みけん》を押さえた。

「うちの顧問弁護士候補の田村先生だよ、夏妃ちゃん。確かに続けて読むと田村麻呂なんだよなあ、田村先生。すごい名前だねえ」

小田嶋は深くていい声で笑っていて、最早《もはや》会長室の混沌《こんとん》から空良は家に帰りたい。

「親が、坂上田村麻呂が好きでして」

「そうか。東京の人かい？　親御さん」

「奈良です」

「なるほどねえ。東北の人は大嫌いだって言うよ、征夷大将軍《せいいたいしょうぐん》」

年齢なりに日本史を知っていて興味もあるのか小田嶋は冗談として笑ったが、何故東北の人が征夷大将軍が大嫌いなのか千二百年前のリアルを覚えている空良は沈黙した。

「そうでしょうね。嫌われて当然です」

笑い飛ばすかと思った田村麻呂は、少し寂しそうに苦笑している。

「そちらは？　随分美しい青年だな。歌舞伎役者みたいだね。座って座って」

デスクからやさしげに、小田嶋が夏妃に空良のことを訊いた。

「あたしの助手です。現在名刺作成中です。なんなら鷺娘《さぎむすめ》も舞わせます」

歌舞伎役者といえば贔屓《ひいき》の十八番《おはこ》が鷺娘の夏妃が、無責任に笑う。

「すみません名刺は作成中ですが舞いは舞いません。よろしくお願いいたします」

久しぶりに森に埋められ川に流される気持ちになって、それでも空良は埋めたり流したりしそうな夏妃に従って、田村麻呂の前に座る羽目になった。

一体どういうことなのかと空良がまっすぐ田村麻呂を睨《にら》んでも、田村麻呂は素知らぬ顔で太々《ふてぶて》しく笑っている。

「どうぞ」

素早く丁寧に、いつの間にか部屋に入った宮泉が夏妃と空良の前に茶を置いた。

「ありがと」

「いただきます」

長く続いている会社の分、前時代的な部分は目につく。

「助手かあ。夏妃ちゃん今まで一人でやってくれてたのに、私の経理。東北の子会社だけとはいえ、思えばよく一人でやれてたよねえ」

スーツ姿の小田嶋は世代的には随分身長が高く肩幅もあって、現場仕事から始めたのだろうと空良にも想像がついた。

なんとなく癖で手にしたり置いたりしている万年筆が、クラシカルだ。

「一人ではやってませんよー、無理です。事務所で回してます」

「前任の経理が引退したいってタイミングで若手の夏妃ちゃんに頼めて助かってるけど。法制度もどんどん変わるしねえ」

少し軋《きし》んだ音を立てて椅子を回して、小田嶋は十二階からの雑多な景色を眺めた。

「ぼちぼち潮時かなあ。あ、夏妃ちゃんじゃないよ。会社。いや私かな」

しんみりとはせずに笑って、小田嶋が応接セットを振り返る。

「どうしたんですか弱気なこと言っちゃって！　まだまだいけますよ‼」

会社は順調だとしても小田嶋は引退していい年齢だと空良は思うが、そうか夏妃のような人の後押しや支えがあってこの世代が現役なのかと若干のため息が出た。

高度成長期を創り上げたこの世代がいつまでも身を引かないので、帳簿上の不正もそこから出てくるケースは多い。法律が変わったことを本当に知らない例もある世代だ。

「どうかなあ。だって、その美しい青年夏妃ちゃんの助手でも鷺娘踊りにきたわけでもないよね。税理士さんじゃないでしょ。検事さん？」

突然図星を突かれて、夏妃は顔に「なんでバレた」と書いてあるが声には出さない。

「あたしが検事なんてそんなもんをここに連れてくるわけないじゃないですか」

「……夏妃さん。老練の小田嶋会長にはある程度透けているようなので今初めて言いますが、自分前職検察です」

「ちょっと奥州先生そういうことはもっと早く言ってよ！」

伝えていなかったと空良が夏妃に小声で告げると、夏妃は声をひっくり返らせた。

「鷺娘、がんばって踊りましょうか……」

夏妃の声が大き過ぎてもう事態の修復は不可能で、空良が唯一の道を提案する。

空良は以前とは違う道を歩こうと意を決していた筈《はず》だが、最初のパートナーが夏妃なのはやはり凶なのかもしれないと思えてきた。鷺娘がなんなのかもわからない。何一つ嚙《か》み合わない。

「女性が苦手なんだろうか、僕は」

そもそも女性と接する機会が少ないので、だからなのかもしれないと空良は押し寄せる疲れに理由を求めた。

「鷺娘もいいけどねえ。いや、一昨日《おととい》田村先生がアポイントとっていらしてね。顧問弁護士の営業なんて普通はお断りするが、お困りじゃないですかって訊かれてさ」

「ああ！　ちょっと待って⁉　この全然好みじゃないけど男前の田村さん、やだ！　一昨日うちにきてた！　え？　未久ちゃんナンパしてた通りすがりの怪しい営業！」

言われて今思い出したと、夏妃は身を乗り出して田村麻呂の顔を見た。

「どうも。先日は優秀な税理士助手の河口さんにお世話になりまして」

咎《とが》める夏妃にまあまあと頭を下げる田村麻呂に、ようやく空良が何故田村麻呂がここにいるのか手掛かりを知る。「香寺公一税理士事務所」に空良の仕事があると聞き及んだので、先回りをしたのだろう。

本当に田村麻呂は、空良をきちんと見張っている。

「河口さんは何も漏らしてないですよ、一応言っておきますが。自分が奥州のところの者ですが、と巧みに嘘を吐いて依頼先を聞き出しただけです」

今後の未久のためにか、田村麻呂は夏妃と小田嶋と両方へのフォローを入れた。

「言っとくけどいくら男前でも未久ちゃん全然タイプじゃないから、田村先生。雄々しいのには未久ちゃんは引っかかんないからね」

「夏妃さん……その攻撃無意味ですよ」

「いや、存外深く傷ついた。男前には長年の自負があるからな」

冗談なのか本気なのか全くわからない口調で田村麻呂が、ため息とともに茶を飲む。

「こうして男前の、何しろ彼《か》の征夷大将軍と同じ名前の弁護士先生が営業にきて。夏妃ちゃんが連れてきた瞬間を見て悟った小田嶋はどうやら法律家だ。田村先生と深い知り合いと見たが」

出喰《でく》わした鷺娘はどうやら法律家だ。

「僕の身上《みのうえ》の変遷が激しいですね。名刺、お渡ししますよ。夏妃さん」

「好きにして」

助手として潜り込ませようという計画が簡単に瓦解《がかい》した夏妃は自棄《やけ》のように言い、空良が名刺入れを取り出して立ち上がる。

「失礼をいたしました。改めまして、奥州空良と申します」

小田嶋の前に行って、空良は丁寧に名刺を差し出した。

「どうもありがとう。『奥州法律事務所』、公認不正検査士さんか。初めて聞くお仕事だけど、なんとなく想像はつくよ。不正の文字が重いねえ」

どうぞソファに戻ってと、慣れた様子で小田嶋が空良に掌《てのひら》で示す。初めて指から万年筆を離して、デスクに置いた。

「私の目の前に、お困りですかの顧問弁護士先生。あ、もう決定ね田村先生。困ってるんで雇うよ。そしてうちの税理士先生、税理士先生の連れてきた元検察の法律家先生」

応接セットに座っている三人を、小田嶋が仕方なさそうな笑顔で見渡す。

「これは、私もうダメじゃないかねえ」

「あきらめないで小田嶋さん！」

何をとも言わず愉快そうに音を上げた小田嶋を、むやみやたらに夏妃が励ました。

その夏妃の声がわずかに必死だが、当の小田嶋にはあるべき執着が見えない。

「だけど夏妃ちゃん、空良くん必要だと思って連れてきたんだろう？」

空良くん、という呼ばれ慣れない小田嶋の呼び方に困りながらも、黙って空良は状況を見た。まだ人を知るには遠い空良には、小田嶋の人となりなど全く不明だ。

「正直に、あたしが不安に思っていることを言います」

小細工は通用しないともしかしたら最初からわかっていたのかもしれない夏妃が、腹を括《くく》って背筋を正した。

「どうぞ」

メモをするわけでもないのに、また小田嶋が万年筆で手遊びをする。

「ここ二年、子会社の収支が不安定です。使途不明金が多すぎます」

「高額納税者だ。番付の末端には載れるかもしれないね」

夏妃の言いたいことは理解して、小田嶋は苦笑した。

「よくやってきたなあ。夏妃ちゃんこの土地ホームセンターに売り飛ばせって言うけど、ここから始めた小さな土建屋なんだ。高度成長期だったなんて知らずに闇雲に仕事取って、末端の下請けから這《は》い上がって。その頃の方が談合まみれだったのに」

「優良企業ですよ。とても大切なお仕事、丁寧にやってらっしゃいます」

「今はね」

静かに言った夏妃に、小田嶋が笑顔は絶やさずため息を吐く。

「もう私は引退してもよかったんだけど、震災があったからねえ。長い付き合いの下請け会社が、半壊して仕事できない状態になってたから買い取って子会社にして復興特需だ。クラッシュの後はビルドだから」

何処かで聞いてきた言葉というように、小田嶋に「クラッシュ」と「ビルド」は馴染《なじ》まなかった。その言葉を受け入れてもいないようにも空良には聴こえるが、自らを皮肉っているようにも聴こえた。どちらなのかはわからない。

「被災地、行って見たことあるかい？」

誰ともなしに、小田嶋が尋ねる。

夏妃と田村麻呂が、「はい」と短く答えた。

「……すみません。僕は映像でしか」

多くの町に暮らしてきた空良だが、東北に住もうと思ったことは一度もなかった。

風火を人間に還《かえ》すことができたら帰ろうと、千二百年前は決めた。けれどすぐに「蝦夷《えみし》」と呼ばれていた人々は大和朝廷と融合して、故郷と呼べる場所ではなくなった。

あっという間に待つ者も皆、浄土へと旅立ってしまった。

「映像は、一番酷《ひど》いところと一番いいところが流れるかなあ。真ん中に人の暮らしがあるかな。いや、私もたまにしか行かないんだが」

見ていなくてもいいと、小田嶋が空良に手を振る。

「まあでも、まず片付けるのに何年か掛かって。そこを均《なら》したり、補強したり。上物を建てる予定が時間とともに変わったりしてね」

「どうして、ですか？」

千二百年帰らなかった土地の、今に、空良は初めて触れた気がした。

「帰ってくる筈だった人が帰らなかったり」

自分のことを言われたように思えて、驚くほど気持ちが揺れる。

「しょうがないよ。昨日立てた予定と今日したことは変わったりするじゃないか。普通のことだ。普通の人の暮らしだよ」

酷いことではないと、ゆっくり万年筆を回しながら穏やかに小田嶋は空良に教えた。

「……そうですね」

多くの覚えがあるのか、田村麻呂が呟《つぶや》く。

恐らく小田嶋が何か悪しきことをしているから空良は、夏妃にここに連れてこられた。なのに、小田嶋は何故なのか「長《おさ》」を思わせた。空良にとって長は、間違いのない正しい者だ。正しく、寄る辺であってくれる人のはずだ。

「大きな建物を建てる時は、そういうことは付き物だ。出来上がった時には使う人がいなかったりもする。昔はそんなことは気にならなかったよ私も。出来たら次、また次だ」

小田嶋の若い頃のそうした旺盛《おうせい》さは、弾《はず》んだ声を聞いて容易に想像がついた。

「法律も変わったりする。東北で仕事をして十年経つ頃に、最初は空元気でみんな頑張ってたんだって瞬間がきてね。頑張り過ぎているから、折れる瞬間みたいなのが一気にくるんだよ。死んじゃった人もいるし」

長い時を歩いている空良には、小田嶋の言うクラッシュからの十年余りの中でそんなにも人の気持ちが張ったり緩んだり疲弊することを、想像するのがとても難しかった。

「今から、これからだって言いたい時に、言えることが何もなくなった」

空良には想像できない人々に、もしかしたら小田嶋は寄り添っている長なのかもしれない。

その小田嶋を見つめている田村麻呂は、空良にはわからない長の気持ちを知っているように見えた。

「やっとっていう頃に、ここからは専門性の高い技術者が必要ですって言われてねえ。

子会社に渡せる仕事もどんどん減って」

長は、正しい。正しい者は間違えない。空良の長は、目の前の男に裏切られて殺された。正しさの辻褄《つじつま》を合わせるのはとても難しい。

もしかしたら正しさこそが、辻褄が合わないものなのかもしれないと、小田嶋の話を聞きながら空良はぼんやりとだが初めて思えた。

「だけどそれが」

今説明されたことは、空良にも文脈としてはわかる。新聞で読んできたことだ。風評被害にも繋《つな》がる懸案事項を取り除くための除染を進めるには、専門の技術者でないと危険なはずだ。

「復興、なんじゃないんですか」

言ってしまってから、他に言葉が選べなかった自分が嫌になった。辻褄をきれいに合わせた正しさには、注げる心が見つからない。

「……っ……」

だが自分で自分を罰する前に、隣から夏妃が思い切り空良の足を踏んだ。

「そうなんだよねえ。言葉ではそうなんだよ。報告書や新聞記事にするなら、これが復興なんだけど。必要なのは目の前の仕事なんだ」

仕事、の主語が抜けて、それが小田嶋建設なのだと小田嶋自らがミスリードさせようとしている気がした。理由は空良にはわからない。

「きれいな仕事で会社大きくしてないから。手練手管でしばらくはまあ、なんとかなる」

要は放っておいてほしいと、小田嶋はきっぱりと断言して拒絶している。

突然重い沈黙が降りて、空良は隣の夏妃を見た。空良を小田嶋のところに連れてきたのは夏妃だ。今はこれ以上踏み込めない顔をしていた。

現状自分の雇用主を名乗っている夏妃の意思に、従おうと空良は決めた。

今まで選べてこなかったことを、一つ一つ探って確かめるように、なんとか摑《つか》む。

「空良くんは、どうしてこの仕事してるの？　珍しいよね。公認不正、検査士」

万年筆を置いて名刺を眺めながら、小田嶋は当たり障りのない話に変えたつもりなのだろうが、実のところそれはこの件の核心に触れる問いだった。

「あの」

答えに窮する。せっかく今選んで摑んだことを手放す答えしか、空良は持っていない。

けれど問われたら結局、己の核が息をした。違う道を歩こうと思い、願ったのに。

「検察にいたときに、最も無駄な犯罪で最も裁くことに躊躇《ちゅうちょ》しないで済むと思った部分だったからです」

もしかしたら答えることで何かが変わるかもしれないとも望んで、空良は口を開いた。

「何が？」

「横領、癒着、着服、献金、談合。無益で無駄な不正で、犯罪です」

望むこと自体が、また破綻《はたん》のない正しさを求めることでもある。

声にしたことは空良の本心だった。その本心の上に、小田嶋がどれかに関わっているなら、今すぐ手を引いて欲しいという思いがいつの間にか在った。この短い時間接しただけで、夏妃が小田嶋を慕うのは空良にさえ理解できた。

以前はなかった感情だ。罪となること、科《とが》に価する人に寄り添うような感情をただの一つも持たなかったのは、自分ではっきりと覚えている。

「無益で無駄か」

変わらず、小田嶋は笑っていた。

今度は夏妃は足を踏まずに、ソファに背をつけて目を閉じている。

田村麻呂は表情を変えなかった。

破綻のない正しさを簡単には手放せない空良は、その正しさで事態が変わることを結局は期待してしまっている。

「目が赤く見えるね。空良くん」

「え？」

赤い瞳《ひとみ》は、風火が迷いなく人を殺《あや》める時の瞳で、空良は驚いて息を詰まらせた。

「火が灯《とも》ってるみたいだ。正しい怒りを飼ってるんだね」

小田嶋に何を言われたのかは、今度はすぐに理解できる。

「悪いことじゃないよ。怒りは、他人をコントロールする力だ。怒りが正しいならそれは凄《すご》いことだよ」

「他人を、コントロールですか」

とてもいい意味合いとは思えず、空良は尋ね返した。

「ままならないこと、物、人を変えようとする力が怒りじゃないか？　革命であったり、政治活動であったり。正しい力だが」

やわらかに語る小田嶋は、空良を咎《とが》めているようには見えない。

「諸刃《もろは》の刃《やいば》だね」

だが聴いている空良には、小田嶋の言葉がまさに刃のように突き刺さった。

「……なので、法律の下で仕事しているんです」

自分で正しさを決めるまい。それが、律令《りつりょう》の果てで空良の出した結論だ。

「その上賢いな。空良くんが正しさに従う理由はなんだい？」

尋ねられたその理由を、この間目の前の男が言葉にしてくれた。

言ってくれた田村麻呂を、空良は見た。見守るような目をしていると、感じられた。

「正しさが多くの人を幸せにすると、信じてです」

「見た？」

短い小田嶋の問いが、既に空良の胸に刺さった刃を深く沈める。

息が止まった。ずっと、空良は正しさを抱いていた。田村麻呂が言ってくれたように、正しさが多くの人を必ず幸いにすると信じていた。

だが、空良が最初に正しさに胸を焼いた時に見たものは、数えきれない遺体の山だ。

四十年前革命に気持ちが寄り添った時には、やさしかった老婦人が倒れた。

「会長」

不意に、田村麻呂が大きな声を聴かせる。

それで呼吸を忘れていたと知って、空良は息を吐いた。

「公認不正検査士は高くつく仕事です。味方につけた方がいいですよ。空良は有能です」

どういうつもりなのか、田村麻呂が小田嶋に提案する。闘いに秀でた武神である田村麻呂には、それが一手なのかもしれない。

長《おさ》に一手を勧める武神を間違った手を踏む者だと見ることは、空良にはもう難しかった。

「どうやって味方につけるんだい。賄賂《わいろ》は利かなそうだよ。その高い仕事代、誰が払うの？　まさか夏妃ちゃんが？」

雇い主は疑いようがなく、小田嶋がさすがに驚いて夏妃を見る。

「あたし小田嶋さんに娑婆《しゃば》にいてほしいんです。……うちの最大顧客ですし！」

一瞬真面目な声を聴かせて、すぐに夏妃は明るく顔を上げた。

「迷惑はかけないよ。もしもの時は、夏妃ちゃんには別会社任せるから。え？　もう雇っちゃったの？　鷺娘《さぎむすめ》」

何かしっかりとこの先の準備があることを、小田嶋の声の響きが覗《のぞ》かせる。

「僕はまだ雇われていません」

この場を、空良は去りたかった。全身の血が下がって、ついさっき見たように栗田口の風景を思い出していた。

「契約書交わしました。鷺娘は大きなワンちゃんと暮らしていて、お金がいるんです」

それはしずく石町で簡単に聞ける噂話で、空良が話していない家計事情を夏妃が語る。

「そうなんだ?」

「はい」

小田嶋の声はやさしい。

——見た?

そう空良に問うた時さえ、やさしかった。

「何もかもが過分なので、お金がないんです」

夏妃に嘘を吐かれていないので、空良は他に言いようがない。もう言葉を持たない。

「はは、いいね。大きな犬か」

小田嶋は既に本題を終わらせていた。

「犬というか、大切な家族です」

あの遠い日に見た焰《ほむら》がもし空良の飼っている正しさに囚《とら》われた怒りでしかないのなら、風火の心はどうしていたのだろう。大切な弟の心は。

そもそもその心は生まれていたのだろうか。

「家族か。私、犬が好きでねえ。散歩がてら今度連れてきてよ、ご家族」

散歩にはここは現実的な距離で、小田嶋は恐らく本気で望んで誘ってくれている。ソファの田村麻呂を、空良は見た。

武神は「やめておけ」と小さく手を振る。まだどうなるか見えないのだろう。鷹揚《おうよう》に接してくれているが、大きな建設会社の会長が抱えている不正は恐らく桁違いだ。もうダメだと笑いながらも、小田嶋は清算を拒んでいる。

「今のところはご返答いたしかねます」

そこに触れる中でこの間の賊のようなことがあれば、風火が誰かを嚙《か》み殺すかもしれないことは、田村麻呂に手を振られなくとも空良にも容易に想像がついた。

心が生まれた風火は、空良とは違う道を歩み始めたのかもしれない。なのに迷わず人を殺そうとするのは、どうしても消えない焰が風火の中に残されているからなのか。

それは意思のない風火の焰だと、空良には思えない。あんなにも取り返しのつかない炎を見たのに、まだ焰は在るのか。風が吹けば命を焼き尽くす赤い火が。

——殺せるのは力があるからじゃあないよ。意志があるからだ。意志があり、信じているからさ。

まだ信じているのだろうか。

「僕は」

夏妃とまた徒歩で「香寺公一税理士事務所」に戻り、空良は三年前まで遡《さかのぼ》って小田嶋建設の資料をパソコンで見ていたが音を上げた。

「残っている領収書や請求書ごと、紙を見ないことにはもう」

「そこからは何もわからない？」

一階の事務所内では未久と平賀はいつも通りの様子で仕事をしていて、二階にある会議室兼応接室で空良の手元を夏妃は立ったまま覗いて問う。

「夏妃さんもとっくにお気づきの通り、これだけ帳簿がめちゃくちゃなら何かは必ずあります。二年前から表に出せない何かをしています」

「そんなことは百も承知でなんとかしてってお願いしてるのよ。雇用主の依頼よ」

「あの契約書は無効ですよ。それになんとかするってどういうことですか」

信頼のある小田嶋に、夏妃は今日思い切って清算を投げ掛けて、そして拒絶された。

仮に本当に夏妃と空良の雇用契約が成立していたとしても、雇用主の夏妃にこれ以上できることは刑事告発だけだ。

「それは言ったわ。不正の証拠を見つけて、やめさせてほしいって」

出会って初めて見るそれは、夏妃らしくない子どもじみた駄々に空良には映る。

「一つ驚いていることがあるんですが。夏妃さんの規模の税理士事務所で、僕の仕事を最初からきちんと理解してくださっていることは初めてです」

駄々を捏《こ》ねているなら何処に夏妃の真意があるかわからず、空良は外郭に話を向けた。

この時点で夏妃は、本来なら顧問税理士としての守秘義務違反をしている。無理やり拇印《ぼいん》を押させて空良と契約書を作ったのは、被用者なら違反ではないと言い張れるからだろう。

「何故ならお望みのことをやってくれる仕事をちゃんと調べたからね」

「……殺人は絶対にしませんよ」

「そっちのやるじゃないわよ！　あたし小田嶋さん好きだって言ってるでしょう⁉　高い酒を気前よく奢《おご》ってくれる愉快なじいさんなのよー。なんとかして！　助けて‼」

拒絶された夏妃は、拒絶した小田嶋を助けてほしいのだと繰り返す。

「むしろ今の方が業績は落ちてる。悪銭身に付かずって言うでしょう？　そこを上手《うま》く説得すれば本人も納得するわ。地検に持ってかれるよりマシだって判断はつく人よ」

「おっしゃってることは理解しました。ただ」

助けてほしいのが夏妃の望みなら、三年分の帳簿を見て頷《うなず》くことは難しかった。

「夏妃さんは有能な税理士です。問題なかったという三年前から見ましたが、節税対策はざっと見たところギリギリに思えます。小田嶋会長を本当の意味で助けてますね」

「腕を買われて長い付き合いになったのよ」

限界まで税金対策をとっている帳簿は、夏妃も職業倫理を掛けているのがわかる。

「その夏妃さんが他人を頼ろうとしたんですよ」

無理を頼んでいるのはわかっているはずだと、空良は告げた。

「……このままだとどうなるの？」

「不明な額が大きいので、国税が不審に思うはずです。まだ査察が入っていないのがむしろ不思議ですよ。被災地の公共工事にも参加していますから、公益を害しています」

最後の言葉はつい口をついて悔やんだ。簡単に空良も性分や振る舞いを変えられない。

「公益を害してる、か」

ため息を吐いて、その言葉を噛み締めながら夏妃は二階の窓から遠くを見つめた。

「レアかな」

ぼそりと、唐突な言葉が小さく落ちる。

「何がですか？」

「あ、ごめん独り言」

意味がわからず尋ねた空良に、声が口から出ていたことに驚いたように夏妃が目を見開いて手を振った。

「レアケースということですか」

「ならいいわよ。だったら気づかないわよ。企業税理士やってた時も、今も、顧問先で多かれ少なかれこういうことはあるの。適当や杜撰《ずさん》ならいいけど、不正に加担させられそうになることもある。たいていあの世代。高度成長期を乗り切っちゃった人たち」

レアケースのレアではなく、むしろ逆だと夏妃が語る。

「一概に責められないけどね。あたしなんかがそこそこの教育受けられる社会の基盤を、何も顧みずに作った人たちだからさ。うちの父親なんて働き過ぎて早死にしちゃったし。まあでも、迷惑よ。あたしはきれいな数字で割り切りたいもの」

清濁を無理やり併せ呑《の》まされていると、そこは夏妃の長年の大きなストレスに見えた。

「大変ですね」

空良には耐えられる仕事ではないので、思わずそんな言葉も零《こぼ》れる。

「でもまだまだデカい力持ってるから、あの世代。抗《あらが》えない時もたくさんあって、この野郎と思った時は生きたまま焼くの」

「え⁉」

「心の中でってことよ。それで気を済ませるの。悪徳度合いによって段階もあるのよ。一番腹が立った時は、生きたまま二週間掛けてウェルダン。そこまでじゃない時は仕留めてから焼く。腹立つけど生きててもらわないといけないときはレアよ」

「実際の刑事罰かと思うほど段階が組み立てられていることに、僕は戦慄《せんりつ》します」

それは夏妃の脳内の話なのかと、うっかり聞かされて空良は本当に戦慄した。

「気を済ませるだけよー。だいたい相手はおじいだから、おじ焼き法案よ。可愛い名前でしょ？　お焼きみたいで。孝行娘がうちのおとっつぁんは焼かないでくださいと訴え出たら、社会に害を為《な》さないように座敷牢《ざしきろう》に閉じ込めといてもらって焼かない」

一人遊びなのだろうにそこまで細やかに決めていることは、最早《もはや》起案に近い。「公益を害している」ということは、夏妃にも痛い喉《のど》の閊《つか》えなのだろう。

空良は一つ、自分の勘違いになんとか自力で気づいた。今回初めて女性と一対一で組む形になり、自分は女性が得意じゃないと疑ったが夏妃は多分相当な強者《つわもの》だ。

女性と一括《くく》りに括ったことは、女性にも夏妃にも謝りたいところだった。

「本当に、大変なんですね。なんて言ったらいいのかわかりません」

笑顔や冗談で乗り切っている夏妃の心にある法案に、空良は彼女が駆け抜けている世間の荒波も思い知った。

「小田嶋さん」

本題に戻った夏妃の声が、弱い。

「あたしがちゃんと座敷牢に仕舞うから、なんとかしてよ空良くん」

初めて聴く泣き出しそうな声で、小田嶋と同じ呼び方で乞《こ》われて、やっと空良は今日小田嶋に拒絶された夏妃がどうしてこんなに揺れているのかを理解した気がした。

亡くなって十年が経ったと言いながら、この税理士事務所の看板はずっと夏妃の父親の名前のままだ。

——いつもそれおっしゃるんですよ。夏妃お嬢さん。

流して聞いてあげるように、父親のパートナーだった平賀の声がやさしかった。

きっと、働き過ぎて死んだという父親を見るように、夏妃は小田嶋に父を見ている。

「随分、苛烈《かれつ》な孝行娘ですね」

「誰が小田嶋さんを裁いても、あたしは赦《ゆる》すわ」

パソコンのあるデスクに軽く腰を預けた夏妃を、空良は見上げた。父親のように思う人が、もし何か悪しきことをしていても守りたい。そういう思いを、知ろうとして夏妃の横顔を見つめる。

空良にも親がいないということはない。取り敢《あ》えずこの世に生まれ出たということは、誰かしらは空良の親だ。その親について千二百年空良はあまり考えないようにしているが、田村麻呂が現れて、風火が自我を持って、断片は仕方なく日々勝手に心に浮かび上がる。

今日出会った小田嶋はきっと正しくないのに、空良は阿弖流為を思い出していた。存在しなかったのかもしれない風火。阿弖流為の部族に育てられた親のいない空良。空良にはきっとまだ見えていない人の正しさに何処までも寄り沿った人は、いったい誰なのか。

「僕は、自分が孝行息子だとしてもウェルダンでこんがり焼きます」

それが誰なのかは本当はとっくに知っている気がして、驚くほど声が冷えた。

「生きたままは、焼きません」

それぐらいの情けは掛ける。

たとえ実の親だとしても自分はそうすると、空良は夏妃に告げた。

「……被災地の仕事、しなければよかったのに。もう遊んでていい年頃なのよ。特措法《とくそほう》があって国が費用を出すことになって、資金があったから始めたの」

そう聞いているのか、夏妃の声に涙が滲《にじ》む。

「特措法……瓦礫《がれき》撤去や嵩上《かさあ》げですか。そこはもう終わってますよね」

「最後の一％までやってた。復興って言葉は残ってるけど、小田嶋さん自身が言ってたように小田嶋建設がやれることはもうないはずよ」

何故、とまるで似合わない掠《かす》れた声で夏妃は言った。

今までの空良なら、検察に上げる説得をもう始めている。

いつでも答えは一つしか持っていなかった。こうして紆余曲折《うよきょくせつ》があって様々な対話があっても、空良が出す答えはいつも一つだった。そこに向かってしか歩かなかった。

だからこそいつも回り道をすることを、無駄で不幸だと決めつけていた。

「どうしてあまり利益が出てないんでしょう？」

もう一度パソコンの中の帳簿を見て、答えが一つしかなければ見落とした大きなポイントに気づき、空良が見入る。

「だから言ったじゃない。悪銭身に付かずよ」

「特措法で復興事業に参入して、その後不正で立件されたケースは他にもあります。旨《うま》味《み》を得るルートができて、裏金をプールしたり癒着して指名を受けたりと。どれも利益があるから、仕事のなくなった土地に残って起きた不正です」

「……どういうこと？」

問われても、整理された数字だけでは空良にはわからない。

「裏金なら帳簿に出ないのは当たり前ですが、こんな風に利益が落ちる理由にはなりません。むしろ不自然にならないように、前年度と揃えるでしょう。癒着なら上向きになるはずです」

夏妃が変化に気づいた帳簿は、資材や人員、工事の発注は多くしているがその支払いの財源があやふやだった。無理に帳尻《ちょうじり》を合わせようとしているせいでめちゃくちゃに見えるが、結果利率は極端に減っている。

「儲《もう》からない不正は聞いたことがないです。持ち帰って調べ直します」

「本当⁉」

「夏妃さん」

一つの答えを空良はいつも決めるが、そうではないのかもしれないと、違う答えを模索して初めて知った。

「どんな結果になるかは今は想像がつきません。それでももし夏妃さんがいいなら、きちんとした契約書作り直しましょう」

結果が想像がつかないことも初めてで、むしろ一つの答えだけに向かって動いていた今までの自分が怖くなる。

「ありがとう」

きっとほとんどの時間は潑溂《はつらつ》としている夏妃の、心細い、真摯《しんし》な声。

他人の感情に、思いがけず深く触れた。もしかしたら今までも触れていたのに、空良には感じられなかったのかもしれない。

「仕事がないと、僕も困ります。そして本当はこの件は百万で済む案件ではないです」

「え⁉」

実際のところ子会社とはいえゼネコンの一次企業の大掛かりな不正は、こうして触るだけでも夏妃が今提示している額では全く足りなかった。

「でも、今回は僕も勉強代ということで負けておきます」

「何を勉強するの。そんなにできるのに、今更。……ちゃんと払うわよ」

夏妃はしっかり提示された金額を払いたいのだろうが、その金額を夏妃に請求するのは現実的とは思えない。

「勉強させてもらってますよ。もう」

初めはまるでわからなかった夏妃という人に振り回されて、空良は大きな人の感情に触れた。律儀に割り切れない正しさで済まない、幾つもの答えがあることを教えられた。

自分と他者の区別が、触れるとはっきりする。触れないと他者が自分とは違うことはわからない。

それは風火と空良が今それぞれ持っている一対ではなく「違う」という惑いが、空良に教えてくれたのかもしれない。

自分の足で、今までとは違う道を歩くこともできるのかもしれないと、空良は願った。

石神井公園は水と緑を包み込んで東西に長く広い。

「晴れても木漏れ日なのがいいな、風火」

晴れ渡った九月後半に入る休日、人の多い真昼の石神井公園をしずく石町側の西から入って、空良は白い大きな犬になった風火と散歩をしていた。

「わん！」

外に出られて嬉《うれ》しそうに、風火も長い尻尾《しっぽ》を振っている。

「さすがに丸二日デスクワークはきつい……待って風火、僕ちょっとよろよろしてる」

持ち帰った紙の書類を確認して不審な点を洗い直し、そしてそこから先は足を使って調べるよりもまず徹底的にネット上で関連事業や公共工事を捜索した。検索をわざと避けたいのかと勘繰りたくなるほど、国の機関でさえデータ形式で公開していたりする。

一つ一つ開いていると秋の長くゆるやかになってきたはずの夜も明けた。

「わん……」

木々に囲まれて池からミストを浴びるような青空の石神井公園が風火は嬉しくて、きっともっと思い切り走り回りたいのだろう。

「広い土地が欲しい……」

この赤いリードを放してやりたいが、風火ほどの大型犬がもし自由に走り出したらあっという間に大騒ぎになってしまう。

「わん？」

「そうじゃないな、風火」

土地を欲する兄を不思議そうに見上げた風火の首を、笑って空良は撫《な》でた。

広い土地がなくても、一人の人となれば風火は自由に走り回れる。

「新しい道は、迷いやすい。歩こう。……それにしても夜通しパソコンはくるな」

朝方寝たものの固まっていた体がなんとか解《ほぐ》れてきて少し駆け足になると、三宝寺池を過ぎる辺りのベンチでよく知った顔が空良と同じようにぐったりして座っていた。

「よ。太陽が目に沁《し》みるなあ」

先に兄弟に気づいたのか田村麻呂が、綿パンに雪駄《せった》で右手を上げる。

「完全に日曜のお父さんだな。おまえほどの屈強な男でも、現代機器にはそこまでやられるものなんだな」

自分と同じく田村麻呂が二階に籠《こも》ってネットを彷徨《さまよ》っていたのはわかっていて、デジタルの脅威が空良は身に染みた。

「足で働いてた頃が恋しい」

いつも飄々《ひょうひょう》としている田村麻呂にしては珍しい繰り言をぼやく。

「だが晴れたな。晴れただけ、今日にしてはマシな気分だ」

すぐには意味の取れないことを、田村麻呂は言った。

いつになく田村麻呂は疲れていて、それだけでなく気持ちが落ちている。

今日がどういう日なのか、もちろん空良は忘れていなかった。阿弖流為が処刑された日だ。

——見た？

小田嶋のやさしい問いが、空良の耳に蘇《よみがえ》った。

正しさの方角しか見ていないと空良は自分を長く信じていたけれど、今までそこに在ったたくさんのことを見ていないと、問われたので思い知った。

田村麻呂はきっと、助命を嘆願したという阿弖流為の処刑を見ている。

「……晴れていなかったんだ」

その日は、とは繋《つな》げず、空良も眩《まぶ》しい木漏れ日に目を向けた。

欅《けやき》も紅葉もまだまだ青い。

「おまえも少し歩いたら」

尋ねる気持ちにはなれなかった。田村麻呂が思い出しているかもしれない時のことを。見ないで空良は充分に憎んだ。見たならどうなっていたか、どうなるか今も不安だ。

「そうだな。風火、俺も一緒に散歩させろ」

空良の言葉に乗って、首をさすりながら田村麻呂はベンチから立った。

「くうん」

「一緒に散歩しようとは言ってない。一つ屋根の下で同じ案件を別方向から追ってるだけで充分だ」

「別方向か？」

わかったように上から、田村麻呂が笑う。

「おまえ、本当に僕のこと見張ってるんだな。疲れないか」

今までの案件が鉢合ってきたのを完全な偶然だとは空良も思っていなかったが、「見張っている」とまで田村麻呂にはっきり言われた時は正直驚いた。

「征夷大将軍《せいいたいしょうぐん》のライフワークだ。石神井公園で征夷大将軍とか言うと洒落《しゃれ》にならんな」

石神井公園は近隣に神社があり、公園内にもたくさんの祠《ほこら》がある。

「千二百年経つと何が洒落なのかももうわからないよ」

呟《つぶや》いてから、これはもしかしたら覚えたての曖昧《あいまい》さがくれた言葉なのかもしれないと空良は思った。

「いいわね。三人でお散歩？」

将棋を指している老人や水彩画を描いている人々の前を通ると、親子連れが熱心にザリガニ釣りをするひょうたん池が見えてくる。

「多津子先生、この間はおいしいお鍋《なべ》本当にありがとうございました」

声を聴いてすぐ多津子だとわかって、独りでベンチにいる彼女に空良は頭を下げた。

「いやあ、びっくりするほど旨《うま》かったです。〆《しめ》の雑炊まで染み渡りました！　しずく石町に引っ越してきて本当によかったです!!」

ようやく張りのある声を聞かせて、田村麻呂も礼を告げる。

「わんわん！」

「よかった。風火ちゃんもご相伴したの？　味の濃いものや骨のあるものは駄目よ」

誰にともなく、風火の頬を撫でて多津子は言った。

「今日は、お一人ですか」

日曜日なので何気なく、田村麻呂が尋ねる。

「一人で待ちたい日もあるの」

ひょうたん池の方角を、多津子は人待ち顔で見ていた。

うっかりしたという顔をして、田村麻呂が黙り込む。

「田村さんも聞いてるの？」

「僕は話してませんよ……っ、あ」

驚くでもなく尋ねた多津子に、空良の口が滑った。

多津子は随分長いこと、六郎と離婚すると言っている。理由はしずく石町の人が皆知っていたが、面と向かってその話を多津子や六郎にする者はいない。

「……ごめんなさい」

「どうして謝るの」

しずく石町の住宅街が大分形作られた四十年近く前、三十代後半だった柏木夫妻のところに不意に三歳の息子ができた。可愛い盛りで、六郎に似ているので皆事情は察したものの口さがないことを言う者は意外に少なかったと空良は聞いている。

夫婦には長く子どもができず、多津子がその子を本当の息子以上に愛したというのは想像に難くなかった。可愛がり、我が子ゆえの厳しさもあり、とても夫の不義でできた子にできることではなかったと町の人は話していた。

——多津子先生と六郎先生の離婚は、やってやんなよ。センセーが。

圭太も、幼い頃に年上だったその人の記憶があるのだろう。

——多津子先生の離婚は、ちゃんとやってあげてよ。

夏妃にとっては同級生か、年の近いご近所のお兄さんだったのかもしれない。

「待ってたって、きっと、帰ってこないのにね」

十七歳でその子は自分が父親の浮気でできた息子だと知ってしまった。義母である多津子に済まながり六郎を罵《ののし》って家を出て行って、それきり帰らず二十年が経ったと誰もが知っていた。

二十年前、できることは全てしたという。この時代にここまでして見つからないのならもうと、死亡認定可能になる七年目には町の人も息子を待つ多津子をただ辛《つら》く思うようになった。

我が子と思った息子を待ってひたすらに待って、多津子は六郎を許しようがなく七年を過ぎた頃離婚を口にし始めたと、空良は誰からともなく聞いていた。

「たとえば、ですけど」

しずく石町の人が柏木夫妻と親しくなった新入りにこの話をするのは、むしろ迂闊《うかつ》にそこに触らないようにという思いだろう。ここでただぼんやりと我が子を待つ多津子を、見かける人は多い。その子が生きていると思う者はきっと、少ない。

「なんらかの事情で帰れなかったとして」

町の人の思いを裏切って、空良は待ち続ける多津子に触れてしまった。

「有り得ないわ。二十年経ったのよ」

「たとえばです。帰ってきた時に……お二人で待っていてくれたら嬉《うれ》しいですよ」

今日は独りで待っている、本気で六郎との離婚を望んでいる多津子に、空良は全くらしくないことを言った。

本心だ。二十年経ってもしその人が帰ってきた時この母親の姿を見たらきっと嬉しい。そう理由をつけて空良は、多津子には六郎と、しずく石町で今まで通りに暮らしていてほしかった。それも本心だ。

「そんな夢」

寂しそうに、多津子は笑った。

「今もまだ見るの。あの子が帰ってくる夢。でも歳は取らない。十七歳のまんま」

二十年が経っても、我が子を思う気持ちは何も変わっていないと息を吐く。

「いつまでも待つの。これからも待つ。待つだけ」

息子の帰る気配のないひょうたん池を、多津子は見ていた。

辛くはないだろうかと、空良はここから多津子を連れて行きたくなる。ひょうたん池にいるのはほとんどが親子連れで、ザリガニを釣る子どもたちの声がここまでも充分に届く。ひょうたん池ではしゃぐ声は、男の子が多かった。

「一度子どもを持って親になるとね。生まれてしまった親の心は消えないの」

瞬《まばた》きもせず、多津子はその子どもたち一人一人の声を聞いている。

「……余計なことを言って本当に」

本当に余計なことを言ってしまった謝罪の言葉までが出ず、空良は立ち尽くした。

代わりに、風火が多津子の膝《ひざ》に顎《あご》を載せた。

「あら、撫《な》でろって言うの？　風火ちゃん」

「きゅうん、きゅうん」

甘えた声を聴かせる風火の首を、よく老いた手で多津子は上手に撫でる。

「きゅうん」

目を閉じて風火は、多津子に体を預けて尻尾《しっぽ》を振った。

子どもが心地いい場所を、多津子の手は知っている。昨日のことのように覚えている。

多津子は子どもを与えられて、失ってしまった母だ。

「……今度、エコバッグお返しに行きます」

違う話を無理に探して、保冷バッグを空良が思い出す。

「また、何か詰めて持って行かせて」

未練のように風火は、多津子の腹に頭を押し付けた。

「空良と風火に、いつもありがとうございます」

ふと、当たり前のように田村麻呂が多津子に頭を下げる。

不思議そうに笑ったけれど、もしかしたらその十七歳のままの子の夢を見て心が疲れているのか、多津子は何故と田村麻呂に問わなかった。

「くうん」

悲しさを受け取ったように風火が鳴いて、三宝寺池に三人で戻る。

「本当に余計なことを言った」

心の底から落ち込んで、爪先《つまさき》を見て空良は言った。

「きっと、たくさんの人がたくさんの言葉で彼女を慰めようとしたさ。だけどどんな言葉も届かないのがきっと、子どもの喪失だろう」

落ち込むなと、田村麻呂が空良の背を叩《たた》く。

「おまえならどうする、田村麻呂。離婚調停を頼まれたら」

しずく石町にきて、ああして腹の中を案じられ養われて、事情を知る前に空良は、多津子と六郎という夫婦に情を持ってしまった。

「本気で離婚しようと思ったら、多津子先生は法的にはすぐに、有利に離婚できる」

その六郎と多津子から、冗談交じりとは言え日々離婚調停を空良は頼まれている。自分の両親にと言っては言い過ぎだが、空良にとってはそのくらいの負荷があった。

「俺は法より己の感情に従う」

ここのところの田村麻呂を見ていてしっくりくることを、低い声が告げる。

「もともとはおまえたちが作って広めたんじゃないか。律令《りつりょう》は」

その言い分は千二百年の時を超えて、空良には納得できるものではなかった。

「人間が作った制度だ。今日は特に、俺はそう思い知る日だよ」

今日、と言った田村麻呂の声が、僅《わず》かに籠《こも》る。

「律令に従った結果、俺は自分を信じて投降した友の首を処刑場に晒《さら》すことになった」

誰のためともわからない祠《ほこら》を遠くに見て、呟《つぶや》いた田村麻呂の横顔が翳《かげ》っていた。

「だから感情に従うことにしたんだ」

何も答えられず、祠を見ている田村麻呂の横顔を、長く空良が見る。

「くうん」

足元で鳴いた風火の前に屈《かが》んで、頬を寄せてその耳元を掻《か》いてやった。

「田村麻呂、おまえ」

喪失を抱いてそれでもしっかりと立って待つ多津子の姿に、空良が背を押される。

疑い、惑い、思っていたことを初めて空良は言葉にしようと思った。

「僕らのこと、育てたんだろう」

突然そんなことを言った空良に、田村麻呂が驚いて振り返る。

「僕と風火を、子どもとして育てたんだろう？　育てられたから、親に育てられた記憶がないことに初めて気づいた」

多津子とは逆だと、まだきっとベンチにいる彼女を思った。

与えられなければ在ることも知らなかったのは、けれど同じかもしれない。

「おまえが根気よく親というものを教えたから、僕はこの町にきて多津子先生や六郎先生がくれようとする過分なものがなんだかわかった。受け取れた。人を、知ることができてよかったと思ってる。……感謝してるよ」

小さく、けれど初めて空良は育てられた礼を田村麻呂に言った。

いつもの軽口で「雹《ひょう》が降る」とは、田村麻呂は言わない。

「知らないことを覚えると、わからないことが増えていって。信じているものが揺れて怖くて仕方なくなって、おまえの家を出た」

——世界が見え始めたんだろう、それは。

世界が見え始めたら、風火のことも見え始めた。

「知ることは、自分が何もわからないと知ることだった。わからないことはとても怖くて、怖さから僕は逃げていた。長いこと」

それでも、今までとは違う道を探そうとはしている。風火とともに。

「今もまだ、逃げてる」

風火を抱いて放さないのは、違う道を望まないことなのかもしれない。

けれど風火を抱いたまま、空良は今度は違う道を歩きたい。

「ならそれにつきあうさ。俺は」

「何故」

空良を見張っていると田村麻呂は言ったけれど、そうではない。

見守られていることを、空良もとうとう認めるしかなかった。

「友の遺言だ」

教えられた言葉の意味は、空良にもわかりはした。

「あの時は、おまえのことだとわからなかった。そんなに幼いとは知らなかったんだ」

あの時というのはきっと、初めて田村麻呂と出会った千二百年前のことだろう。

田村麻呂が言う友は、どんな遺言を遺《のこ》したのか。

「いや。今はもう幼くはないな、空良。ちゃんと大人になった」

細やかな緑が重なる水の端で立ち止まり、田村麻呂がまっすぐに空良を見る。

やがて、風火とも田村麻呂は瞳《ひとみ》を合わせた。

「湖の底のような真っ青な目を見て」

屈んで、風火の頰に触れて田村麻呂が瞳を覗《のぞ》く。

「約束をした」

佇《たたず》んでいる風火が、一瞬、風火ではないように空良には思えて不安に胸を触られた。

「いってっ」

けれどすぐに、風火が田村麻呂の腕を強めに甘嚙《あまが》みする。

「こら風火！　あにあには駄目だあにあには!!」

慌てて空良は、周囲を気にしながら風火を引き離した。

「わん」

不満そうに鳴いて、風火が空良の足に擦り寄る。

「目が蒼《あお》くなったくらいで、風火はおまえには懐かないよ」

赤いリードをしっかり摑《つか》んで、歩き出した空良の声が今までになく朗らかに笑った。

長く喉元に留《とど》めていた礼が言えた。

まだ、言えていない大切なことは残っている。一つ一つだ。けれど一番言わなくてはならないはずのことは、どうしても言える気がしなかった。

「目の色が変わるってのは大事だぞ？　顎が強いな！」

痛いと騒いで田村麻呂が腕を摩《さす》る。

田村麻呂が言った友は、今、何処にいるのか。

慕い続けているその人の気配は自分たちが行けない浄土にはないように、何故だかふと、空良は感じた。

風火に額ですりすりされてせがまれて、空良が圭太のところで少しだけ京野菜を買って今夜はまた鶏鍋《とりなべ》となった。

「多津子先生の味に近かったよ風火。すごいな」

約束通り食事の後は慣れない手で空良が片付けて、きれいにした飯台で風火は田村麻呂に漢字を習っている。

空良も田村麻呂も小田嶋の件があったが、毎日この時間に風火に文字を教えることだけは田村麻呂には絶対のようだった。

「でも、三日間も煮込まなかったよ。骨付きの鶏肉を昆布だしで三時間くらい煮て、塩と具材入れた。オレ漢字書きたかったから、時々鍋覗いて」

文字を習い始めて風火は旺盛《おうせい》に、一人の時間にも初めて易しい本を読んだりしている。ひらがなだと読めることが楽しいと、空良に教えてくれた。

「そうなのか？　相当旨《うま》かったぞ、さっきの鍋。鶏だしも出てるのに肉もほろほろで」

「本当においしかったよ」

台所にいる空良は手が滑って洗い終えた皿を落としそうになりながら、なんとか受け止め直して水気をふき取る。

「多津子先生、お台所にいたいのかな。三日も」

ふと、ノートに文字を書いていた手を止めて風火は言った。

「なんとなく多津子先生の気持ちになった。三日煮込みたくなる」

「どんな気持ちだ？」

洗い物を終えて、三人分の麦茶を盆に載せて空良が居間に入る。

「ないしょ」

麦茶を飯台に置いた空良に、何か寂しげな声で風火は笑った。

言葉は幼いのに、蒼い瞳が酷《ひど》く大人びて見える。

「もう、その服寒くないか」

風火が気に入って洗ってはずっと着ている田村麻呂に貰《もら》った青い衣装を見ていると、空良は訳もなく不安になった。

「落ちつくんだ、これ。すごく気に入ってる」

自分でも不思議そうに、風火が首を傾げる。

「でもそろそろ寒くなるぞ、本当に」

今日の田村麻呂も、蒼い瞳青い衣の風火を見ているのが辛《つら》そうだった。

「風火、もう俺の名前は充分呪えるだろう。次は何を覚えたい、漢字」

勉強を続けようと、手が止まっている風火に田村麻呂が尋ねる。

しばらく風火は考え込んで、記憶を辿《たど》るようにして顔を上げた。

「さや」

「さや？」

すぐには意味が取れず、田村麻呂が問い返す。

空良も隣で聞きながら、なんのことだろうと考え込んだ。

「最初に聴いた言葉」

誰に聴いたのか、風火が告げる。

「刀の、鞘《さや》か？」

確かめるように、田村麻呂は訊《き》いた。

秋が深まる庭に強い風が吹いて、凍るような三日月が光る夜が不意に冷える。

「わかんない」

わかっているようなのに曖昧《あいまい》に、風火は首を振った。

「オレが兄上を守るって意味だって言われた」

「……誰に？」

初めて聴く話に、答えを恐れながら空良が尋ねる。

「兄上のことオレ、守れてる？」

誰に言われたのかを、風火は言わなかった。知らないのか、それとも言うつもりがないのか、空良にはわからない。

「守ってくれてるよ」

誰なのか、答えは一つしかないようにも思えて、空良は弟の髪を指先で撫《な》でた。

「もう、そのために人を殺さなくていい。風火。できるだろう？」

けれど初めてこの言葉が、風火に届くと思えた。長い旅の始まりにあった、宿業の話をきっと風火はしている。

「ムリだよ」

ごめん、と風火はあっさり言った。

「何故」

宿業の源を覚えているのなら、それを祓《はら》い拒むことはできないのかと、空良が身を乗り出す。

「殺すときに、オレ迷う時間がないんだ」

仕方なさそうに風火は、空良と、そして田村麻呂に打ち明けた。

「何も考えてない。体が動いてる。殺すとか殺さないとか、オレ考えてない」

考えていない。ないことは止められない。

「なら考えているのは」

誰なのかと空良が声を漏らすと、田村麻呂が「風火」と話を止めた。

大きな手でしっかり鉛筆を握って、紙の上に硬い芯《しん》を払うように滑らせて田村麻呂が一文字の漢字を書く。

「これが『鞘』だ」

大きく、一つ一つの線と点がわかるように「鞘」は書かれていた。

「むずかしい……」

「革と、肖からできてる。鞘は刀を収めておくものだから、刃《やいば》を守るために革を使った時代があるからだろう」

「肖《あやか》は何？」

「肖る」

短く、田村麻呂が答える。

「どういういみ？」

「似せる。似る。同じになる」

「鞘」

意味を呑《の》み込んだように唱えて、風火はゆっくりと鉛筆でその字を書いた。

守るための革を描き、似て同化する肖を書いて、丁寧に芯を止める。

「鞘」

幸《さいわ》いそうに風火が微笑む横顔を見つめて、空良は決して鞘ではない大切な弟の歩く道を、何処にあるのかわからなくても必ず守ると心を定めた。

夜も更けて午前零時をとうに過ぎて細い月は銀のようになり、往来側の事務所でパソコンを眺めていた空良は、母屋との境のドアに立っている男に気づいた。

「随分都合のいい厄介な体だと思わないか？　腹は減る。眠くなる。痛み、疲れる。長時間パソコンと格闘してると、目と肩が死ぬ。でも死ぬことはできない」

やはり罰のようだと空良が、背後に立っている田村麻呂に言う。

「各地に偉人、武神伝説のある征夷大将軍《せいいたいしょうぐん》もそれは同意だ。モニターを長時間見てるととにかく死にそうになる」

風火に文字を教えた後また二階で情報と向き合っていたのだろう田村麻呂は、本当に疲れ切ってタブレット片手に空良の隣に来た。

「だが死なない」

広い事務机に向き合っている空良の隣に、濃紺の事務椅子を引き寄せて腰を下ろす。

八坪程の事務所は木目の濃い床板をしっかりと張り直して、応接セットの代わりにこの事務机と少し造りの良い事務椅子を四脚置いていた。

「それにしても味もそっけもない事務所だな」

初めてまともに入った事務所スペースを改めて見渡して、田村麻呂が呆《あき》れる。

入り口にはシャッターが下りたままで、小道側の窓にかろうじて藍色《あいいろ》のウッドブラインドが下がっていた。反対側の壁は本棚になっていて、書類と本が並んでいる。

「まさかこんなに来客がないと思わなかった。トイレ個室も男女別に二つにしたのに」

リフォームの時水回りに無駄に予算をかけてしまった空良は、とっくに片付けたパーテーションは何処だったかとため息を吐いた。

「トイレは香寺先生に使って貰え。そのパンパンの書類ケースには何が入っているのかな？　空良くん」

「やっぱりこの同居はアウトなんじゃないでしょうか。田村先生」

風火の話をせずに仕事の本題に入ってくれた田村麻呂に、むしろ空良が安堵《あんど》する。

「俺の有能さをよく知ってるだろう。お互い同じことを調べてる。情報共有した方が早いと思わないか？」

「何処にたどり着くのが早いんだ」

空良は今回、公認不正検査士として小田嶋建設子会社の顧問税理士に正式に依頼を受けた。第三者として小田嶋建設子会社の社内監査をするのが仕事だ。

「それは、今はまだ俺にもわからないが」

小田嶋会長の顧問弁護士と手を組むなどと、空良には考えられない。

「最善の道。なるべく多くの人が不幸にならない、落としどころだな」

今までの空良なら、その道は絶対に通らなかった。

——今から、これからだって言いたい時に、言えることが何もなくなった。

今もまだ逃げていると、今日池の畔《ほとり》で空良は田村麻呂に言った。ならそれにつきあうと、田村麻呂は笑っていた。

父親のように小田嶋を思う、夏妃の声も聴いた。

道に迷っていても、叶《かな》うならもう、逃げたくない。

開いているサイトを見せるためにモニターを、空良が田村麻呂の方に向ける。

違う道になんとか踏み出した空良に何も問わず、ただ笑んで田村麻呂はモニターを覗《のぞ》き込んだ。

「聞いてない」

その内容をしっかり読んで、小田嶋の顧問弁護士として田村麻呂がきれいなウッドスタイルの道の駅新候補を指さす。

「誰にも言ってないんじゃないのか？　道の駅新候補『North Station《ノース・ステーション》』、今秋オープン。小田嶋建設子会社管轄地域の新しい建築物を、一つ一つ見て行ったら出てきた。『施工・小田嶋建設』の文字が画像に埋め込まれて検索には引っかからないようになってる」

道の駅は申請制で、国土交通省道路局で要件を満たすものを道の駅として登録するシステムだ。

「道の駅の主要条件は完全に満たしてる。無料で二十四時間利用できる休憩所。広い駐車場。清潔なトイレ、ここは最新式だ。充実したベビーコーナー。その上地域の特産品や土産物を販売して、震災前に地元にあった飲食店がいくつか入る予定だ」

「後は道の駅になるだけだな」

口を掌《てのひら》で押さえて、地域に根付きながら人を呼ぶだろう自然の風景に馴染《なじ》む木目調の建物を、田村麻呂がまじまじと見る。見た目はウッドスタイルだが耐震性は基準を充分満たしていた。

「取り敢《あ》えず残っていた五年分の書類を全部確認したけど、相当する施工費の発注書もまるで足りないし、工事費を満たす入金もない」

「公共工事じゃなくても、役所を通してるはずだ」

「通ってないはずがない。確認申請はもちろん、どうやったって法定外公共財産の里道や水路に隣接してる。市の建設課に申請していないと無理だ。書類ごと抜きにしてもこの規模の建設を、市や市民の同意なしでやれるはずがない」

頭を抱えて、二人はこの案件の道筋を整理しようと全力で努めた。

「予定があったものの吹っ飛んだ道の駅を、小田嶋会長の一存で小田嶋建設が建てた。ってことか」

「恐らく。慣れている作業だから小田嶋会長が申請を整えて、役所も地域住民も道の駅候補ができたことを不審に思ってない。役所も含めて加担してる人はいるだろうけど」

「とんでもないじいさんだな！」

「僕は高齢者が怖い。見つけて一人で震えてた」

似合わない冗談のように、空良が田村麻呂に少しだけ笑う。

「来てくれてよかったよ」

「突然高く跳ぶな。転ぶぞ」

雹《ひょう》が降るどころでは済まないと、田村麻呂は肩を竦《すく》めた。

「ただ資金の出所がわからない。最も善良な想像は、全部たんす預金で小田嶋会長のスーパーボランティアかな」

「そのたんす預金は所得隠しだろう。それは免れまい。ただ億も二桁《ふたけた》いくかという建物だ、たんす預金じゃ間に合うまいよ。資金は恐らくこれを使い込んだ」

タブレットを開いて、保存してある記事を田村麻呂が見せる。

「『IR入札ゼロ。小田嶋建設に単独指名か』。……だけど統合型リゾートは、禍《か》もデメリットもあって民意が得られなくて停滞してる。指名を受けたとしても資金はまだ出ないだろう？」

「ＩＲはやろうとしてる方は必死だ。だが延び延びになって目処《めど》がつかないんで、手を挙げるゼネコンがいなくなった。作る側は既成事実を作りたいから、小田嶋建設に着手金を払っている。七億だ」

「七億あれば、後は道の駅に登録さえできれば負債部分は持ち主が返していける」

田村麻呂が説明した七億は、入札結果として公開されている情報だった。

公共工事の入札情報は、ほとんどのデータがアップロードされているので見ようと思えば誰でも開ける。逆を言えばこうして理由がないとそこまでする者はいないので、公開されている情報の中に不審な点があっても情報保持期間内に誰も気づかないことは充分あり得る。

国の機関である会計検査院や検察を、意図を持った誰かが止めればの話だ。

「更には、小田嶋建設に単独指名を誘導したと言われている山県《やまがた》代議士が、遡《さかのぼ》っていくといつの日も小田嶋会長と仲良しだ」

肩を竦めて、田村麻呂は集めてきた資料を次々タップしていく。

十年前小田嶋建設が請け負った大掛かりなショッピングモールが山県の地元山口県。二十年前、三十年前の公共工事を巡っては献金や癒着が取り沙汰《ざた》されていた。

「煙が立っては、消し、というところかな」

少し長く、二人して黙り込む。

持ち寄った情報を合わせて筋道を整理するのは簡単だったが、受け入れるのに時間が掛かった。

「ええと。何処も手を上げないIR建設を引き受けるふりをして着手金着服して。それを資金にして申請書類をごまかして、この『North Station』を建てちゃった？」

「建てちゃったんだな。もうすぐオープンだ。すぐだな、再来週だ」

千二百年生きてきて大概の不正は見てきた二人でも、これほど後先考えない大規模不正は出合った経験がない。

「どうしたらいいのかまったくわからない」

「はは」

呆然《ぼうぜん》と言い放った空良に、愉快そうに田村麻呂は笑った。

「何がおかしい」

「前ならおまえには、この件の答えは一つしかなかったはずだ」

「……言われてみれば確かにそうだな。この大規模不正を確信して、どうしたらいいのかわからないって。はは」

自分でも自分の台詞《せりふ》とは思えず、空良も声をたてて笑う。

一頻《ひとしき》り二人で笑って、ふと、笑い声が途絶えた。

「僕には想像もつかないけど、おまえにはこの落としどころが見つけられるのか？」

「小田嶋会長は無傷ってわけにはいかないが、もうすぐオープンの道の駅候補に泥を被《かぶ》せないのは会長の望みでもあるだろうから。その方法を考えよう」

考えようと、田村麻呂が言う。空良に誘いかける。

そんなことは一度も考えたことがないので空良には何も思い浮かばないが、この不正を糾弾した時に、やっと灯《とも》った被災地の希望を吹き消す可能性があるのはよくわかった。

守る者、守られる者、正しい者悪しき者。

揺れ続けた言葉を、空良がまた胸に繰り返す。

——見た？

やわらかで穏やかな、けれどたくさんのことを見てきたのだろう小田嶋の静かな声は、何度でもさっき聴いたかのように耳元に蘇《よみがえ》った。

聴こえる度、空良は知った。

ずっと、見ていなかった。否。見ても心を閉ざして、確かに見たことさえ受け入れなかった。

絶対に許しはしないと決めた、千二百年前の粟田口に消え去った命たち。

人々が理想を声高に称《とな》える中で、倒れた隣の老婦人。

本当は空良は見ていた。空良の世界にも、見たのかと問われたものは在った。

信じる正しさと辻褄《つじつま》が合わないものを断じて、視界から排除していた。

そしてそれが自分なのだ。

「風火が、殺すときに何も考えていないと言った。さっき」

灯っている希望を吹き消すことより、空良はいつでも正しさを求めた。

「風火が人を殺すときに、考えているのはいつも僕だった」

その正しさは唯一無二で、頑《かたく》なに空良は信じていた。正しさこそが人を幸いにすると。

それが自分だと、認めるのには強い力がいる。

「千二百年、掛かった」

息を継げず、それでも空良は体をまっすぐに田村麻呂に向けた。

「おまえの兵士たちを、すまなかった」

頭を下げても、あの日一瞬で炎に焼かれた命は戻らない。

「育てた者もいたと、おまえは言っていた。おまえがそう言うのなら、あの中には本当に我が子のような者もいただろう」

千二百年前、田村麻呂が兵士を掻《か》き分けた時の顔を、空良はずっと忘れずにいた。

「殺す、べきだとあの時僕は思った。僕が思った。本当に、すまなかった」

わからなくても覚えていなくてはならないと決めて、覚えた。

「やっと」

けれど謝れる日が来るとは、空良には思えなかった。

「心からそう、思えた」

応《こた》えはなく、空良は頭を上げずにいた。

月が冷えたまま、僅《わず》かな時が流れた。

「おまえがどう思おうと、あの時のおまえは俺にとってはまだ何もわからないただの子どもだ」

言い聞かせるように、田村麻呂が口を開く。

「俺の部下だ。俺が死なせたんだし、俺の迂闊《うかつ》さでおまえという子どもに殺させたんだ」

空良の頭を撫《な》でるように軽く触って、田村麻呂が顔を上げさせた。

「阿弖流為の瞳《ひとみ》が蒼《あお》かったことを、記録から削るように命じた」

昨日が命日となった友のことを、田村麻呂が語る。

「そうか、そうだな。『日本続紀』には書かれていないからいつか理由を聞きたかった」

長い時を、形を変えて対峙《たいじ》し、最期の時も共にした田村麻呂はむしろ自分より阿弖流為を知っているだろうとは、空良も思ってはいた。

「俺が削るように懇願した。あの時は阿弖流為の瞳が蒼くては、阿弖流為が勇敢で誠実な長《おさ》であったことが伝わらないと思った」

けれど、阿弖流為をよく知っている者に、彼《か》の人のことを尋ねるのは怖かった。

「時は変わるな。今は蒼かったと知られれば更に偉大な英雄になるだろう。大切な、友だった」

息を吐いて、田村麻呂が目の前に何かを思い起こし見ている。

「約束は守れず、最後の一瞬まで俺は阿弖流為を見ていた。瞳は、閉じられることはなかった。濁らず、蒼く。大和の人々を存分に恐れさせたよ」

見ないでその日を、充分に空良は憎んでいた。

「けれど今も、後悔はしていない。何も」

見たならどうなっていたか、どうなるかわからないと昨日さえも思ったのに。

ただ静かに、空良は田村麻呂の言葉を聴いた。

「弥勒菩薩と同じことを、友は言っていた。北に、大きすぎる力が生まれた。国一つ一人で滅ぼしかねない長となる。心を守ってやってほしいと言われて、必ず守ると約束したのに」

穏やかな田村麻呂の目は、困ったように空良を見ている。

「幼いとは思いもせず。粟田口の事が起きてから、誰のことなのか知った」

「風火を人にしたい」

阿弖流為が宿業に気づいた者が誰なのかを、空良ははっきりと知らされた。

「空良」

「人に還《かえ》すんじゃない。人にするんだ。僕なら引き裂いてもいいと風火に言ったのは」

鞘《さや》。それが最初に聴いた言葉だと、風火は言った。

「そうすればきっと、もろともに終われるとわかっていたからだ」

鞘は、刀を受け止めるために創られる。

刀は、空良の方だ。

「だけど嫌だ。風火はもう僕の弟だ。赦《ゆる》されるなら、風火と、人と、生きていきたい」

長い時を生きて、宿業を知った阿弖流為と約束をした田村麻呂に守られ育てられて、この町の人々と出会って、空良には望みが生まれた。

人と、共生したい。

「そう思えたなら宿業は終わってると、俺には思えるが」

田村麻呂の言葉は、空良にも尤《もっと》もに思えた。

「風火はまた、迷いなく人を殺そうとするんだろうか」

――ムリだよ。

殺さないことは無理だと、風火は仕方なさそうに言っていた。

「もう、僕は信じていないのに」

「……何を」

問われて、伏せていた瞳で空良が前を見る。

「悪しきことは全て自分の外側にあると」

今はきっと、己の瞳は赤くないと信じられた。

「正しさは唯一無二のものだと」

そう信じることが、たった一人でいつの日か多くの人を殺しかねない自分の心であったと、たくさんの人の心に手を借りて、空良はとうとう知った。

恐らくは父であった人が、命を落としたその命日の夜更けに。

「小田嶋さん。すごい。さすが。かっこいい。このあんぽんたん」

あと一週間で「North Station《ノース・ステーション》」がオープンするという土曜日の午後、空良、田村麻呂、夏妃は小田嶋建設本社の会長室にいた。

「あんぽんたんって、なかなか実際に聞かないもんだよ。七十年以上生きていても」

悪びれず小田嶋は、デスクで相変わらず万年筆を右手に弄《もてあそ》んでいる。

「やることがデカすぎて痺《しび》れて死にそうですあたし！」

空良から説明報告を受けた夏妃は、「香寺公一税理士事務所」を出る前に「気付よ！」とバーボンをワンショット呑《の》んでいた。

「まあまあ、香寺先生。とてもいいところでしたよ『North Station』。プレオープン見てきました。店をあきらめるか町を出るかしかなかった老舗《しにせ》の定食屋や若い世代のカフェが入って、周辺からも既に人が集まってます」

もう足を使いたいと田村麻呂は、レンタカーを借りて実際に「North Station」を見て、役所の建設課で聞き取りをしている。

「あたしも行きたかったわ……サイト見たわよ。海鮮定食で日本酒呑みたかった」

正式な開店前から盛り上がっているサイトを彩るおいしそうな定食やラーメン、土地の果物を使ったジェラートを、夏妃はデータで堪能《たんのう》する羽目になりそれにも怒っている。

「申請は通ると思います。道の駅になるでしょう。既に話題にもなり始めてますから、僕が試算した人出と合っていれば負債部分もすぐに売上が出ると思います」

空良はＩＲの着手金と施工費概算を突き合わせて、実際の資金の流れを試算していた。

「何よりだ。私もその海鮮定食で日本酒がやりたいなあ。早く行きたい」

「早く行けると思ったら大間違いですよ！」

もうその日本酒を吞んだようなまろやかな顔をして万年筆を回した小田嶋に、夏妃が孝行娘に相応《ふさわ》しく遠慮のない声を上げる。

「よかったら、ご自身で説明していただけませんか？」

応接セットのソファで空良は、前回と変わらないように見えて心配そうにも見えた宮泉に茶を振る舞われ、穏やかに言った。

十二階の窓の外の、雑多な都会の風景を小田嶋は長いこと眺めていた。

「泣いてもらうって、わかるかい？」

応接セットにいる三人の方を椅子ごと振り返って、小田嶋が鷹揚《おうよう》に尋ねる。

「ええ」

「わかります」

田村麻呂と夏妃は、ため息を吐いて頷《うなず》いた。

「聞いたことはありますが、僕はちゃんとはわかっていません」

小田嶋からの言葉を求めて、空良が告げる。

「まあ、うちも大手ゼネコンの下請けではあるし、もっと小さな下請けから始めてるから泣いたことはあるけど。結構早く会社は大きくできて、そうすると下請けや孫請け、資材の発注先に泣いてもらう立場になる」

それを別に初めからずっと痛みに感じていたわけではないと、小田嶋は添えた。

「入札価格を下げるために、下請けに人件費を落としてもらう。発注先に材料費を安くしてもらう。そうまでしても工事自体が取れなかったりなくなったら、仕事はないと泣いてもらう。小さい会社は簡単に潰《つぶ》れるし、従業員を解雇しなきゃならなくなる」

泣いてもらった、してきたこと、見てきたことを、小田嶋が自分のこととして語る。

「だけどもう、なんだかやんなっちゃってねえ。すっかり。それで下請けを一時的に子会社にして被災地で仕事を始めた。何しろ国の予算がある。使い放題で、ちゃんと仕事を渡せて復興も進む。希望しかないような、気がしていたよ」

「……あたし」

被災地の仕事をしなければよかったのにと言った夏妃が、一瞬声を詰まらせた。

「道の駅は、作る予定だったんだ。その維持や周辺施設の整備ができるから、ここで子会社は切り離して手を放すつもりだった。あ、もう切り離しの手続きしたよ。ごめん夏妃ちゃん、相談せずに」

「あたしのことなんかいいんです」

「駄目駄目。そういうのだよ。泣いてもらう、自分が泣く。みんな生きてるんだから、誰も泣かないようにしなきゃ。お父さんが遺《のこ》した会社続けるんだろう？　夏妃ちゃんには別の支社の顧問お願いするから」

安心してと、小田嶋が夏妃に笑う。

「プレオープンの段階で、順調なスタートが見込めているのは知ってるよ。本当によかった。過大評価を期待しない堅実な地産の道の駅、そこは私が考えたんじゃない。専門のコンサルにも入ってもらって、とにかく地域にあるものでやってもらった」

もちろんその情報を小田嶋は持っていて、とても満足そうだった。

「何故、もともとの予定はなくなったんですか？」

出来上がってみると空良には固い計画だったと思えるが、そうしたのはプロたちと地域の努力があってのことだと改めて知って、札《ふだ》を持っていた小田嶋に尋ねる。

「こんなところに道の駅作っても誰も来ないだろうって、議会で議題になっちゃってね。廃棄物と除染のことが大きく問題になって注目されたから、違う議題探したんだろう」

何故なくなったのかなど知ったことではないと、議会については小田嶋には珍しく忌々《いまいま》しげだった。長く煮え湯を飲まされてきた部分なのかもしれない。

「楽しい建物がないのに、人が来るわけないじゃないか。その大きな仕事が一つ吹っ飛んでどれだけの人が仕事失うのか見えないんだろうな。道の駅は、いいのを作れば遠くからでも人は来るんだって。まあでも、議会に出ていける身分でもないから」

頭を掻《か》いてふと、小田嶋は万年筆を置いた。

「勝手に作っちゃおうと思ってさ」

あっけらかんと、小田嶋は笑った。

「すごい。さすが。かっこいい。痺れる……」

頭を抱えながらも今度は夏妃は、「あんぽんたん」とは言わない。

「高齢者こわいだろ。だってもう死ぬだけだしねえ」

小田嶋の言葉を聴いて場違いに空良は、確かに「後は死ぬだけ」と思えたら怖いものはほとんどなくなると苦笑した。

「自治体の許可はどうなさいましたか？　役所の中に……賛同者がいますよね」

そうでなければ無理であることは当たり前で、空良が必要な聞き取りを進める。

「それは無理やり部署に通させた。全部私だから。一人でやった」

そこを、小田嶋は打ち明ける気はないようだった。

「全部被《かぶ》るおつもりですか？　自分はお目にかかってきましたが、建設課の課長さん。いくら懲役喰《く》らっても悔いはないと腹を括《くく》ってらっしゃいましたよ」

議会と役場は市民からは同じに見えても、政治方とその決定に基づいた事務方になる。建設課の課長は、事務方の公務員だ。書類は事務的に通せるが、本来は執行権はない。

事務方が勝手に書類を通したなら、それもまた大きな犯罪となる。

「なんのことかねえ。議員も公務員も色々だろうが、一生懸命なやつはどの仕事でも一生懸命だ。特に公務員には、退職金は絶対いる」

それは自分の選ばなかった道を尊重する、小田嶋の頑《かたく》なさだった。

「はは。昔は公務員なんて、本当につまらないと思ったのになあ」

ふと、小田嶋が言った昔というのは、きっと建設の仕事をひたすら上り調子で進めた三十年以上前のことなのだろうと、その場にいる三人にはわかった。

「時代は変わったね。世界かな。さて、子会社も切り離した。道の駅候補はオープンする。後は地域でやれるさ。何も悔いはない。私は刑務所かな?」

それも楽しそうだと、小田嶋が三人に尋ねる。

「一つ伺いたいのですが、資金源はIR建設費の着手金ですよね。頓挫《とんざ》した道の駅を民間が建設していることについて、議会は資金源を追及しないんですか?」

今日の空良の仕事は、この先の手のために漏らしがないよう突かれては困るところを埋める作業だった。

「議員もちゃんとしたのもいれば利権しか興味ないのもいて、今は時期が悪くて後者が多い。もともと話題逸《そ》らしに議題に上げるくらいだから、興味がないんだよ」

気づきもしないと、小田嶋は肩を竦《すく》めた。

「よし」

だいたい外郭はわかったと、田村麻呂が方針を定める。

「美談にしましょう」

怪しい営業のように、田村麻呂は笑った。

「どうやって？」

「影響力のある記事を書く記者がいます。今の話は裏もほぼ取れてますから、道の駅ではなく議会に泥を被っていただきましょう。ＩＲの着手金横領もきっちり書かせますが、国民感情は今のところＩＲに否定的ですから。全体的に美談です」

たたき台を既に手元で纏《まと》めていた田村麻呂が、記事の構成を語る。

「あたしもそれがいいと思います。嘘はないし」

大きく息を吐いて、夏妃はすぐに同意した。

「香寺先生は小田嶋会長を心配していた担当税理士Aということでコメントください」

「もちろんです。嘘じゃないですから。今日も出がけに心配のあまりバーボンひっかけましたからね」

いくらでも語ると、夏妃が深く頷く。

「山県《やまがた》さんに頼まれてＩＲ引き受けた時は、横領して道の駅建てちゃうつもりじゃなかったんだけどねえ。誰もやらないなら、ＩＲはやろうと思ってたんだよ。今日本お金ないから、外資落として貰《もら》った方がいいと本気で私は思ったんだけど」

きれいに纏まり過ぎていることに、小田嶋は困り顔だ。

「国のお金なんだよ。国民感情が求めてないＩＲの着手金も」

「国は、ただの箱ですよ。百年経てば中身は丸ごと入れ替わります。今目の前のことをして、箱が強くなるか弱くなるか。ま、そこは今は誰にもわかりません」

相変わらず田村麻呂の言葉には、余白が多い。断定をしない。

わからないという大切なことを田村麻呂は早くに知ったのだと、空良は理解した。

「くさいメシは初めて食べる」

「拘置所では食べていただきますが、懲役については自分が頑張って執行猶予つけます。返済義務を何処に持ってくるかですね、後は」

小田嶋建設か、これから順調に売上を上げるだろう切り離した子会社かと、田村麻呂がテキパキと算段をする。

「あなたは」

表舞台からは身を引くことになるだろう小田嶋を、空良はどうしてもよい「長《おさ》」として見つめてしまった。

「政治家になられたらよかったのではないですか」

「何を言ってるんだ、空良くん。私は私の仕事をしてきたんだよ」

ふと口をついた空良の言葉を、小田嶋は一笑に付す。

「今君たちの目の前にいる私は、善行をした年寄りかもしれない。それはたまたま特措法があって、生活の何もかもが壊され流された土地を見たからだ。あれは、見たら変わるよ。人生がね」

人生が変わったことを、小田嶋は自分の力ではないと捉《とら》えていた。

「この仕事をしてもう、半世紀以上だ。泣いてもらったこともあれば、その先で人が首を括ったこともある。最後だけこんな風にきれいに纏められるのは、収まりが悪い。往生はできないと思って、それをわかってやってきたことがたくさんあるんだ」

「善人なおもて往生を遂ぐ」

それこそ往生際の悪い小田嶋に、田村麻呂が言う。

「況《いわ》んや悪人をや。ほとんどの人間は基本は悪人だという、親鸞《しんらん》の言葉です。善悪両方あるのが、人ですよ。一方だけしか持たない者がいますかね？」

「田村先生も、若いのに年寄りみたいなこと言うねえ」

「後は仏がなんとかします。人にできることなんて」

言いかけた言葉の行き先を、田村麻呂は唱えずに止めた。

「精一杯なさいましたよ。今から記者を呼びます」

もう話はつけてあるのだろう田村麻呂が、小田嶋に確認する。

「うーん」

万年筆を回して、小田嶋は三人の顔を見回した。

「刑務所入った方がいいと思うんだけどね。私は」

「そこは田村先生の腕次第ですから、上手《うま》くすると入れますよ」

情状酌量がつくだろうと予想はついたが、小田嶋の気持ちを収めるために空良が言う。

半分は嘘だ。嘘はとても苦手でそれは今も変わらないが、空良には精一杯の嘘だ。

——善悪両方あるのが、人ですよ。一方だけしか持たない者がいますかね？

「もっと早く言え……」

ため息とともに、空良が田村麻呂への苦情を独り言《ご》ちる。

「ん？」

なんのことだかわかっているように笑う田村麻呂は、やはり以前と変わらず空良は腹立たしかった。

「うーん」

「何か心配事、ありますか？」

まだ唸《うな》った小田嶋に、夏妃が聞いたことがないようなやさしい声で尋ねる。

「夏妃ちゃんにそんなにやさしくされると不安になるねえ」

「ひどい！」

冗談めかして言った小田嶋に夏妃は笑ったが、田村麻呂と空良は神妙な顔になった。

小田嶋建設と被災地の関係が載った雑誌が発売になる二日前の土曜日、「North Station」

オープン当日の九月末の食卓は、風火自身が食べたいと言って本格派生ラーメンだった。

「おいしいよねー、ラーメンって。大好きだ」

味を反芻《はんすう》しながら田村麻呂に字を習うためにノートを取り出した風火の声を聴きながら、空良は三つの丼《どんぶり》と蓮華《れんげ》を洗って罪悪感に胸を痛めていた。

「ああ。醤油《しょうゆ》も、おまえが仕込んだチャーシューも絶品だったとも！」

同じく罪悪感に襲われている田村麻呂の声が、変に力む。

空良と田村麻呂は、度々こそっと、「一朗」と「太朗」で「本格派」ではなく本物のラーメンを食べていた。実のところ今日の昼も小田嶋の記事の最終確認を夏妃の事務所でした後、うっかり「一朗」で醤油ラーメンを食べてしまった。

「なんか変だよ、田村麻呂」

人間の姿なのに風火が、「おいしい匂い？」と鼻を利かせる。

「いやいや。おまえそれ本当にいよいよ寒くないか。冬バージョン探してやろうか」

そういえばと田村麻呂が、上手いこと風火の興味の方に話を変えようとした。話しながらも田村麻呂の手元にはタブレットがあって、ここのところあるアプリから目を離すことはない。

「寒いかなあ。そういえば寒いかも？　お鍋《なべ》また作ろっと」

寒さ？　と首を傾げて、青い衣を風火は見下ろした。

「鶏《とり》がら煮るの覚えたら、スープ作るの楽しくなった。多津子先生ネギと生姜《しょうが》って言ってたけど、最近兄上が買ってくれるお肉くさくない気がしてオレ入れてない」

「言われてみたら、最近はそうかもな」

多少自炊もしていた田村麻呂も、なるほどと頷《うなず》く。

「ああそうかも。四十年前二人で暮らし始めた頃はお金もないから、なんとかしないと食べられない材料買ったりしてたけど。最近はあんまりそういうのは売ってないような」

今現在、商店街やスーパーで見る食材はどれも、消費期限がきっちり切られて見た目もきれいだ。流通の発達も、技術の進化もあるのかもしれない。

「おまえのところを出て、お金はないけどお腹は空《す》くから」

兄弟の話を黙って聞いている田村麻呂に、空良は付け加えた。

「よく考えたら本当に呪いの体だな」

「本当だよ。なんとか日雇いの仕事して最初は僕が自炊して、上手になんかできなくて。そのうち風火が、帰ったら作ってくれてるようになった。時間あるからって」

「すごいな風火」

「最初は焦げたりしょっぱかったり、たくさん失敗したよー」

まだ育ち始めたばかりの手で野菜を大きく切り過ぎたり味付けに失敗したり、それを四十年やっているうちに風火は台所のことを自分で学んでいった。

「だけどいつでもおいしかったよ、風火。焦げてても、しょっぱくても」

外で仕事を見つけて働いてくる自分のために、部屋にある食材で風火が一生懸命食事を作り始めた時のことを、空良も懐かしく思い返す。

「兄上が、おいしいって言ってくれるとオレ、すごく幸せで」

千二百年生きてきたのに、二人で暮らし始めた四十年前を一番遠くに思うように風火は見つめていた。

「オレはそれが永遠でもよかったんだけどな」

ここのところ風火は、時々寂しげで悲しげだ。いつからだろう。何がきっかけだったのだろうと、考えても空良にはすぐにわからない。

風火が何を思っているのかわからない。

けれど一対であった頃より、風火が好きだ。一対であった頃より、風火といたい。風火が何を考えているのか知りたい。

別々の命だからだと、空良は信じた。

「二人で居ても、あんまり昔のこと話したりしなかったのに。風火」

ふと、最近風火が、多くのことを話すようになったと空良が気づく。

「風火は今、昼間たくさん本を読んでる。言葉や、物語を読んで、自分の気持ちが言語化できるようになってるんじゃないのか？」

それはとても大切なことだと、田村麻呂は理由を想像した。

「げんごかってなに？」

「あ、すまんちょっと待ってくれ風火」

タブレットを見て、田村麻呂が立ち上がる。

「車、出した方がいいな」

何が起こったのか察して、空良も玄関に向かおうとした。

「わん？」

家の中に他に人はいないのに、突然風火が白い大きな犬になる。

「空良くん！」

小さな門は自力で突破したのか、夏妃の声が玄関から響いた。

もう家を出ようとしていた田村麻呂と顔を見合わせて、空良が走って玄関に向かう。

「小田嶋さんが居なくなっちゃったの！　電話に全然出ない!!」

靴を履きながら玄関を開けると、右手に携帯を握りしめたスウェット姿の夏妃が悲鳴のように訴えた。

「えっ!?　田村先生！　なんでここにいるの!?」

ジャケットを羽織った田村麻呂が犬の風火と立っているのに、夏妃が驚いて目を見開く。

仕事上どう考えても不都合で、下宿のことは空良も田村麻呂も夏妃に話さずにいた。

「今日記事の確認を一緒にしまして、そのままメシをもらいに。それより小田嶋会長は」

手早く言いながら田村麻呂が、手にしていたタブレットを見ている。

「電話してくださったら……慌てたんですね、夏妃さん」

空良もずっと手元にあった携帯の履歴を見た。

「だってもう、うちそこだし。不安で。絶対逃げるような人じゃないもの！」

「顧問弁護士としても、それは理解しているつもりです。なのでもちろん小田嶋会長にはGPSをつけておきました」

タブレットで田村麻呂が見ていたのは、小田嶋の位置情報だ。

「見張りもつけていたんですが。すみません却《かえ》って不安になるかと思って、夏妃さんには言わなかったんです。長年癒着していた代議士先生が、おとなしく美談を受け入れてくれるとはとても思えなくて」

空良は田村麻呂が手配した見張り要員の位置情報を確認したが、小田嶋邸の前で止まっているので恐らく足止めされたのだろう。

「なんだか二人ともびっくりするほど有能で冷静ね……」

落ちついている空良と田村麻呂に、夏妃も動揺が収まって息が吐けた。

「夏妃さん後で小田嶋さん叱っていいですよ。小田嶋さん予見してました、多分」

「あ」

何か心配事、ありますか？　と不審な様子の小田嶋に自分が尋ねたことを、夏妃はすぐに思い出したようだった。

「何につけたの？　GPS」

「万年筆の胴軸の中です。胸のポケットにも挿してらっしゃって、手放さないなと思ったんで。見せてくださいとお願いしてスッとつけました」

その万年筆の行方を、いくつか想定していた候補地の中から田村麻呂が定める。

「映画のようにベタな選択だ」

「ベイエリア方面か」

呆《あき》れ交じりに言った田村麻呂の手元を、空良は覗《のぞ》いた。

「ベイエリアって、東京ベイエリア？　ＩＲの候補地……ＩＲに沈めってこと⁉」

「沈められる前に助けますよ。まだ近くにいます」

「と言ってもう、環八《かんぱち》を通って環七《かんなな》に向かってる。防犯カメラになるべく映らないように有料道路を使わないルートなんじゃないか」

「じゃあこっちは首都高使おう。僕らもうレンタカー用意してるので、夏妃さんは落ちついて待っててください」

念のため用意した車を使うことになって、空良が玄関に置いていた車のキーを取る。

「心配で待ってなんかいられない。心臓が止まるわ」

「わん！」

成り行きを聞いていた風火が、空良の肩に手を置いて「連れて行け」とせがんだ。

「……駄目だよ風火。お留守番だ」

危険な場に兄が行くと、風火は理解している。だから連れて行けとせがんでいた。

「夏妃さん。風火と、待っててもらえませんか」

大丈夫どっち道死ねないと空良は風火に言いたかったが、夏妃の手前堪《こら》える。

「わんわん！」

絶対に留守番はしないと風火は、素早く車の鍵《かぎ》を口で取った。

——兄上のことオレ、守れてる？

もしかしたら兄を守るということは、風火には呪いなのかもしれない。

それが呪いなら、兄は弟を解き放ちたい。

息を吞《の》んで、空良は判断を乞《こ》うように田村麻呂を見た。

「大丈夫、なんじゃないのか」

それはいつもの田村麻呂の余白ではなく、不安を含んでいる。

空良が、一つの正しさを信じていた己の大きすぎる危うさを知ったことを、田村麻呂は恐らく誰よりもよくわかっている。

正しさを絶対のものと信じることは、時に多くの人の死を歴史的にも生んできた。

——ムリだよ。

元はきっと空良の感情に従って動いていたはずの風火は、今は自分の意志では止まれないと言った。

「風火。僕のお願い、覚えてるよな？　覚えてるなら連れて行く」

賭《か》けていいことではないとわかっていながら、それでも空良は風火も自分と一緒に違う道を歩けていると信じたい。

「待って、ワンちゃん、風火ちゃん連れてくの？」

空良と田村麻呂が風火を連れて行こうとしていると気づいて、夏妃は戸惑った。

「小田嶋さん、今山県代議士が差し向けた暴力団のチンピラにIR予定地に沈められそうになってるってことでしょう？　そんなとこにワンちゃん連れてって何かあったら」

「事態の深すぎる理解と高度な言語化ですね……香寺先生」

思わず田村麻呂が、そんな場合ではないのに夏妃に感心する。

空良は、夏妃の言葉に息を呑んで風火を見ていた。

風火が誰かを殺《あや》めることばかり案じて、それだけをひたすら心配していた。そんな風に風火が傷つくことを、考える時間が空良にはほとんどなかった気がする。

「風火」

ごめん、と空良は風火を強く抱きしめた。

「きゅうん」

「ワンちゃんとラブラブするならあたしもまとめて全部連れてって！　足手まといは百も承知だけど、風火ちゃん捕まえてるくらいはできるわ!!」

そんな場合かと、夏妃が地団太を踏む。

「ごもっとも」

大丈夫だとは言わずに、それでも田村麻呂は空良の背を叩《たた》いた。

運転免許は空良も田村麻呂も持っていたが、田村麻呂がGPSの位置情報を助手席で追い、空良が運転した。

「大丈夫？　埋められちゃってない？　沈められちゃってない？」

レンタルしたハイブリッド車の後部座席には、夏妃と風火が落ちつかなく座っている。

「警察も救急車も向かってます。小田嶋さんの家に足止めされた見張り役は、殴られていますが縛られていただけで命は無事だそうですから。その場で殺す時間はなかったし、自分たちは今小田嶋さんまで五分のところにいます」

ベイエリアに入って海と人工的な灯《あか》りが並ぶのが見えて、不安を高めた夏妃に丁寧に田村麻呂が説明した。

「くうん……」

流れていく街灯を見上げて、風火は不思議なものを見るような声で鳴いた。風火はこんな夜景を初めて見たと、空良が気づく。

風火を人に還《かえ》すというただ一つのことに囚《とら》われて、千二百年も同じ道を一緒に生きてきた風火に見せられていないものがたくさんあると、運転する空良の胸が詰まった。

「改めて見ると、嘘みたいな景色だな」

同じことを思ったわけではないだろうが、田村麻呂も場違いなことを呟《つぶや》く。

等間隔に無機質な灯《とも》りが灯る橋を渡り、海の上に列車が走っているのが僅《わず》かに見えた気がした。細長いビルも海に窓からのまばらな光を映して、ここが自分たちが生まれた時から繋《つな》がっている時間だと感じるのはとても難しい。

長い夢を見ているような錯覚に、空良は一瞬陥った。

「現実じゃないみたいよ。海の上にゆりかもめが走って、人が住んでる」

幻みたい、と、生まれた時にはもうこの場所があったはずの夏妃が呟く。

「夏妃さんでもそう思うんですか？」

驚いて、空良は尋ねた。

「ここもきれいだけど、あたしはしずく石町で育ったから。とっても不思議な景色。小田嶋さんもきっとそうよ！　練馬生まれだもの。不思議なとこに小田嶋さん沈めないで!!」

「もちろんですよ！」

急《せ》かされてアクセルを踏み込むと、車は青海《あおみ》コンテナ埠頭《ふとう》に入る。東京ベイエリア青海はＩＲ候補地だが、コンテナ埠頭は海上コンテナの積み下ろしをする場所で遊びに入る者はいなかった。

「空良、ライトを消してスピードを落とせ。エンジン音を下げるんだ」

手を伸ばして室内灯を完全にオフにした田村麻呂の指示を理解して、ライトを消してギアはドライブのまま空良が車を進める。エンジン音が静かなハイブリッド車を田村麻呂がレンタルしろと言った理由を、今理解してそれはやはり僅かに口惜しかった。

人気のない埠頭の先に、本当に小さな灯りが見える。男が少なくとも二人いるのが、影でわかった。

「停めろ。エンジンは掛けたままで」

「夏妃さんは、風火と中にいてください」

そっと助手席のドアを開けた田村麻呂に従って、空良も運転席を降りながら後部座席に告げる。

やはり人一人どうにかしようとする現場は物騒で、夏妃と風火を連れてきてしまったことを今更心から悔やんだ。

「大丈夫だ。だが恐らく車に待機してる人員がいる。車一台ならせいぜい二、三人だが、油断するなよ」

心を察するように、小さく暗闇に田村麻呂が言う。

いざこうして相手が見えると、田村麻呂にはある程度の目算がつくのだろう。

大きな音を立てないために、運転席も助手席も完全にドアを閉められていないのが空良は気にかかった。

コンテナに沿って、人影に近づく。

「こんなところに沈めても、すぐに見つかってしまうだろうに」

悠長な小田嶋の声が聞こえて、空良はとりあえず一息吐いた。

「見つかっていいんだよ。水死体でな」

それが警告となって代議士は明後日《あさって》出る記事を差し止め、ＩＲ着手金横領のみを小田嶋に被《かぶ》せる段取りがあるのだろう。

「遺書はこっちで用意してやったから、ここに署名しろ」

「はいはい。ええと、IRの着手金は全て私が着服して使い込みました、か。七億あったけど、相当豪遊したんだろうねえ。私」

「とっとと書け！」

慣れた仕事だろうに、胸のポケットから万年筆を取った小田嶋の呑気《のんき》さには逆に男も焦りを見せた。

「一発でいくから、小田嶋さん保護しろ。必ず待機組がくるのを忘れるな」

「わかった」

告げるや否や、田村麻呂が俊敏に駆け出す。足元は革靴で、硬い靴で男の側頭部を揺らすために蹴《け》飛《と》ばした。

「……っ……」

人為的に脳震盪《のうしんとう》を起こさせられた大男が埠頭に倒れて、空良が遺書に律儀に署名していた小田嶋の腕を引く。

「おお、すごいね。映画みたいだ」

「緊張感なさ過ぎですよ。会長」

「まあ、予想はしてたから。山県くんに粉飾決算官製談合不正入札公共工事調整大体のことはやったから、次は一緒に実刑どう？　って一応言ってみたんだけど」

「うんって言ってくれたらお友達でしたね……っ……」

コンテナの向こうでワゴンに潜んでいた男が二人、瞬く間に駆け寄った。

田村麻呂がすぐに一人を蹴り飛ばして、空良も掛かってきた巨体の男の鳩尾《みぞおち》に肘《ひじ》を入れたが揺らがない。

警棒でまっすぐ小田嶋を男が狙って、空良は咄嗟《とっさ》に体で庇《かば》った。警棒は空良の肩に思い切り当たって、コンクリに打ち付けられる。

「空良！ 避《よ》けろ!!」

田村麻呂は蹴り飛ばした男に摑《つか》み掛かられていて、殴りながら空良を振り返った。

一度空良を殴った男が、止《とど》めを刺そうと上から頭を狙って警棒を振り翳《かざ》す。

死なないのはわかっていてもやられると身を捩《よじ》った瞬間、風が吹くのを空良は感じた。

半ドアになっていた車から飛び出した風火が、警棒の男を簡単に押し倒している。

「オ、オオカミ!?」

風火の真下にいる今空良を仕留めようとした男が、悲鳴を上げた。

「風火！」

空良が叫んでも大きく牙《きば》を剝《む》いた風火には聴こえず、一人殴り倒した田村麻呂も止めるのに間に合わない。

「風火……っ」

男の喉《のど》を嚙《か》み千切る直前で、風火は動きを止めた。

時が止まったように、空良には見えた。

全てが止まったのかと思い違える。何故なら風火は空良の呼び声だけで、人を殺すのを留《とど》めたことがただの一度もない。

けれどパトカーのサイレンが勢いよく近づいてきて、時間はちゃんと流れていると空良は知ることができた。

自分の意志で、風火は止まれた。

「待て待て」

一人逃げ出そうとした風火の足元の男を、田村麻呂が押さえ込む。

「そこの男が会長縛るためのロープ持ってる。空良、一人一人後ろ手にしっかり縛れ」

留まれた風火に駆け寄りたい空良に、田村麻呂が言った。

言われた通り慌てて、脳震盪を起こしている男からロープを奪い、まずその男を縛る。

「あたしにもロープちょうだい」

風火を追っていつの間にか近くにいた夏妃が、空良に手を伸ばした。

「夏妃さん……車にいてくださいって」

「警察の相手はあたしがするわ。だって小田嶋さんの顧問はあたしだもの。風火ちゃん、もし連れていかれたら大変よ。相手は犯人とはいえどうなるかわからないわ」

風火が空良を助けるところと、男の喉を嚙み千切ろうとしたところを夏妃は見ていた。

「ありがとう。小田嶋さん助けてくれて」

「本当になあ。ありがとうな、可愛いワンちゃんまで一緒に」

「小田嶋さんのことあたし絶対許しませんから！」

何処までも悠長な小田嶋に、夏妃は泣いて叫んだ。

「ありがとう。夏妃ちゃん」

実の娘と変わらない夏妃の愛情を、小田嶋もよくわかっている。

「空良くん」

近づいてくる赤灯の方を見つめながら、穏やかな声を小田嶋は聴かせた。

「……はい」

「君が、無益で無駄な犯罪だと言ったものはちゃんとなくなるよ。本当にもう無駄だ」

司法もそう動いている、自分たちのやり方は通用しないと、小田嶋は仕事ごと人生を終わらせるつもりだったと空良だけでなく皆が知る。

「現場仕事から始めて、社長室にいる人間が万年筆を持っているのがたまらなく羨《うらや》ましくて、悔しくて」

遺書に署名しようとしていた万年筆を、懐かしいもののように小田嶋は眺めた。

「だけど持つ身になってしばらくしたら、何もかもが電子になって。こんな時しか使う場面がなくなった。もう、要らないな。これも」

万年筆を海に放《の》ろうとした小田嶋の手を、強い力で夏妃が摑んで止める。

「一緒に、道の駅の海鮮定食で呑みましょう小田嶋さん。いいお酒奢《おご》ってください！」

いつもと変わらない朗らかな声を、夏妃は思い切り小田嶋に聴かせた。

「そうか」

一瞬、万年筆ごと命を取られたようにぼんやりした小田嶋の瞳《ひとみ》に、光が戻る。

「まだ見てなかったな。この世の名残があった」

「そうですよ！　……もう行って空良くん。車もあたしが運転してきたことにするから」

到着しようとするパトカーに、夏妃が空良を急《せ》かした。

「大丈夫ですか。夏妃さん一人で」

「警察が来てるのよ。大丈夫」

田村麻呂と目を合わせて、縛った三人の男たちが動けないことをしっかり確認する。

おとなしくしている風火とともに、空良と田村麻呂は場を離れることを決めた。

「最初会った時は子どもみたいに見えたけど、なんだか大人の男の人になったわね。空良くん」

歩き出した空良に、小田嶋を守るように抱えながら夏妃がふと、言葉をくれる。

一瞬夏妃を振り返って、それから空良は、風火と田村麻呂と駆け出した。

停めている車と反対側に走って、立ち止まって遠目にパトカーが辿《たど》り着くのを見る。

三人の男は確保され、小田嶋と夏妃が警察に保護されるのがわかった。

「現場検証が始まるな。一旦《いったん》、反対側に行こう」

本来歩くような場所ではない、海《うみ》の森《もり》方面を田村麻呂が指さす。

真ん中にいる風火に、空良は言葉を探していた。

殺さなかった。強い牙を剝いたけれど、風火は自分で止まった。もう風火は人を殺さないことを覚えた。

「兄上」

不意に、人間の風火の声が聴こえて驚いて立ち止まる。

田村麻呂と空良の真ん中にいる風火は、白い装束の一人の男となっていた。

「風火……外で人に？　もしかして人になれたのか⁉」

いくら人目がないとはいえ、少し行けば誰かに出喰《でく》わすような場所で風火が人の姿を保てることはない。

「兄上。オレ、ここで」

「よかった……風火、やっと人に……！」

喜びに咽《むせ》んで大きな体に抱き着いた空良に、静かに風火は告げた。

「え……？」

「オレ、ここで兄上とさよなら」

笑って、それから不思議そうに風火が辺りを見渡す。

「どこだろ。ここ」

すぐ近くに海の森を眺め、ホテルや船が星のように輝くのを風火は見つめていた。

「生まれたところと全然違う」

「そうだよ風火。せっかく人になったのだから……そうだ、生まれたところに行こう。北へ行こう一緒に。な？」

　それはまるで、最期の景色を見ている男に見える。空良は必死で、風火の手を掴んだ。そばで見ている田村麻呂は、遠い日の友との別れを思っているのを風火は知らない。

「北には行かない。オレはここで兄上と別れる。壊れられたらいいんだけど」

「どうして！　壊れるってなんだよ!!」

　絶対に放すまいと、空良は風火の腕を掴む手を強く握りしめた。

「だって、オレは兄上の鞘《さや》だけど」

　鞘という言葉を、大切に風火が声にする。

「兄上はもう、刀じゃないから。鞘はいらないよ」

「いらなくなんかない！　おまえは僕の大切な弟だ!!　そうだよ。兄はもう刀じゃなくなったのかもしれない。だからもう、風火は誰も殺さなくていいんだ。止まれたじゃないか。さっき」

「鞘っていう字をこの間田村麻呂に習ったから、頭に浮かんで真っ白になっただけ。たまたまだよ」

　革と肖を丁寧に頭の中に描いただけで、止まろうと考えられて殺さなかったのではないと、風火は言った。

「口を挟んでいいか？」

隣にいる田村麻呂が、遠慮がちに兄弟に問う。

「それはきっと、学んだから止まれたんじゃないのか。そうやって人のことを学んでいけば、段々ときっと考えることが増えて必ず殺す前に止まれるようになる」

いつでも余白のある話し方をするはずの田村麻呂が、断言をした。

「わかんないよ。そんなの。もしまた殺しちゃったら、兄上は兄上もオレと一緒に壊れるって言う」

「風火、おまえ」

——僕のことなら引き裂いてもかまわないんだ。風火。

前の件で事務所に賊《あや》が押し入った時、その賊を噛《か》み殺そうとした風火に空良は言った。

——もし誰かを殺めたくなったなら、僕を殺めなさい。

その言葉が風火をどれだけ苦しめていたのかを、空良が知る。

「兄上はオレがいると苦しい。もういいんだ、兄上。だってオレはもともと」

言おうとした風火を、言わせるまいとして空良は抱きしめた。

抱きしめた兄を、弟はいつものように抱き返さない。

成り行きを見守るように、田村麻呂はもう何も言わなかった。

「名前は私が預かりました」

「風火？」

風が吹いて、まるで風火らしくない言葉が風火の声で紡がれるのに空良が顔を上げる。

「風に吹かれた焔《ほむら》のように何もかもを焼き尽くしてしまう強さの方だけを、私が預かりました。私はあなたという刀の鞘です」

呆然《ぼうぜん》と、空良は風火の声を聴いていた。

「教えられた言葉。最初に覚えた言葉」

だけど今まで言えなかったと、くしゃりと風火が笑う。

「どっかまでオレ、本当に鞘だった気がする。だけど兄上があんまりにもオレを大切にして、人に還《かえ》す人に還すって言って。オレを、愛してくれて」

「鞘に、魂が宿ったのか」

尋ねたのは田村麻呂だった。

「オレにもよくわかんない。オレ、昔は兄上のための鞘でしかなかったのに、兄上の強さを封じ込めて兄上を止めるために作られたのに。今は普通に兄上といたいって思っちゃってる」

「おまえは僕の弟だ。犬でも狼でも人間でもいい。弟だよ」

「オレがいない方が、兄上は楽になるよ。だってオレは、兄上が生まれつき持っていた焔を、宿業を封印するために作られたんだから」

不意に、毅然《きぜん》と大人の男のように、風火が空良に告げる。

「憎しみや悲しみは、全部オレが持っていく」

安心してと、穏やかに風火は微笑んだ。

「それは、おまえの愛情だろう？　僕の弟の。全部忘れてしまえ、最初に言われたことなど！」

「阿弖流為様がオレを作ったんだと思う。だけど封じ込めるのにきっと、失敗したんだ」

鞘として生まれた風火は刀を失って、役目を終えたら消えると決まっていたのかもしれない。

思えば幼い頃から風火は、正しさに向かって頑《かたく》なになり時には人と諍《いさか》いになる空良を、全力で止めてくれるやさしい弟だった。

刀が人を斬らずに収まる鞘、だった。

「失敗したのかもしれないが、あの時の空良の焰は阿弖流為の想像も超えていたのかもしれない。刀を包む鞘も、封じきれなかったんだろう」

封印が、粟田口で弾《はじ》けたと田村麻呂が想像するのは、空良にも聴こえる。

「だがそれは僕の焰だ！」

「そうかもしれないけど……あの時オレにももう、意思があった気がする。だって、生まれた時のオレは満足に人の形もしていなかったのに」

空良にはまるで覚えのないことを、風火は語った。

「兄上はオレをずっと、弟として大切にして、愛してくれた。オレを守ろうとしてくれて、人と争うこともあったんだよ？　だからあの時のことは、兄上を守りたいオレの意志だった気もする。オレの、兄上」

もともと人じゃないのにと、風火が寂しそうに笑う。

「焰はずっと僕のものだった。僕はきっと唯一の正しさを求めることをやめられたんだ。おまえに封じられた僕の宿業もきっと……もう。だからおまえはただの僕の弟だ！」

「うん。ずっと兄上の弟でいたかったな」

もう行く先を探している風火に、空良の言葉は届かなかった。

「はてさて」

久しぶりに、聞き覚えのある軽い声が、東京ベイエリア青海コンテナ埠頭に響いた。

「出たな適当弥勒菩薩！」

最早《もはや》諸悪の根源のような勢いで、空良が声の主を呼ぶ。

「変なあだ名つけないでおくれよ。ちょっと久しぶりだね。呼んだのはあんただね」

「はい」

弥勒菩薩はまっすぐに風火を見て、風火は澄んだ声で返事をした。

「行くな風火……連れて行かないでくれ弥勒菩薩！」

相変わらずの衲衣《のうえ》を纏《まと》って座ったまま宙に浮いている弥勒菩薩は、相変わらず指で輪を作っている。

「その子に本当に命があるのか、それともあんたさんの宿業を封じた器でしかないのか。すぐに確かめられるよ」

「え？」

思いもかけないことを軽い言葉で言われて、風火を離さないまま空良が戸惑う。

「あたし、その答え最初から知ってます。知っててあんたを旅に出しました。手に負えないことというのはそんなにはないのだけど、興味深いことというのはあるからね」

自分は今長い時をともに歩いてきた大切な弟を失う瀬戸際なのに、興味深いという弥勒菩薩に空良は腹立たしさしかなかった。

「だって破綻《はたん》をなくして、完成させたら次はどうなる？　終わってしまうだろう？　この世が」

腹立たしいのに今は弥勒菩薩が言っていることに刃向かう言葉がなくて、空良が唇を噛み締める。

「思ったより長い旅にはならなかったね。永遠かと思っていたが」

「うん。ごめん。覚えてた言葉を言えば、兄上が楽になるのはわかってたんだけど」

風火の決意が、揺らがないのが握っている手の先から空良に伝わった。

確かめ続けた鼓動を感じない。脈を見つけられない。風火から体温が消えていく。それはもしかしたら鞘《さや》として作られた風火に負わされた何もかもが、癒《い》えるということなのかもしれない。

「兄上はもう、風火のことを考えなくていい。オレは兄上が幸せならそれでいい」

「じゃああんたはあたしと行こうか」

「お願いします」

命の理《ことわり》、それを違《たが》えて作られたのなら風火の背負わされた宿業は、もともと空良の持ち物だったはずだ。

重い、辛《つら》い荷物を、風火は空良の代わりに長い長い時間背負って歩き続けた。

憎しみと悲しみを、風火は連れていくという。それなら空良が持つはずだったその重荷を、風火は千二百年代わりに持っていてくれたのだ。

家を出る時、空良は風火を呪いから解き放ちたくてここに連れて来た。

大切な弟を、解放してやらなければならない。

「……あにうえ？」

心で思った正しさと、空良の心は真逆に動いて風火の背に後ろからしがみついていた。

「空良の弟、風火。風火、それがおまえの名前だ」

知らないものが、頰に流れ爪先《つまさき》に伝い落ちる。

「兄上といたいだろう？」

水が、肌という肌に触れていくのを空良は初めて感じていた。

「兄上が好きだろう？　風火。兄上は風火が大好きだ。何処にも……っ」

それが涙というものだと気づいたときには、声が詰まって風火に縋《すが》りついたまま立つ力もなくなる。

「何処にも行きたくないだろう？　風火。風火、僕の弟だ」

「……兄上」

ただの未練のように振り返って、風火は空良の涙に触れた。

「初めて、兄上が泣いた」

風火の声も涙声になる。

「それは悲しいからでしょう？　悲しみも涙も全部オレが連れて行くから」

「悲しみや涙がない者などいるか」

黙って聴いていた田村麻呂が、不意に、口を挟んだ。

「田村麻呂。兄上のことを」

「ラーメン！」

空良を託そうとした風火に、突然田村麻呂は全く場にそぐわない単語を言い放つ。

「ラーメン？」

きょとんとして風火は尋ね返し、声が出ない空良はひたすらに風火の胸にしがみついていた。

「おまえラーメン食べたことないだろ。風火」

「作ったじゃん。本格派生ラーメン。え？　今日も食べたよね」

「あれは、確かに本格派だ。だが本物じゃない」

「え？」

好きだから今夜もラーメンを作った風火が、心から驚いて短い声を上げる。

「ラーメン屋のラーメンを、おまえは一度も食べたことがないだろう。ラーメン屋のラーメンはな、実は家でおまえが作る本格派ラーメンの二十倍は旨《うま》い」

「そんな大げさな……」

「本当だ。特にしずく石町商店街のラーメン屋『一朗』と『太朗』では、寸胴鍋《ずんどうなべ》で鶏《とり》がらを十羽も一度に半日も煮込む。丁寧にあくは取られ、大きな輪を描いたきれいな鶏の脂が浮いてスープは黄金色になるんだ」

聞いている風火の喉《のど》がなり、そんな場合ではないのに空良までも腹が鳴りそうになった。

「隣の鍋ではチャーシューを煮ている。タコ糸でぎゅうぎゅうに縛った脂の旨い豚肉の塊だ。酒と醬油《しょうゆ》と、ザラメで煮込むとこの間聞いた。箸《はし》で切れるくらいとろっとろだぞ。それを手打ちの茹《ゆ》で立ての、半透明な縮れた麵《めん》の上に載せるんだ」

「めちゃくちゃ……めちゃくちゃおいしそう……」

「どうだ。この世の未練だろう！　おまえの兄上もおまえに隠れて食べているぞ!!」

とうとう腹が鳴った風火に、大きな声で田村麻呂は言った。

「ええっ!?　兄上ひどい！」

胸にいる空良に、風火が声を上げる。

「ひどいよ……僕は。でもおまえにいつかラーメンを食べさせるのが兄の、兄の……」

兄の望みなんだとなんとか空良は言って、風火の胸にまた顔を埋《うず》めた。

「こういう時みんなラーメンの話するんだよ。よっぽどいいもんなんだろうねえ」

食べてみたいとしみじみと、弥勒菩薩がため息を吐く。

「食べたい。ラーメン、オレ。兄上と」

空良の涙が胸に滲《にじ》んで、その涙の熱がやっと伝わって、風火は兄を抱きしめた。

両手で自分を抱いた風火の鼓動が、空良に聴こえる。空耳ではないと確かめるために、
空良は風火の心臓を探して耳を押し当てた。

「だってオレ、兄上が大好きだから。兄上とおいしいごはん食べるの、幸せだから」

血が通い、体温が巡る。

「おまえは僕の、空良の弟、風火だろう？」

もう一度、空良は風火の瞳《ひとみ》を覗《のぞ》いて訊《き》いた。

蒼《あお》い、湖水のような瞳が兄を見ている。

「それは、わからないよ。オレには」

けれど自分の幸《さいわ》いを、風火が望んでいると空良は確かに知った。

「一緒にいてくれ、風火。僕の弟でいてくれないと僕は」

やっと、長い宿業を風火は下ろせる時なのかもしれない。

「とても、悲しくて寂しくて辛い」

酷だとわかっていても、空良は自分の思いに従った。

ひたすらに弟を愛する、己の感情を赦《ゆる》した。

「兄上。オレ、そばにいていいの？」

「何度言わせる」

けれど何度でも、空良には言える。風火がもし最初は人でなかったのだとしても、間違いなく今は自分の大切な弟で、決して消えさせたりはしないと。

「弥勒菩薩。古来から万物に心は宿るという。仮に作られた鞘だったのだとしても、千二百年、風火は空良が愛した弟だ。もう、命だろう」

似合わない緊張を伴った声で田村麻呂が、弥勒菩薩に尋ねた。

「それはそういうこともあるだろうね。森羅万象、心は宿る」

「ならばもう、風火も人なのではないのか」

さすがに田村麻呂も、息を呑《の》んでいる。

その万物に触れられる弥勒菩薩に、田村麻呂が作られたものであったのかもしれない風火を人間にしろと懇願していると、空良は知った。

「……お願いします。風火を、どうか人に」

「ラーメン食べたい」

もちろん兄も弥勒菩薩をまっすぐ見つめて願い出て、風火が余計なことを言う。

「正しさを信じる強すぎる心は、たいてい裏目に出る」

弥勒菩薩が言ったことは、今は空良にもよくわかった。

歴史の中で、今現在でも、多くの人を殺す為政者や長《おさ》は、自分が間違っていると思っていないだろう。

むしろ正しいと信じているから、そんなことができるのだ。

「だが稀《まれ》に表目に出ることもある。この子がいたのは大きかったね。愛情を注ぐ、小さな者があんたにはいた。いい鞘を作った。あんたの父親は」

父親と、弥勒菩薩が躊躇《ためら》いなく阿弖流為のことを空良に告げる。

「だけど封じきれなかったねえ。まあゼロにはならないもんさ。残ってるよ」

もう空良は宿業を下ろしたと、思いたかった。

だが風火が衝動的に動いてしまうのは、やはり完全に消えるものではないからなのかもしれない。大きな、強すぎる焔《ほむら》は。

「あれほど強い火だ、仕方ないさ。千二百年かけてよくがんばったけど、消え去るようなものではないね。焔を受け止めたこの子を連れて行けば、あんたは人の道に戻れるよ」

「人の、道とは」

旅をした時間が長すぎて空良も一瞬、そもそも人の道がなんなのか見失う。

「あんた、今初めて望んでるんじゃないのかい？　普通に歳を取って、一緒にいる人たちと共に生きる。いつか死ぬ」

そういう道だと、弥勒菩薩は指の輪をなお丸い円にした。

「弟を、連れて行かないでくださいと言ったら、どうなるのですか」

「それは、もうあたしにどうにかできることじゃない。あんたが人の時間に戻れるか、この子が人になれるのか。それはあたしの知ったこっちゃないから、自分たちでなんとかすることになるね」

「風火を連れて行かないでください」

もう一つの道を教えられた空良に、迷いはなかった。

「兄上……」

驚いて風火は、空良を見つめている。

「より困難な道を選ぶのかい？」

「はい」

道が困難であることは、空良には何も問題ではなかった。

風火は空良の弟だ。

「不思議だねえ」

しみじみと愉快そうに、弥勒菩薩が笑う。

「あたしがあんたに旅をさせたのは、どっちにもなれる宿業だったからさ。あたしが見えただろう？　それは僅《わず》かに迷いがあったからだ。遺体の山を見て死のうとしたしね」

粟田口で、風火を殺して自分も死のうとしたことを空良もはっきり覚えていた。

もしかしたら風火は空良以上に、その時のことを辛《つら》く覚えているのかもしれない。

「独裁者にも、善政で世界を治める王にもなれる器だったのに。普通の人の暮らしは、そんなにいいかい？」

「はい」

ようやく、空良の口元が僅かに笑う。

「それは、何よりだ」

「え……？　弥勒菩薩！」

空良が叫んだ時には、東京ベイエリア青海コンテナ埠頭《ふとう》から弥勒菩薩は消えた。

傍らにいたはずの風火が、一緒に空良の視界から消える。

間違いなく心臓が止まって、空良は足元から震えた。

「きゅうん」

すっかり現実に戻った埠頭には、白い犬の姿が精一杯という風情で風火が尻尾《しっぽ》を振っている。

力が抜けて埠頭に膝《ひざ》をついて、空良は風火の首を抱きしめた。

「風火」

「風火」

連れて行かれたと思った瞬間、空良の心臓は本当に止まった。

今はもう、犬でも人でも、風火がいてくれたらそれでいい。

「くうん」

頬を寄せた空良に、何を思うのか風火も頬を擦り寄せた。

「あ、俺のこと忘れてないか弥勒菩薩」

そういえば自分こそもう浄土に連れて行ってもらってもいいはずではと、千二百年よく働いた征夷大将軍《せいいたいしょうぐん》がハッと気づく。

無言で、手を伸ばして空良は、田村麻呂のズボンを摑《つか》んだ。

その手の必死さに気づいて、仕方なさそうに田村麻呂がため息を吐く。

「……まあ、そうだな。まだ頼りないか」

「まだ、何もわからないということがわかったばかりなんだぞ。僕は」

口惜しく空良は、声を絞り出した。

「そして俺にはまだ食べていないラーメンがたくさんある」

それを言い訳に、田村麻呂が笑う。

「歩いて帰るしかないな」

ふと、完全に夜中に取り残された青海コンテナ埠頭で、風火が犬なので乗り物にものれず田村麻呂が途方に暮れる。

「歩いて、家に帰ろう。風火」

抱いていた首を放してやって、蒼い瞳《ひとみ》に空良は告げた。

「帰ろう、田村麻呂」

立ち上がり、灯《あか》りの方角に三人で歩き始める。

今までとは、まるで違う道だと、空良は一歩目を強く踏んだ。

導《しるべ》がない。ここまでは努めていればいつか、自分も人の時間を生きて、風火は人になれると信じていた。

——自分たちでなんとかすることになるね。

風火と、そして田村麻呂を空良は見た。

ここに来るときは無機質に見えた街灯が、今は暖かに灯《とも》って見える。

知らない道は、不安よりも新しい望みに、空良には似て思えた。


「死ぬかと思ったな。死ねないけど」

十月、真昼の石神井公園を歩きながら田村麻呂が言った。

「ああ、死ぬかと思った。死ねないけど」

「……わん」

空良と、白い犬の風火も田村麻呂に追随する。

青海コンテナ埠頭からしずく石町までは、大人の男二人と犬一匹でひたすらに歩いて六時間掛かった。ついたら夜明けでばったりと倒れていたところに、車の借主として当然空良は事情聴取を受け、そういえば田村麻呂は小田嶋の顧問弁護士だった。

男たちは空良一人で倒したということで、なんとか収まった。何しろ男たちが「白いオオカミが」と言うもので、警察もうわ言よりは車を借りた三十一歳の証言だと蹴《け》りをつけた。

「小田嶋さん拘置所エンジョイしてるぞ。後期高齢者は怖いな。やってないことはなんでも楽しいそうだ」

週刊誌は無事発売されたが、山県《やまがた》代議士の差し金で殺されかけた小田嶋には着服の疑惑があり、顧問弁護士の仕事は山積している。

「後期高齢者なんだ……小田嶋さん」

何度目か、「高齢者怖い」と空良が震える。

「あの日、七十五歳を迎えたんだそうだ。それで死んでもいい気になったけどまだまだやってないことたくさんあるねえ！　と、今の俺たちよりお元気だぞ」

「夏妃さんと道の駅で海鮮定食と日本酒、約束してるしな」

被災地に馴染《なじ》むように新しくできた「North Station」は、美談で話題となり大賑《おおにぎ》わいだと日々報じられていた。けれどこの大賑わいは一時のことだから落ちついて続けて行くことを考えますと、テレビで地域の人々が話すのを空良も田村麻呂も頼もしく聞いた。

「ここで道の駅申請しなかったら、ただでさえ今非難囂々《ひなんごうごう》の議会がますます糾弾されるから。申請されたらすんなり道の駅になるさ」

「人や仕事は、希望だな」

八方丸くとはいかなくてもまず一つ一つだと、田村麻呂の言葉に空良が息を吐く。

「わんわん！」

いつもの三宝寺池に差し掛かって、いつものベンチに多津子と六郎が座っているのを風火がいち早く見つけた。

「おお。仲良くやってるねえ」

下宿人と空良と風火が散歩しているのに、六郎が「いいことだ」と微笑む。

「たまたまですよ……」

疲れて空良は答えたが、実はここのところ昼間の散歩は必ずこの状態になっていた。

理由は、ラーメン以外の何ものでもない。空良と田村麻呂だけで外に出ようとすると風火が、「こっそりラーメン食べる気⁉」と怒ってこうしてついてくるのだ。

なので歩いて帰った日からまだ、空良も田村麻呂もラーメンを食べていなかった。

「力が出ん……」

遠く空を見上げて、ラーメンを思って田村麻呂がぼやく。

「夏妃ちゃん、二人のことすごく褒めてたわよ。お仕事の腕すごいんですよって」

「よかったよかった。近くに先生の難しい仕事わかってくれる人がいて」

「本当に、ご紹介ありがとうございました」

思えば夏妃のことは柏木夫妻に伝言されたと、空良は頭を下げた。

「そんなに有能なら、私たちの離婚もやはり先生にお願いしないとなあ」

「そうね。ちゃんちゃんとやってもらわないと」

いつもの台詞《せりふ》を、六郎と多津子が言う。

いつものようでいて、何度も、何度も言葉にするうちに、二人の心はすっかり疲れているようにも、空良には思えた。

「田村麻呂」

誰かが持っていなくてはならない風火の赤いリードを、初めて空良が田村麻呂に託す。

ベンチに座っている六郎と多津子の隣に、空良は腰を掛けた。

「離婚は、難しくないです」

多津子の隣から、二人の目を見つめて空良が告げる。

「財産を折半にする必要も、ないのではないでしょうか。きちんと法的手続きを踏めば、お二人の家は多津子先生のものになるかもしれません」

恐らくはそうできるだろうし六郎もそれでいいと言うだろうから、多津子が一人になりたいのなら財産を半分にする面倒はきっといらない。

「裁判するの？」

初めて空良が離婚の話をちゃんと聞くのに、多津子も六郎も酷《ひど》く驚いて狼狽《ろうばい》していた。

「裁判の前に、調停という制度があります。僕が見たところ六郎先生は抗弁したいようには思えませんが」

「……ああ。先生の言う通りだよ」

「あなた」

多津子が六郎に「あなた」というのを、空良は今まで聴いたことがない。

「多津子先生には、それだけのものを得る権利があります。ですから、僕は弁護士ではありませんが調停の代理人はできますし」

丁寧に空良は、二人へのまっすぐな誠意を言葉にした。

「依頼を受けたらきちんとやります。お二人の離婚を」

言葉が二人に届いて、呑《の》み込んでくれるのを空良は待った。

立っている田村麻呂とお座りをしている風火も、一緒に待つ。

「でも感情では」

説明を二人が咀嚼《そしやく》したのを見て、空良はもう一度口を開いた。

「僕は、多津子先生と六郎先生にいつまでも一緒にいてほしいです。子どもたちにお習字を教えながら、しずく石町に」

それは言った通り、空良の感情でしかない。

目を瞠《みは》って、多津子も六郎も空良を見ていた。

「ずるいわね。先生」

「ずるいよ」

困り果てたように、多津子と六郎がため息を吐く。

「初めて、ずるいと言われました」

子どものように、空良は破顔した。

「後でおいなりさん持っていくわね」

「お言葉に甘えます。ありがとうございます。楽しみです」

二人に頭を下げて、空良がベンチから立ち上がる。

「なんだか先生、急に大人っぽくなったね」

「そうねえ。大人びたわ」

六郎と多津子の言葉が嬉《うれ》しくて、空良は笑った。

「自分もご相伴に与《あずか》ります」

朗らかに言った田村麻呂から、風火の赤いリードを受け取る。

三宝寺池をゆっくりと通り過ぎると、ひょうたん池の子どもたちの声が聞こえた。

「親心だな」

六郎と多津子のことだろう。独り言のように、田村麻呂は言った。

「そうなんだろうな」

すんなりと、けれどほんの少しだけ閊《つか》えて、空良が頷《うなず》く。

「くうん？」

そうなの？　と尋ねるように自分を見上げた風火を、空良は見つめた。

「僕は、人として死ぬことだけをずっと望んできた。自分にも、風火にも」

望まない旅に弥勒菩薩に出されたと、最初の頃空良は思っていた。

「今は、ちゃんと生きて歳をとってこの町で人と暮らしたい。それが望みだよ」

永遠に近い旅に出された。出ていない。出された。

連れはいるが、導《しるべ》はない。

今はそれが、空良には少しも不満ではなかった。

「そうだな」

できるともできないとも言わず、池の水面《みなも》を攫《さら》った風の方を田村麻呂は見ている。

「なあ田村麻呂」

「ん？」

「今更だけど、お父さんだよな」

「えっ⁉ 俺じゃないぞ！」

突然尋ねた空良に、田村麻呂が珍しく悲鳴を上げた。

「そんなことはわかってる。おまえのことじゃない。おまえの……友のことだ」

田村麻呂の友であり、偉大な長《おさ》であった慕い続けていた人のことを空良が言う。

「うちのお父さん、やばい息子生まれてきたからネグレクトしたってことだよな？」

真顔で空良は、田村麻呂に問うた。よくよく考えるとどう考えてもそういうことじゃないかという結論に、眉間《みけん》に深い皺《しわ》が寄る。

「ひどくないか？ 僕の父」

「おまえ千二百年かけて厨二病《ちゅうにびょう》発症するなよ！」

「現代語ナイズされたもんだな本当に、征夷大将軍《せいいたいしょうぐん》。だって罹患《りかん》してないから、厨二病。育児放棄されてそれどころじゃなかった」

今から罹患してもそれは仕方ないと、空良は不貞腐《ふてくさ》れた。

その横顔を眺めて、田村麻呂が苦笑する。

「意外とずっと、近くで見守ってたんじゃないのか？」

不意に立ち止まって、田村麻呂は座り込んで風火の蒼《あお》い瞳《ひとみ》を覗《のぞ》き込んだ。

「適当なこと言うなよ」

「万物に魂が宿る、神が宿るって考え方は日本に限らず世界中にあるが。弥勒菩薩がそれはできないって言う通り、魂は一人に一つなんだろうとは俺も思う」

だから風火には鞘《さや》を作った人の魂がいつからか宿っていて、育っていくのではないかと田村麻呂が願っていることなど、空良にはわからない。

「絶望するようなことを」

「いや、だから。……いってっ！」

頰を撫《な》でた田村麻呂の手を、風火が強く甘嚙《あまが》みした。

「風火！　駄目だってばあにあに!!」

慌てて空良が風火を引き離して、周囲の人々に「仲が良くて」と無理やり笑う。

「まあ、俺にも実際のところはわからん」

それだけが本当のことだと、田村麻呂は笑った。

「僕はわからないことばかりだよ」

ぼやいた空良は、確かに強か《したた》に、死ぬために生きてきた。

自分にも、誰にも、感情があることを覚えた。弟を愛して、人として育てられ、この町で生きて、そして普通に歳を重ねていくのが今の空良の望みだ。

叶《かな》うなら、人の形をした風火とともに。

多くの命を跨《また》いできたことは、決して忘れられない。なのにそんな願いを持つのは、欲深すぎるだろうか。

「わんわん」

風火が空良の顔を覗き込む。白い犬の風火も、以前より何か精悍《せいかん》に見えた。

宿業を封印されてまだ焔《ほむら》の消えない風火を連れていけば、空良は人の時間に戻れると言った弥勒菩薩を空良は拒んだ。

風火の意志を、あの時空良は問わなかった。風火が鞘なら、望まない焔から解放してやれた。その方が風火は、幸せだっただろうか。

考えても、空良にはわからない。

——オレがいない方が、兄上は楽になるよ。

風火も何もわかっていない。けれどそんなにも惑う風火の手を放してやることが、正しさだったのではないか。

また自分が正しさを探したことに空良は気づいた。父が案じた性《さが》は簡単には癒《い》えない。

癒えないことを、空良は覚えた。癒えないことを、今は忘れない。

「あ」

骨の軋《きし》む音が、また、聴こえた。

「どうした」

「くうん」

田村麻呂と風火に尋ねられて、「なんでもない」と空良は笑った。

もしかしたら当たり前に、命の時が進んだのかもしれない。そうではないのかもしれない。何も、誰にも、たった一つの本当などはない。

それでも一足ごとに、骨は軋む。

何もわからないこの道は、与えられたのではなく選んだのだと、息をするように空良は踏み出した。

僅《わず》かに響く骨の軋みを、水を撫でる風のそばで聴きながら。

何も一つじゃない。

やっと、空良は覚えた。

本書は書き下ろしです。
この作品はフィクションです。実在の人物、団体等とは一切関係ありません。

しずく石町《いしちよう》の法律家《ほうりつか》は狼《おおかみ》と眠《ねむ》る

菅野《すがの》 彰《あきら》

令和3年 11月25日　初版発行
令和4年 1月10日　再版発行

発行者●青柳昌行

発行●株式会社KADOKAWA
〒102-8177　東京都千代田区富士見2-13-3
電話　0570-002-301(ナビダイヤル)

角川文庫 22916

印刷所●株式会社KADOKAWA
製本所●株式会社KADOKAWA

表紙画●和田三造

●お問い合わせ
https://www.kadokawa.co.jp/ (「お問い合わせ」へお進みください)
※内容によっては、お答えできない場合があります。
※サポートは日本国内のみとさせていただきます。
※Japanese text only

ISBN 978-4-04-111778-1　C0193

◆◆◇

角川文庫発刊に際して

角川源義

第二次世界大戦の敗北は、軍事力の敗北であった以上に、私たちの若い文化力の敗退であった。私たちの文化が戦争に対して如何に無力であり、単なるあだ花に過ぎなかったかを、私たちは身を以て体験し痛感した。西洋近代文化の摂取にとって、明治以後八十年の歳月は決して短かすぎたとは言えない。にもかかわらず、近代文化の伝統を確立し、自由な批判と柔軟な良識に富む文化層として自らを形成することに私たちは失敗して来た。そしてこれは、各層への文化の普及滲透を任務とする出版人の責任でもあった。

一九四五年以来、私たちは再び振出しに戻り、第一歩から踏み出すことを余儀なくされた。これは大きな不幸ではあるが、反面、これまでの混沌・未熟・歪曲の中にあった我が国の文化に秩序と確たる基礎を齎らすためには絶好の機会でもある。角川書店は、このような祖国の文化的危機にあたり、微力をも顧みず再建の礎石たるべき抱負と決意とをもって出発したが、ここに創立以来の念願を果すべく角川文庫を発刊する。これまで刊行されたあらゆる全集叢書文庫類の長所と短所とを検討し、古今東西の不朽の典籍を、良心的編集のもとに、廉価に、そして書架にふさわしい美本として、多くのひとびとに提供しようとする。しかし私たちは徒らに百科全書的な知識のジレッタントを作ることを目的とせず、あくまで祖国の文化に秩序と再建への道を示し、この文庫を角川書店の栄ある事業として、今後永久に継続発展せしめ、学芸と教養との殿堂として大成せんことを期したい。多くの読書子の愛情ある忠言と支持とによって、この希望と抱負とを完遂せしめられんことを願う。

一九四九年五月三日